邓家铺子

李逸轩 著

新世界出版社
NEW WORLD PRESS

图书在版编目（CIP）数据

邓家铺子 / 李逸轩著 . -- 北京：新世界出版社，2018.12

ISBN 978-7-5104-6605-2

Ⅰ . ①邓… Ⅱ . ①李… Ⅲ . ①长篇小说—中国—当代 Ⅳ . ① I247.5

中国版本图书馆 CIP 数据核字 (2018) 第 220519 号

邓家铺子

作　　者：李逸轩
责任编辑：房　阳
责任校对：宣　慧
责任印制：王宝根　苏爱玲
出版发行：新世界出版社
社　址：北京西城区百万庄大街 24 号 (100037)
发行部：(010)6899 5968　(010)6899 8705（传真）
总编室：(010)6899 5424　(010)6832 6679（传真）
http://www.nwp.cn
http://www.nwp.com.cn
版权部：+8610 6899 6306
版权部电子信箱：nwpcd@sina.com
印　刷：北京京华虎彩印刷有限公司
经　销：新华书店
开　本：710mm × 1000mm　1/16
字　数：230 千字　印张：13.5
版　次：2018 年 12 月第 1 版　2018 年 12 月第 1 次印刷
书　号：ISBN 978-7-5104-6605-2
定　价：32.00 元

你在南方山区的一个矿井里当一名矿工，已经四五年。

你清楚地知道这个工作的危险性。矿井里发生的任何一场事故，都有可能让你面临生命的威胁。矿工的工作虽然辛苦繁重，但是工资高，且从不拖欠，你看中的就是这一点。就算最近几年全国各地不断报道的大小矿难，也丝毫没有降低你从事这项工作的热情。你时常用“富贵险中求”“生死有命”这样的语句来麻醉自己。你盲目地坚信，电视里失事矿工那样悲惨的命运不会降临到你的头上。当然，最现实的理由是，你急需用钱。你没有别的更好的出路。

那天，在矿山口狭窄的山路边，你热情地帮着同事指挥倒车。开车的是一个刚来矿山不久的年轻小伙子，估计从来没有面对过如此危险的路况——坑坑洼洼的山路旁边是一座高耸的山崖，车子的操控稍有不慎，就有坠入深谷的可能。在这个矿山口，即使熟门熟路的老司机，也不敢放松紧绷的神经。太过紧张的缘故，那小伙子把握不好脚下的力度，大卡车被开得一顿一顿的，微调了好几次车身，还是倒不进预设的位置。突然，那小伙子猛地一踩油门，装满泥沙的大卡车控制不住地往后一滑。正在车尾打着手势专注指挥的你，一时躲避不及，被卡在了岩石和大卡车之间。

万幸的是，在周围同事的高声提醒下，那小伙子立即死死踩住了刹车，止住了大卡车继续后退的趋势，然后满目仓皇地快速换挡向前移了几步。即便如此，你还是感觉胸口一紧，令人窒息的压迫似乎要把你碾成齑粉，接着意识里响起噼里啪啦的清脆的骨头破裂之音，然后无边的黑暗涌来，你晕了过去。

那小伙子吓得脸色惨白，虚着脚跳下大卡车，差点儿站立不住。在众人手忙脚乱的一通忙活下，你脑袋耷拉着被抬上了另一辆车。一个老司机跳上驾驶座，熟练地打火启动，然后拖起一路蜿蜒的滚滚黄尘，分秒必争地往山下的医院赶去。

准确地说，你是被一阵浓厚刺鼻的消毒水气味呛醒的。你对消毒水的气味异常敏感，从内心里排斥，因为它总让你产生许多不好的联想，比如伤痛、眼泪、哀号，甚至是死亡，但医院里似乎每个角落都散发着这种气味，你无从逃遁。从小到大，你对进医院看病这件事有着莫名的排斥和恐惧。就算生病你也不愿意去医院，仿佛那是人间发生悲惨事件的集中营，唯恐避之不及。病情发展到身体实在受不了时，你才去药店买点药，简单对付一下，然后硬挺着和疾病对抗。你相信，强健的身体，疾病是无法入侵的。这个结论，是你在最青春的那段岁月里得出来的，有种人定胜天的豪迈。你希望这辈子都不要去医院。生命终结时，你宁愿葬身大海或者抛尸深林，任其腐烂。你不知道从什么时候开始有了这样古怪的念头，总之你不想和医院产生任何瓜葛。

睁开蒙眬的眼，你口干舌燥，而且急需解决某个生理需求。来不及仔细察看一下身在何处，你像平时那样随手掀开盖在身上的被子，挺身探脚就要下床。一阵撕裂般的疼痛传来，你倒吸了一口凉气，不得不咧着嘴再次仰面躺下，同时发出痛苦的呻吟。你盯着墙角有个残破蛛网的天花板，回想了一会儿。断掉的记忆续上，你明白了怎么一回事儿。

这应该不是一个很大的医院，单独病房里的陈设简单老旧，被子白里泛黄，铁床的边沿锈迹斑驳，一个有点年代感的热水瓶立在离你不远的床头柜上，窗台下紧靠墙壁有一排浅黄色的小木柜，一扇柜门三七开地敞着。环顾一圈后，镇定下来，你才发现你的右手插着针头，一根长长的透明胶管里有节奏的点滴无声地流淌着。

这时，一个女医生推开门，低着头走了进来。她白衣白帽加蓝色口罩，包裹得严严实实，你只能看到她纤细苗条的身材，以及清澈透亮如黑色水晶的双眸。她的手里拿着一本病历，胸前挂着一个听诊器。走到床边，她检查了一下你头顶上方的吊瓶，然后俯下身子，用手探了一下你的额头，自顾自地说没有发烧，醒来了就好。她的嗓音低沉沙哑，但不失性感。停顿了一下，她叮嘱你不要随便乱动，说你的肋骨有七八根开了裂，必须要平躺着静养，等待伤口慢慢愈合。你顾不得钻心的疼痛，着急地问她你多久能去上班。她瞪了你一眼，带着训斥的语气说不要命你就去上班吧，都这样了还想什么工作。你是要钱还是要命。不好好休养，你一辈子都别想再去上班。你哂然一笑，语带调侃地说医生的话最不可信，净喜欢危言耸听。她白了你一眼，不理你，估计听多了这样的言论，也就懒得跟你争辩。

她拿着听诊器在你的胸前听了一会儿，在病历本上龙飞凤舞地划拉了几下，然后合上本子准备离开。她转身的同时，你终于忍不住了。你怕再不解决，大有在床上“画地图”的可能。你红着脸结结巴巴地表达着你的需求，说你想要去洗手间，并请求她帮忙叫个男医生来。接下来，她做了一件若无其事却让你无限羞赧的事，以致在随后的日子里只要见到她，你都会脸红心跳。

听清楚了你的需求后，她并没有去找男医生，而是默不作声地弯下腰，飞快地从床底下拿出来一个深蓝色的尿壶。她掀开被子，麻利地褪掉你的病号裤，将尿壶口对准位置，然后别过头，说，赶紧尿。她在做这一系列动作的时候，你一点心理准备都没有，甚至来不及做一些本能的防护反应。你接收到她“赶紧尿”的指令后，脑袋轰地一下蒙了，心狂跳，尴尬到不行，刚才的急需仿佛被吓得瞬间倒流了回去。

你久久尿不出来。

她好像并不着急，也不催你，一只手提着尿壶，侧身叉腰站在床边静静地等待着。她肯定明白，催促只会使事情变得更糟。你平复了一下狂乱的心情，知道只有尽快尿出来才能化解眼前的尴尬，才能抹掉病房里行为艺术一样令人浮想联翩的画面。你闭上眼睛，全身心放松，并尽量想象自己正置身在空无一人的洗手间里。

你艰难地释放着。

时间仿佛被无限拉长，直至静止不动。

你清楚记得这件事情结束的临界点。她的每个动作都像慢镜头，她拉上你的裤子，帮你盖好被子，提着尿壶转身，一扫而过却让你如火灼烧的眼神，全部清晰地烙印在你的脑海里。她的背影消失在门后，脚步渐远，这时你才像魔法失效一样地恢复过来，回到正常的时间序列里。你长嘘了一口气，确认病房里再无他人，这才真正自在起来。

这季节，已是深秋，但你感觉仍在盛夏，窗外绿树满地，不见一片黄叶飘落，病房里的空调依旧冒着丝丝凉气。在南方常年如夏的天气里，你尤其怀念故乡冬天的冷冽。只有在冷风如刀片乱舞的环境里，你的思维才会被激活，胸中才会不由自主地生出一种与天斗其乐无穷的壮怀激烈。南方的天气，恒温箱一样，你感知不到季节的变换，有种无所适从的茫然，慵懒的思绪板结在一起，像一块凝固不化的黄油。

病房里的生活确实无聊。除了能呼吸能说话、偶尔轻微移动一下，你只能像个木乃伊一样直挺挺地躺着。白天清醒时还好，病房外或疾或徐的脚步声，或高或低的说话声，或忙碌或闲逸的身影，甚至天花板上一道黑色水渍的流向，都能让你天马行空地畅想一番。一到晚上，从夕阳隐没最后一丝光亮开始，渐入寂静的医院就如一个被唤醒的坟场，各种细微的声音似乎都带着瘆人的回响。睡觉不老实的你，通常会被自己不由自主的翻滚弄得龇牙咧嘴，然后一整夜睡不着，处在从未有过的不踏实中。四处漂泊的你，睡过很多地方，臭气熏天的垃圾场、鼠蚁横行的桥洞、污秽满壁的下水道，以及堆满枯枝败叶的坟场，以上种种都没有医院里的病床让你有这么真切的恐怖感受，仿佛死神就悬在头顶，随时都会把你领走。尽快结束这一切吧，你在心底呐喊。

矿场出了事故，你难得地见到了某个大领导。在一群人的前呼后拥下，一个大腹便便的谢顶老男人，疾步走进病房，不由分说地拉着你的手，亲切地问长问短，并宽慰你安心养病、有什么需要尽管向公司提，之类云云。几个记者模样的男子，举着相机抢先挤到最佳角度点，变换各种姿势，不停咔嚓咔嚓地闪着镁光灯，从不同方位拍着你和领导。没见过如此阵仗的你，不知道该如何应对，只得努力挤出感动的笑容，附和着他的问话，尽量给出对方想要的措辞。矿难事故的后续处理，你在电视上见过相关报道，知道多说好听的话绝对没错。一会儿，留下满室喧闹的余韵，一群人又呼啦啦地走了。

一阵疲惫袭来，你只想瞌睡。

那小伙子猫着腰，脚步悄然地走了进来，他探头探脑的样子，像行窃前踩点的“鼓上蚤”时迁。他的肩上斜背着一个黑色包裹，手里提着一个不大的水果篮。他走到你的病床边，卸下包裹，轻柔地放在地上，悄无声息。但就算他那样的小心翼翼，水果篮放上床头柜磕碰发出的轻微声响，还是惊醒了你浮浅的梦。

见你醒来，他冲你尴尬一笑，连声说着歉意的话。你认出了他，并没有因为他惊扰了你的梦而生气。你示意他在床边一把残破的木椅上坐下。这几天憋坏了，你只想找个人说说话，天南海北地侃大山。那天你从矿井里下班出来，见有人总是倒不进车，于是跑上去帮忙。你只瞟了一眼驾驶室里的他，你们之间并不认识。再次近距离见面，他身上不经意泄露的某种气质，让你有种似曾相识的感觉。你瞳孔放大，鼻翼微张，就像迷失在丛林中的麋鹿，嗅到了一丝若有若无的来自同类的气息。

顺便说一下，他长得非常漂亮。对，唯有漂亮一词方可形容他的相貌。他五官搭配得恰到好处，漆黑的双眼，深邃纯净，凌乱的头发漂染过，半是深褐色半是黑色，许久未修剪的缘故，已经看不出原来的发型，但粗略的轮廓还是有着时下年轻人的前卫。他不高，中等偏上个子，但肥瘦适中，匀称挺拔。他的衣着破旧邋遢，估计刚从矿山上下来，皱巴巴的蓝色牛仔衣裤上油渍点点，泛白的黑色帆布鞋上沾着尚未干透的黄泥。他十指交叉，不停地搓着，细长肮脏的手指上，残留着深浅不一的黑色油污，指甲缝里塞满污垢。从外表看，按常理推断，肯定可以把他归为落魄潦倒一类，但他安之若素的神情，又那么与众不同，似乎有理由让人相信，他目前的境况只是暂时的。

我叫贺琛，他挠了一下头发，略显羞涩地说。他欲言又止的表情，看得出他接着想说一些表达内心歉疚的话，但又找不到合适的措辞，或者想到了却羞于说出口，于是只好低头搓手，局促不安的样子像一个犯错挨训的小孩。很明显，他不是一个擅长说话的人。

你可不希望你们的谈话，刚开了一个头就戛然而止。好不容易有个谈话的对象，你不能那么快就让他溜走。你主动搜寻话题，从工作到生活，事无巨细，努力寻找你们共同的兴趣点。他像挤牙膏一样地回答着你的提问，简洁短促，绝不多说一个字。

如果他是明星，你是记者，相信你对这样的访谈一定会沮丧到绝望，甚至干脆中途放弃。有时候，你抛出的话题，像一颗石子投进了无底洞里，半天听不到回响，或者像一只蜻蜓掠过幽深的水面，泛不起半点涟漪。这样漫长的“独角戏”，是你从来没有遭遇过的，但你仍旧不愿意放弃。你有种预感，你一定能从他的身上挖掘出跟他外表不一样的特质来。你问话时，他的表现让你更加坚信这一点，因为整个谈话过程中，他并没有显露出一丁点儿不耐烦的表情，认真倾听思索的样子，就像端坐在课堂的学生。他谦恭的态度，似乎更加激发了你探究的欲望，你像站在讲台上渐入佳境的老师，偶尔还会自嘲地自问自答。

生活中，你同样是一个话不多的人，但碰到合适的聊天对象，你却是属于善聊的那一类。你需要激发，需要一个打开你聊天欲望的开关。你讨厌言辞浮夸不做实事的人，尤其是那些说得云山雾罩没有一句真话的人。贺琛显然是另一个极端，他的惜字如金，屡屡使得你们的谈话陷入僵局。但他似乎又是狡黠的，他会看准时机恰如其分抛出一句话，使得你们濒临悬崖的谈话又延续，就像《桃花源记》里的缘溪而行的武陵人，行至水源山口，复行数十步，又豁然开朗。从他乐于奉陪的表情里，你很快感知到了这一点。如果说你们的交谈是一场相声表演的话，那他一定是很好的捧哏。

直到实在无话可说相对默然时，你从最初的亢奋状态跌落下来，变得意兴阑珊。你百无聊赖地在脑海中把他说过的散落各处的话语，串联起来，加上你自以为合理的想象，最终对他有了粗略的了解。

贺琛受过高等教育，而且还是从国内一个不赖的大学毕业。这一点，你确信无疑，因为他身上即使落魄也掩藏不住的淡淡书卷味儿，就是最好的明证。他做矿工的理由，比你急需用钱更甚，他是被人催债。当然，向他催债的不是银行，也不是高利贷，而是那些从小看着他长大，温情脉脉的邻里乡亲，以及可爱可敬的亲戚朋友。

贺琛是他们村庄自中华人民共和国成立以来唯一的大学生。在那片贫瘠的土地上，培养出一个大学生，所耗费的成本，可以说是生命无法承受之重的事情。如果不是他的父亲咬牙坚持尽极所能，再加上远亲近邻的慷慨借贷，他无论如何也无法完成从小学到大学的所有学业。贺琛清楚地记得，每到学校催缴学费时，他的父亲就开始在村里活动，游说般地向邻里稍为宽裕的人家低调夸耀他学习成绩的优异，同时委婉曲折地叙说着供养的艰辛，以期得到对方的帮助，并承诺尽快归还。有时，父亲能成功达成所愿，但更多时候，却是满脸堆笑的无功而返。父亲谦恭卑微的身影，常常让贺琛心生深深的愧疚。

多年来，父亲像一头老黄牛，不知疲倦地埋头苦干。他努力积攒每一分钱，费尽心思地拆东墙补西墙，但贺琛漫长的求学生涯，还是留下了滚雪球一样的债务，且越滚越庞大，它沉重地碾压着那个赤贫如洗的家庭。为了减轻父亲的重担，一进入大学，贺琛就努力寻找各种兼职工作的机会。在大多数同学闲淡的大学生活期间，他却奔波在餐馆、超市、酒吧、建筑工地，以及家教学生的家里。虽然有时累到精疲力竭，但内心仍然充满着希冀，他想通过自己的力量改变家庭的现状。贺琛性格内向寡言，再加上独来独往，他基本没什么可以交心的朋友。他并不在意这些。忙碌的他甚至没有时间去找人诉说生活的不如意。他的心里憋着一股子劲儿，他一定要兑现父亲当着村里人的面夸下的海口。

记得在送贺琛上大学之前举办的简易酒席上，他的父亲踉踉跄跄地端着一大杯清冽的米酒，赤红着脸少有的语气铿锵。他对着满屋的人大声说，他一定会在贺琛大学毕业后的两年内还清所有人的债务，并按银行利率计算利息。父亲的话，获得了一片掌声，他神采飞扬的神情，有种扬眉吐气后的豪迈，说话前所未有地大气，形象似乎也瞬间变得高大。贺琛理解父亲的心情，在黑暗中爬行的他们，终于迎来了一线曙光。

生活似乎在有意考验这个家庭，后来的一切，并没有如他们预想的那么顺利。有句话说得没错，欲速则不达。大学毕业后，贺琛想尽快还掉家里的所欠债务，但事情却偏偏走向他所希望的反面。这让他无比沮丧。几年来，他做了很多份工作，最开始在一所职业中学当老师，可是工资不高，除了基本生活开支后所剩无几，根本没有多少钱可以寄回家里，更何况那点钱对他家的债务来说，只是杯水车薪。于是，焦虑的他，干脆辞掉教师的工作，南下打工。他卖过保险，做过销售，甚至摆摊做过小生意，但一直无法获得他预想的高工资，更遑论稳定下来。

有关贺琛的各种不好的传言在村庄四处传播，成了人们茶余饭后的谈资。在村里人的眼里，他家的寥落衰败似乎成了定局，或者说不好的状况至少要持续更长的时间，于是，担心收不回欠款的人，开始明里暗里想着法子前来催款。他家就像一个信誉度即将破产的银行，正在遭遇储户的纷纷挤兑。

很长一段时间里，贺琛都害怕接到父亲的电话。每次，简单寒暄后，父亲开始言辞闪烁，期期艾艾地表达家里有人催债。羞愧，像无边的海浪，汹涌而来，贺琛只能虚弱地回应说，再过几天，一定往家里寄钱。

一个偶然的机会，他从报纸的夹缝里看到某矿山招聘矿工的信息。诱人的高薪，他义无反顾地加入到了矿工的行列，但没想到，才工作不到一个月，就发生了货车撞人事故。

看着你躺在病床上痛苦不堪的模样，他为自己的失误深深自责。

窗外天边的云霞，棉絮般堆积着。夕阳的余晖，像云霞中跌落的一只只金色蝴蝶，它们轻盈地穿过繁茂树林的枝叶间隙，透过洁净如洗的窗户玻璃，在狭小的病房空间里翩跹起舞，搅动起一片闪烁的光影。

这时，久未说话的贺琛，弯下腰对你说，我拉一段二胡给你听吧。不容你表现出过多的反应，他就自顾自地打开地上的黑色包裹，取出一把古朴沧桑的二胡。他坐直身子，从容自然地把二胡的琴筒放在左腿根部靠近小腹的位置，然后一手拿着琴弓，一手握住琴杆，摆出架势准备开拉。

从你躺着的位置斜望，金色夕阳柔和的逆光，打在贺琛的身上，恰好消弭了他衣着的破旧邋遢，他的肌肤变得细腻光滑，深褐色的头发根根透亮，落魄的颓唐似乎也一扫而光，整个人就像一座被技艺高超的工匠细心打磨的雕像。

你的嘴角，悄然升起一抹意味深长的微笑。你对自己最初的预感，更加深信不疑。你稍稍调整了一下扭曲的身姿，双目微闭，静静地等待着，等待第一个音符的响起。

舒缓悠长的二胡声，流水般倾泻，并迅速漫延开来，溢满整个病房空间，水波似的荡漾。随着乐曲的漫起，你的心情立刻愉悦起来，像浸泡在水温刚刚好的浴缸里，熨帖舒坦。一会儿，琴声渐变，音调上扬，变得清越激昂起来。那声音像一个无形的钩子，它破开虚空，迅疾而来，一把勾起你内心最为柔软的部分。你左支右挡，无从逃遁。那个尘封在心底，被一层层时光掩埋的已然死去的乌托邦式的理想，似乎又有了破土复活的迹象。

贺琛的精湛琴艺，你不得不惊叹。

从他拿出二胡那一刻所表现的独特气度，你知道他一定在这个乐器上浸淫日久，但他出色的演奏还是大大超出了你的预期。他长而白皙的手指，在琴弦上滑动跳跃，轻盈灵巧，就像一只水面上翩飞的白色仙鹤，他另一只拉琴弓的手，大开大合，姿势优雅，配合着身体的自然律动，那神情那气质，大师风范也不过如此。

他脸上的情绪时而怡然自得，时而神思恍惚隐含忧郁，与乐曲所表现的意境完全吻合，水乳交融。你猜想，他演奏的，一定是他最为拿手的曲目。

你看着他，内心的欣喜溢于言表，大有伯牙遇见钟子期，相知恨晚的感觉。这些年，你四处漂泊，艰辛的生活磨平了你所有的锐气。你武装着自己，披挂起一副副坚硬的外壳，最初的心早已被重重覆盖，连你自己都无从寻找。

回头凝望走过的路，除了发出一声深深的喟叹外，你时常想，红楼梦里“落了片白茫茫大地真干净”所隐喻的，对现实生活中一些人的命运来说，何尝不是如此。这么多年来，不可捉摸的生活洪流裹挟着你，不停向前，并且不时改变航向，以致最后，你完全忘了最先开始的航道。你茫然、迷失、孤独，活得一点不像自己。可以说，你所经历的一切，都不是你想要的。但又能怎么样？生活就像严丝合缝的齿轮，总是一环扣着一环，一旦运转，再大的力量，也无法让其逆转。偶尔，你也会幻想，想象自己像超人那样，一拳砸碎那加在身上的所有桎梏，然后带着自由的心，飞离这牢笼一样令人窒息的生活。

一曲终了，贺琛按住琴弓，收敛起饱满的情绪，又黯淡成落魄的模样。他用手理了理刚才拉琴时甩乱的发丝，羞涩地看着你，就像一个表演完艺考节目后的孩子，忐忑不安地等待着评委的评价。

你不顾手上正插着针头，轻轻合掌拍了拍，悠悠地说，《闲居吟》的意境理解得准确到位，指法也精湛，虽然开头有几个音短促了些，但总体来说，瑕不掩瑜。贺琛似乎早料到你会这么说，他知道你肯定能听得出瑕疵来。对你过誉的夸赞，他似乎有些不好意思，但脸上的表情努力维持着淡然笃定。沉思了一会儿，他爱惜地抚摸了一下琴筒，忍不住问道，白兄，这二胡有些年头了吧？音质真好。你点了一下头，一副陷入回忆的表情。一会儿，你回答他说，少说也有几十年了吧。这是你外公留下来的遗物。贺琛接着说，前几天，他去矿山板房，看你的床头摆着这把二胡。他想病房的生活肯定无聊，于是擅自拿了过来，因为他也稍微懂点儿二胡。他说你不会怪他乱动你的东西吧？

你摇了摇头，然后长长叹了一口气，答非所问地说，知音难觅啊。这是你这些年来，最开心的一个下午，从未有过的舒畅。你得感谢他。贺琛想不到你会这么说，对你把他引以为知音，明显有点受宠若惊。他想表达出这种感觉，但又觉得说出来太过肉麻，于是只好搓着手，咧开嘴傻傻地笑，已经没有了刚进来时的局促不安。

贺琛说他的二胡启蒙老师，是村里一个叫刘爱国的盲人。他嘿嘿一笑，感叹说，二胡和盲人真是绝配，有名的阿炳就是如此，可能二胡声音的特点，适合表现悲伤凄凉的旋律。他说刘爱国不尽如那样。他拉的二胡曲，清脆明亮，给人感觉欢快闲适，似乎清苦的生活中蕴含着无限希望。他虽然是个盲人，但对生活充满热爱。他喜欢说笑，爱讲故事，经常惹得周围的人发出阵阵大笑。童年的贺琛，就有不少时间坐在他的身边，每次听得津津有味，父母叫回家吃饭也不愿意挪开步子。

刘爱国从不向人抱怨生活中的不便和委屈，每天过得乐呵呵的，仿佛生活只有快乐和欢笑。父母过世后，为了不给兄弟们添麻烦，他尽量做到自给自足。让人惊奇的是，他摸索着学会了一项明眼人都未必能学好的木匠手艺。他能用杉木或楠竹，做出各种生活用品，小如板凳、椅子、饭桌、长凳，大如衣柜、书桌、木床等，一点不比其他木匠差。经他的手做出来的所有产品，结实耐用，每一个细节都精心打磨，或古朴或新潮，尽善尽美。毫无疑问，他是一个追求完美的人，虽然看不见，但并不妨碍他对美的认知。如果不是亲眼所见，你很难相信，那些艺术品一样的生活用具，是一个盲人独立完成的。

听大人们说，刘爱国生下来就是个盲人，从来没有见过这个世界的样子。他对世界一切事物的认知，都是通过眼睛以外的器官来感知的。有时，他对事物的认识，比某些正常人更加准确立体。他这些特别的能力，常常让贺琛感觉不可思议。关于他的经历，以及他内心世界的隐秘，是贺琛年少时最感兴趣的事情。

忙碌之余，刘爱国喜欢盘腿坐在屋外的石磡上，随意地拉上一段二胡，以作劳累后的片刻休憩。贺琛经常在这样的空当里，跑去找他学习二胡。在他手把手的指导下，贺琛很快拉得有模有样。后来，因为学业，他渐渐远离了二胡，但从未荒废。他自学了很多二胡曲目，而且技艺日渐精湛。工作后，他时常想起刘爱国，并以他作为激励自己的榜样。

两年前，贺琛听父亲说，因为兄弟间的相互推诿，患了重病的刘爱国无人照顾，最终在一个寒冷的冬天里，凄惨地病逝在了床上。得到那样的消息，他极为难受，当场哭了起来，全然不顾周围同事投来的不解的眼神。

一番唏嘘后，你试探着问贺琛，你听说过渔鼓吗？

第六感告诉你，他懂。贺琛的眼神里，闪过一丝惊异。他没有直接回答你的提问，而是调整好坐姿，重新拉起了二胡。你有些激动，眼神狂热，这正是你从小就熟悉的旋律和节奏。渔鼓，是你家乡的一个地方戏曲，很少有人知道，能达到表演水准的人，更是少之又少。你曾经偷偷地在无人的地方拉过无数次，但毕竟是独自一人，常常茫然四顾心惘然。想不到因为一场车祸，让你碰到了一个志同道合的人，真是“祸兮福之所倚”。他乡遇知音，这是一件何其稀有，又是何其幸运的事情。你忍不住和着节奏和旋律，大声唱了起来，忘了今夕是何夕，真有“老夫聊发少年狂。左牵黄，右擎苍”的逸兴飞扬。

你唱的是渔鼓传统曲目《樊梨花征西》。即便多年未唱，所有唱词，你仍然烂熟于胸。可以说，无论从哪个唱段切入，你都不会出错。小时候，在母亲的严苛要求下，你学会了几十首渔鼓的传统曲目，这个就是其中之一。你双手挥舞着，自然地做着表演动作。直到因为用力过猛，牵连起胸腔内传来的一阵剧烈疼痛，你才不得不收手住口。

眼里的泪，不自觉地流了出来，你分辨不清是因为疼痛，还是因为感动。那些曾经以为已然遗落的生活片段，漂浮上来，一帧一帧，清晰定格在脑海，随着记忆齿轮的“咔咔”转动，串联成一幕幕鲜活的电影画面。

你很久没有这么真情流露了。

贺琛放下二胡，站起来，不知所措地看着你。

他本就不善言辞，你一哭，他更加不知如何安慰。

你慌忙擦掉脸上的泪，挤出一丝笑容，歉然说，没事，只是想起了过去。

你出生的地方，叫邓家铺子，一个封闭落后的小山村。

村里人都叫你戏生。戏生戏生，因戏而生。这个名字有戏谑的味道，却也基本符合事实，你想不接受都找不到反驳的理由。你的出生，可以说轰动全村，街知巷闻，并且大部分村里人都在现场见证。这在乡村，是一件多么不可思议的事情，但它确实发生了。村里人至今说起来，依然津津乐道。结合大人们添油加醋的描述，加上丰富的想象，你常常觉得自己出生时的场景，堪比一幕精彩的戏剧。

那年月，乡村里，红白喜事或农闲之余，都时兴打一场渔鼓。渔鼓，是你家乡一个具有浓郁地方特色的古老戏曲，据说北宋时期就有了，一直延续至今。打渔鼓的主要演奏乐器，有二胡和渔鼓筒。渔鼓筒通常由一个长约二尺四寸，周长约九寸的无节竹筒，蒙上一张软硬适中的猪皮膜制作而成。

之所以叫打渔鼓，除了老百姓叫得多了约定俗成这一原因之外，最主要是因为表演者要在表演的过程中不时用手击打渔鼓筒，发出节奏忽快忽慢的"咚咚咚咚"声。当然，光是不停敲击渔鼓筒，无法称其为戏曲，还得配合说唱，或一人连说带唱，或男女二人双重唱，或多人说唱。一个渔鼓团体，最简单的组合，三人即可，通常一男一女在前，既说且唱，一人坐在稍后不远处拉着二胡伴奏。在那个文娱活动严重缺乏的年代，打渔鼓，是一场全村男女老少翘首期盼的视听盛宴。

那时，在所有走村串乡的渔鼓表演队中，你的母亲秋水最具知名度，没有之一。她受欢迎的程度，用万人空巷来形容一点儿也不为过。这么说吧，她的团队只要出现在某一个村庄，不仅本村的人倾巢而出，就连周边几个村落的人，都会相携着赶来。她受到的狂热追捧，还可以从另一方面来说明，比如她在一个村庄本来只计划表演七天，但到最后，欲罢不能的村民，一遍遍加戏，半个月后还舍不得让她走，以致她行程的下一站不停有人来催。她有一批忠实的观众，农闲时追着她跑，她去哪里表演他们就跟到哪里。有时，即使是远在几十里外的其他乡镇，他们也会带着干粮提前赶过去，其痴迷程度一点儿也不比现在某些狂热的追星族逊色。

秋水，这个名字，知名度实在太高，以致私底下你也跟着村里人"秋水秋水"地叫你的母亲。偶尔，你还会顺带着直呼父亲以及其他亲人的名字。对于你的"忤逆"，他们都知道，听说了也只是摇着头笑一笑，并没有表示激烈的反对。母亲秋水甚至对你说，当面叫她秋水也没有问题，名字只是代号，重要的是心里尊敬就行。

刚怀上你的那几个月，秋水忙得脚不沾地，满村游走，邀约不断。有一次，在戏台上因为太过投入，悲伤得难以自已，差点儿流产。休息了两个月，等胎儿稳定，她又挺着大肚子接了好几场戏。在她的观念里，戏大如天，一旦上台，她不再是她，而是戏里的角色。秋水的性格爽朗大气，答应的事情不去做，比要了她的命还难受。

若不是你父亲白子服暗地里挡掉了所有的邀约，她还要继续在戏台上唱个不休。

回家待产的头几天，闲下来的她，浑身不习惯，好像瘾君子突然戒了烟。她不解地自言自语，怎么突然接不到戏了呢？不应该啊。现在正是农闲，往年这个时候戏约不断的。她向白子服抱怨，并让他去各村联系，看看有没有戏约。正在调弦的他，放下手中的二胡，伸手摸了摸她越发隆起的肚子，轻描淡写地说，还没见过这么圆润的樊梨花，怎么舞枪弄棍？秋水沉思了一会儿，扑哧一笑说，说不定那样的樊梨花别有一番风韵呢。父亲不经意的说辞，秋水醍醐灌顶一样地意识到不能给观众一个可笑的艺术形象，同时知道她不能带着肚子里即将出生的孩子去冒险。于是，她忍着不时涌上心头的戏瘾，安心在家休整，偶尔吊吊嗓子，静待你的降生。

秋去冬近，万物凋零，空气里透着阵阵寒意。这天，一大早，那条穿村而过湿润的灰白色石板路上，走出一个小脚老太。她佝偻着背，慢腾腾地踱着步，不时把手搭在额门上，向前探着雪白的头，四下张望，沟壑纵横的脸上看不出任何表情。她走过石板路，穿过一条杂草丛生的湿润田埂，来到溪畔。她小心翼翼地踩过光滑的石阶，晃晃悠悠地跨过一条间隔着铺有青色条石的小溪，来到山脚前的你的家。

她是去找秋水的。

一年前，她和秋水私下说好，一定要在她七十大寿的寿宴上打一场渔鼓，让远道而来的亲戚朋友们开开心心地热闹一番。她的家人知道秋水正大着肚子，不方便唱戏，都劝她改请别的渔鼓队。她不愿意，说非秋水不可。家人拗不过，说要请她自己去。她不信，一脸困惑地说才去临县老姐妹的家里住几天，秋水就怀上了？她的家人哈哈大笑说，你都去了快一年，早够时间生一个孩子了。她不死心，说她已经跟亲朋好友夸下了海口，哪能更改？并说要亲自去看看秋水，即使她不能唱满全场，唱几句也行。她抬起苍白的头，反问说其他的渔鼓队，哪里像秋水那么有韵味？

她是邓家铺子有名的媒婆，村里无论大人小孩都叫她五婶，时间长了，她的真实姓名反而无人记得。从年轻时起，五婶就喜欢做媒。只要看到村里有适龄的年轻男女，她都忍不住想要去牵线搭桥，热心地撮合。她长相喜庆，口才好，又善于察言观色，一说话更是滔滔不绝，具备一个媒婆该有的全部素质。她做媒很少不成功，不仅村里人喜欢找她，就连周边几个村落的人，都慕名而来。

但是，她偶尔也有乱点鸳鸯谱的时候。回顾她做媒的历史，估计最大的败笔，是昧着良心撮合了残疾人刘响来和他表妹邓顺秀的婚姻。刘响来的父亲刘一振，是邻村的村主任，一个大能人。但再大的能人，也有解决不了的问题。他儿子刘响来的婚姻大事，就是他的一块心病。刘响来生来痴呆，脑袋歪斜着伸不直，见到人吃吃地笑，并不时流着悠长的口水。不知道为什么，那么呆傻的一个人，成人后却看上了表妹邓顺秀，并追着说要娶她做老婆。那时表妹邓顺秀长得花儿一样，像一朵盛开的玫瑰，只是家里穷得叮当响，一家人使劲儿在地里刨食，也有填不饱肚子的时候。刘一振是邓顺秀的姑父，他知道儿子的心思后，经常变着法子接济她家，向她示好。后来，在五婶舌灿莲花的游说下，邓顺秀鬼使神差地答应嫁给刘响来，并风风光光地举办了婚礼。

邓顺秀嫁给刘响来，最难过的人非段崇义莫属。他追求过邓顺秀，也得到了她的回应，只是两人没有公开恋情，一直保持着私底下的来往。邓顺秀的父亲，是一个嫌贫爱富的人，他看不起段崇义比他还穷的家底。有一次，他看见他们俩靠在一起卿卿我我的样子，气愤地冲上去，分开他们，并公开说要想娶他的女儿，没有多少多少礼金，别妄想着癞蛤蟆能吃上天鹅肉。邓顺秀找到段崇义，说要跟他私奔，一起南下打工。段崇义不愿意，说打工太辛苦，他一个人去就行，并让她在家等他。他保证说一两年内肯定赚够钱，再回来光明正大地把她娶回家。说完的第二天，他背着包打工去了。

哪知等他回来时，邓顺秀嫁人了，还嫁给了一个傻子，只因为对方家里有钱有势。他去找邓顺秀，质问她为什么忘了当初的约定。邓顺秀没有正面回答，只是让他忘了她。她说她现在很幸福，并祝他找到属于自己的幸福。很显然，邓顺秀说了假话，那样的婚姻，怎么可能是她真心想要的。刘响来不通人事。洞房的那一晚，人群散去后，他穿着簇新的新郎服走到她的面前，歪着头盯着她看，留着长长的口水。他的手里拿着一个咬了几口呈锯齿状的苹果。犹豫了一会儿后，他把苹果递给她，咧着嘴结结巴巴地说给她吃。她看在眼里，只感觉无比恶心，她也不知道接下来该怎么办，于是扭过头，翻身向着墙壁睡了过去。刘响来不敢爬上床，也想不明白她为什么不理他，于是闷闷不乐地趴在床边的一张桌子上睡了一晚。

几个月后，邓顺秀实在忍受不了这样了无生趣的婚后生活，感觉人生漫长得看不到尽头。在一个月明风清的夏日夜晚，无处发泄，生无可恋的她，直接跳进山后幽深的水库里，结束了年轻的生命。

五婶听说这件事情以后，深感难过，她知道自己做错了媒，更加不该助纣为虐地毁掉一对恋人的幸福。她为自己的贪欲深深忏悔。很长一段时间，每到半夜，她都被噩梦惊醒，虚脱般无力。她去邓顺秀跳水库的地方烧了几次纸钱，又去寺庙许愿还愿了好几回，才慢慢从恐惧的心态中摆脱出来。自那以后，她变得谨慎起来，不再随意牵线搭桥，不再随便给人做媒。但是，她的名声在外，加上又深谙农村的风俗礼仪，很多人还是会主动找她做媒，让她去男女双方说合说合，只是她再也不去做挖空心思拆散相爱恋人的事情。

五婶到达你家门前时，秋水正坐在一丛清幽修竹下的一把藤椅上，悠闲地眺望着对面山顶上的朝霞云卷云舒。你的家，独立在邓家铺子集中的村落之外，几间红砖黑瓦的房屋依山而建，古朴雅致，几畦菜地几棵梅树，分布在房前屋后，错落有致，几丘梯田顺着屋后山势，弯曲成几道姿势优美的月牙。不远处，一只黑色的母鸡带着几只毛茸茸的黄色小鸡，在枯草丛里走来走去，寻觅着啄食玩耍。好一派闲适的田园景象。

还没等五婶说明来意，秋水一拍脑门，记起了她们之间的约定，并连声询问她七十大寿是不是该到了。五婶看着她鼓鼓的肚皮，期期艾艾地说，快了，就在这几天。五婶本来以为要费许多口舌去说服她，哪知这么容易。她上下打量着秋水，评估她是否真的可以上台。看秋水一副毫不在意的神情，她则露出一脸担忧的愁容。毕竟，平日里，她们还经常在一起干农活，一起说家长里短，有着不错的交情。她宁愿放弃寿宴的热闹，也不愿意秋水冒着危险上台表演。秋水拍着胸脯爽快地向她保证，说一切没问题。离开戏台这么多天，她早就憋坏了，忙不迭地抓住这送上门来的机会。

乡村的冬夜，阒静无声。偶有几声犬吠鸟鸣，更添空寂。

天上星斗灿灿，漆黑而清澄。过不多久，一弯洁白的半月，悄无声息地爬上来，幽蓝的夜空下，清辉四溢。村头高大的古梅树，在这如水月光的映照下，喷薄出轻纱似的朦胧。古梅树的树冠蓬开，罩住大半个戏台，疏朗的梅影，投影在黑瓦白墙上，投影在树下的戏台上，犹如王羲之的书法，笔走龙蛇，似真似幻。

几盏简陋的煤油灯，被顶着挂上古梅树那遒劲有力横斜的枝丫，顿时，周遭的一切更加清晰可见。梅影下的戏台，是邓家铺子最为古老的建筑，见证着这个山村的百年沧桑，虽然如今柱子倾斜了，雕花的椽头和栏杆开始斑驳腐朽，屋顶的瓦楞上满是干枯的野草，但随处可见的繁复而考究的细节，无一不彰显着当年的气派。

一听说有戏，村里人一早就打发自家的小孩搬着板凳、长凳、竹椅、躺椅、小竹床等各种坐具，长长短短地摆满戏台前方的空地，抢占着最佳的位置。来得晚的，只能见缝插针地站在远离戏台的最后面，侧着耳朵才能听到戏台上飘来的声音，身手敏捷的年轻人，则爬上某段断墙或土堆跨坐在上面，或者干脆爬上古梅树，横坐在树枝上，吊垂的双脚晃荡着，怡然自得。

对于戏迷来说，看戏的位置，至关重要，尤其不能离戏台太远，不仅看不清也听不见。于是，戏台下前方的开阔空地，成了小孩们的必争之地。往往，为了争夺一个位置，他们敌视着互不相让，像一个个面红耳赤的斗鸡，剑拔弩张。开始，他们只是据理力争，摆事实讲道理，试图说服对方按照先到先得的原则来抢占地盘。有时，理屈的一方，自觉退让一步，争斗就此停歇。而更多的时候，一方不服气又实在争辩不过，只得骂骂咧咧地牢骚一番，像阿Q一样，以此获得口头上或精神上的胜利。这时，如果对方刚好是一个棋逢对手的“悍将”，那么一场骂战就此展开，各种难听的污言秽语像猛烈的炮火射向对方，到最后，逐渐失去理智的双方，只好武力相向。那样的场景，几乎逢戏必有。往往戏台上还没开锣，戏台下的轮番“好戏”早已闹哄哄地炸开了锅，像一个喧闹无比的菜市场。

因为抢占看戏的位置，你曾经还经历过一场不大不小的“无妄之灾”，现在想起来，仍然历历如昨。本来，因为母亲是秋水，你不需要抢占任何位置，戏台前后，你都可以来去自如，但你的同学兼好友李泽权，他需要。你就因为帮他，众目睽睽之下，和一个凶悍的胖女孩发生了肢体冲突，并为此颜面扫地。

那是一个炙热的夏日傍晚，西垂的夕阳，把大地涂得一片金黄。池塘的水面上，成群的蜻蜓，无头苍蝇一样地到处乱飞。此时的你，刚从小溪里洗完澡出来，肩上搭着一块毛巾，趿着一双人字拖，双手挥舞着驱赶面前密不透风的蚊子，一脸烦躁地往戏台的方向走去。对于故乡的记忆，最让你苦恼的非夏日里的蚊子莫属，其他的任何事物，或多或少会让你牵扯出些许美好的联想。

可能遗传的关系，你和母亲秋水，都特别招蚊子咬，一咬一个大包，涂上药膏也好几天不消肿，瘙痒难耐。对你来说，故乡的夏日之夜，最难将息。你很少像村里的大多数人那样围坐在屋外纳凉、听人讲故事，更别说摇着蒲扇悠闲地仰望星空。你一般都早早地爬上床，即使在最炎热的夜里，你也要挂好蚊帐，用被子把自己从头到脚包裹得严严实实，不给蚊子任何下嘴的机会。

远远地看到你，李泽权手里举着一只空碗高声喊叫，让你帮他临时占一下位置，他吃完饭回家放碗，顺便上一趟厕所。不等你走近，他夹着双腿风一样地跑了，估计尿急得厉害。你大致看清楚了他所占的位置，走过去找到一条凳子大咧咧地坐下，然后心无旁骛地驱赶着成群结队围拢过来的蚊子。

你一手沾满蚊子血，正拍打得畅快，一只肉乎乎的大手，突然拍上了你的后背，噼啪作响。你惊愕地回头，一个脸大如盘长满雀斑的女孩，正怒目瞪视着你。她呼着粗气，鼻翼微张，肥硕的鼻尖上有一颗豆大的黑痣，上面布满细密的汗珠。她大声说，你坐我的凳子干吗？她说话的声音短促僵硬，带着浓重的卷舌音，含混不清。你还从来没有见过如此粗鲁蛮横的女孩，一时不知如何应付。你诺诺地回应说，这是你朋友的座位，怎么就变成她的了？他刚刚才走开，一会儿就来。她站在你的面前，高出你一个头，胖墩墩的样子，像一座移动的小铁塔。她的脾气火爆，也懒得跟你辩论。她一把抓住你的肩膀威胁说，你走不走？你一听，气往上冲，脖子一梗歪着头大声说，凭什么？说完，你一甩手打开她抓住你肩膀的手。她一时大意，被你的一甩手，弄得一个趔趄，差点儿摔倒。她愣了一下，稳住大厦将倾般的重心，然后脸色一变，挥舞着双手，向你抓来。

那时，你瘦得像一只小猴儿，此前也没有跟任何人打架的经验，心里发着虚。你见她向你冲来，一下慌了，毕竟跟一个女孩子打架，打输打赢都不是光彩的事儿。

好男不跟女斗，你有种该不该出手的迟疑。就是那一瞬间的迟疑，她的指甲已经像梅超风的九阴白骨爪，一把抓向了你的脸，并顺势划下几道长长的血痕。火辣辣的疼痛，加上面子上过不去，你的脸像着火了一样熊熊燃烧。在小伙伴们的注目下，哪怕打不过，你也得奋起反抗。你一手护着头，侧着肩膀，低吼着像一头发怒的公牛，大力撞向她的腹部。你失去理智一样的全力一撞，把她撞得不住后退，最终刹不住车，一屁股跌坐在地上，打翻一路的凳子椅子。那胖女孩一脸受辱的愤怒，她笨拙地从地上爬起来，不顾一身的灰尘，张牙舞爪着就要向你发起下一轮进攻。这时，李泽权匆匆跑了过来，他一把拉住那胖女孩，并告诉她你们的打斗完全是一场误会。

她叫刘小艳，是李泽权的表妹，特意从邻村赶过来看戏的。李泽权和她一起占了几个位置，她走开了一下，回来时看见你霸占着她的位置，一着急，就跟你打了起来。李泽权觍着脸一个劲儿地向你道歉。你忍着脸上的疼痛，忍着就要溢出的泪水，出气般地在他胸前擂了一拳，然后一把推开他，一言不发地羞愧而去。你感觉自己像一条丧家之犬，带着满身的伤痕，落荒而逃。

时间回到你出生那天，戏台上，在五婶有条不紊的指挥下，十几个女人围了上来，她们围成一个圈，把秋水圈在中间。一个经验丰富的女人，扯下戏台上的一块布帘，垫在秋水的身下，然后熟练地帮她接生。

不多久，在秋水用尽全身力气的助推下，你带着她湿热的体温，降生了。你的哇哇大哭，让周围的人都露出了欢快的笑容，戏台下更是响起雷鸣般的掌声和尖厉的口哨声。你透过一群女人身体之间的缝隙，看到戏台下黑压压的人头、枝干遒劲的古梅树、戏台屋顶的飞檐翘角，以及天上洁白的半月。

走上那条穿村而过铺有灰白色石板的长长小街，触摸着光可鉴人的石板路上深浅不一的车辙，呼吸着飘荡在空气中混杂着猪牛鸡粪、腐烂稻草、松木柴火、老坛酸菜、炊烟，以及锅焦的气味，你一下走进了你的童年。

在你的印象里，那条小街很长，长到你走了二十几年才走出邓家铺子，走向山外的世界。在你的心里，那条小街具有象征意义，它像一条连接你现在和过去的通道，一条通往心灵秘境的小径。如果不是命运的机缘，你一定会继续在那条见证你所有成长时光的小街上娶个老婆，然后生儿育女，直至老去。

那条小街，没有名字，也没有人试图给它取个名字，村里人约定俗成地把它称为“街上”。很多不了解的外地人，以为你们口中所说的“街上”，一定是一个很大的地方或者是一条热闹的街市，哪知只是一条普通的小路。有一回，一个朋友来到你的家里，你说带他去“街上”走走。他很是高兴，说想不到这么个小山村还有街市。当他见到你所说的“街上”，顿时大失所望。有时，你甚至非常喜欢向别人模棱两可地介绍“街上”，喜欢看别人真相大白后表情的落差，有种恶作剧得逞后的窃喜。

小街虽不宽，并排五六个大人就会显得拥挤，却容纳着邓家铺子大部分人的日常生活和苦乐悲喜。蹲着吃饭，三五成群或站或坐地闲聊，打牌娱乐，争吵打骂，各种农活，甚至红白喜事，都是“街上”随时上演的生机勃勃的生活场景。“街上”两旁的人家，都是黑瓦青墙爬满斑驳青苔的老房子，一家挨着一家，门户相对，你家可以看到我家，稍不留意，隐私就暴露在对面人家的眼里。

同样地，对于小孩们来说，“街上”也是玩乐的天堂。童年的你，经常和伙伴们相约去“街上”玩各种游戏，打玻璃弹珠，跳绳，踢毽子，丢沙包，捉迷藏，斗鸡，滚铁环，等等。你们经常玩得乐不思蜀，直到夜幕降临，各自的父母此起彼伏地扯着嗓子喊吃晚饭，你们才不得不带着未尽的余兴，解散回家。

你曾问秋水，为什么不和“街上”人住一块儿，非得要独门独户地住在这个山脚。那时，秋水每天要去“街上”照顾你下肢瘫痪的祖母。你看她每天家里“街上”往返好多回，故有那么一问。秋水反问，你不觉得我们家清静吗？你摇摇头说，“街上”人多，热闹。秋水用手刮了一下你的鼻子，笑了一下，语气调侃地说真是个贪玩鬼。做好功课，你去“街上”找朋友们玩就是。

你别看秋水在戏台上温柔娴雅，长袖善舞，生活中，她却是另一番模样。尤其在面对调皮捣蛋的你时，她缺乏应有的从容，通常没有更多的办法，唯有大声呵斥。她发起怒来，像一个癫狂的母夜叉，恨不得一口把你吃掉，很是吓人。你清楚记得她打你最狠的那一次，甚至在你长大后，那场景多次“铁马冰河入梦来”。后来，你反省过，也承认那次犯的错误真的有点大。

小时候，秋水忙着唱戏，根本无暇顾及对你的教育，以致你像菜地里的野草，肆意乱长。那段时间，可以说是她人生最为巅峰的时期。每每一接到戏约，她把你丢给“街上”的祖母，人就走了，好多天不见回来。当然，你也乐得那样。没有她的管束，你可以每天和小伙伴们疯玩，疯跑，有时玩到深夜也不愿归屋。和你玩得最好的小伙伴中，除了李泽权，还有一个叫王铁军的。你就是因为他，挨了秋水的一顿狠揍。

王铁军跟你一样，人也长得瘦瘦小小，皮包着骨，一副营养不良的模样。但是他聪明灵活，猴精猴精的，鬼点子也最多。因为瘦的缘故，他的鼻子看起来颇有特点，又长又大，前端还有着明显的弯曲，同时鼻孔里常年流着两条清亮的鼻涕，像两股永不干涸的河流，叫人不忍直视。每天，他有事没事都捏着鼻子擤来擤去，清鼻涕随手乱甩，漫天横飞。跟他一起玩耍，你必须得时刻留意，多加小心，要不说不定就被他甩出的“流弹”击中。故，他在你们村有一个人尽皆知的外号——“清鼻涕”。

小时候，玩的游戏项目只有那么多，天天玩也有腻烦的时候。有一天，在王铁军的建议下，你们开始学着大人们玩起扑克牌来，并且赌博。当然，你们不敢赌钱，况且也没有钱。你们只能赌物，比如纸包糖、瓜子、花生、苹果、香蕉，以及橘子等。那时候，这些东西，只有在过年的时候，家里才有少量的供应，平常即使有，也被父母们在柜子里锁得严严实实，根本没办法拿出来。于是，你们商量着，用记账的方法，记录每人累积下来的输赢，等过年的时候，再统一结账。

小孩子玩扑克牌，当然是大人们严令禁止的游戏项目，你们不可能像他们那样在众目睽睽之下进行。但这些都难不倒王铁军，他找到了一个好去处。那是在村头离戏台不远处的一间荒芜的小屋里。小屋房顶被掀掉了一半，房梁裸露，一面颓墙将倾未倾，屋角堆着瓦砾，屋内长满杂草。你们清扫出一块干净的地方，几个人盘腿坐着头碰头缩在那间小屋里，偷偷摸摸地玩得不亦乐乎。

几天下来，你输得挺惨，且都输给了王铁军。你们当时以花生计算，你大概输了六百多颗花生给他。你不服输，想要赢回来，但在闻讯赶来的李泽权母亲的一声断喝下，你们吓得顿时作鸟兽散。后来，在大人们的联合“围剿”下，扑克牌被没收，那间小屋被封了起来，你们再也不能玩赌博游戏。你欠下的账，却被王铁军记了下来。

到年底时，王铁军找你要账。你从家里偷了一袋花生给他，但你们却在数量上发生了分歧，于是开始了一场撕破脸皮的争吵。输了花生的你，本来带着一肚子的不情愿，现在又和他对不上数，心里的别扭益发无处发泄。你们涨红着脸，公说公有理婆说婆有理，互不相让。争了许久，你一下急了，张口胡乱地骂，各种街骂，流水一样汹涌而出。他反唇相讥，一点儿不见吃亏。

你记得他眼里飙着泪，狠狠甩了一把清鼻涕，然后疯狂地扑向你，是因为你骂了他一句“你这个没妈的野孩子”。对他来说，那是一句最具杀伤力的话。你伤到了他，因为他真的是一个没妈的孩子，他的母亲在前一年的夏天去世了，而且还是非正常死亡。

王铁军的母亲叫向时青，一个文静娟秀的女人，话不多，在村里很少像别的女人那样家长里短地聒噪不休。她唯一的朋友是你的祖母，她们喜欢在一起聊天，没事就相约在祖母的家里，小声地说着话，偶尔低低地笑。

王铁军的父亲王大华，长得高大英俊，身材健硕。他性格豪爽，交友广阔，家里经常有不同的男女进进出出。听村里人闲聊，你似懂非懂地知道王大华他们正在研究一个叫“神佛拳”的拳法，很是神秘，大白天也要密不透风地关紧门窗。他们借口说不能向外人泄露拳法的奥秘，唯有加入他们的组织，才能入内以窥门径。王大华曾劝说白子服，让他一起加入。白子服推辞不过，去看了几个晚上，然后以忙着唱戏为由，拒绝再去。

王大华经常向人夸耀，说“神佛拳”不仅是一套拳法，还能治病救人，有着非常神奇的功效。你好奇，相约几个小伙伴，戳破他家的窗户纸往里偷窥。房内昏暗寂静，几个模糊的身影坐在地上如老僧入定般一动不动。你们看不出什么名堂，一会儿就散了。有一次，你看到王大华练拳打坐完毕之后，开始在一片三指宽的黄纸上画符念咒，摇头晃脑翻着白眼的样子，像一个正在发病的羊角风病人。你也曾亲眼见过有人找他治病，不用打针不用吃药，只喝了他给的一碗“神水”，那人就说病好了，引来围观者一片惊呼。那所谓的“神水”，不过是他把画好符的黄纸烧成灰，混到一碗水里，然后用手指搅拌几下，对着碗念几句众人听不懂的所谓咒语，就成了。王大华神奇的治病方法，村里有人相信，也有人不相信。

相信的人把他吹捧上天，说他是神佛转世。不相信的，则说他那不过是歪门邪道，害人害己。于是，众说纷纭，莫衷一是。

听大人们说“神佛拳”在临县某个山林里有一个庞大的组织，但没人知道具体的位置，传得颇具神秘色彩。王大华经常去，但他从不向别人透露他的行踪，包括他的家人。混得时间久了，他在里面估计当上了管理层，拥有了一些实际的权力。于是，渐渐地，他家里前来拜访进贡的人越来越多，一个个徒子徒孙一样地尊敬着他。在他们众星捧月的烘托下，王大华益发显得威严凌厉，气场强大，俨然一派大师风范。关于王大华，村里还流传着各种不好的传闻，其中之一是私生活混乱，说他和好几个女徒弟有着不正当的男女关系。当然，也有人帮着辩解说他那是修炼“神佛拳”的一种方法——男女双修，只有达到很高境界的人，才可以修炼。

向时青和王大华的关系不好，进而恶化，是在村里流言最盛的时候。你去王铁军家叫他出来玩耍时，偶尔会听到屋内传出激烈的争吵声，或是向时青压抑的哭泣声。可能受不了别人的流言蜚语，受不了名存实亡的婚姻生活，在一个天气闷热的夏日雨夜，向时青跳进暴涨的村旁溪水中，自尽了。

几天后，她的尸体找了回来，摆放在村口的马路边，一块破烂的草席盖着她的脸。王铁军跪在向时青的身边，号啕大哭，涕泗横流，声音凄凄惨惨戚戚。你和其他小伙伴，壮着胆子去看了一下。那尸体已经肿胀发泡，两条腿僵硬苍白，太阳晒过，开始腐烂，发出阵阵恶臭，苍蝇围着嗡嗡地叫。你感觉一阵恶心，胃酸翻滚，想吐，也吓得够呛，一时忘了要安慰王铁军，赶忙虚着脚步，匆匆离开。

平常，你和王铁军一起玩耍时，绝少提到妈妈或母亲的字眼，怕引他伤心。但这一次，急极了的你，脱口而出。你的话像一把锋利的匕首，插进了他的胸口。他怒吼着不管不顾地向你冲来。你知道理亏，撒开腿就逃。

王铁军追着你跑的情景，刚好被路过的秋水看到。她截住他，问清楚了原因。立刻，追你的人换成了她。她从一户人家屋前的一捆干枯的竹枝中抽出一把，举着它，一边吼叫着威胁你停下来，一边甩开大步追你。你一看，吓得不行，哪里敢停下来。你见识过竹枝的威力，那东西往大腿上一抽，血痕立现，钻心地疼，好几天都不见好。那是秋水管教你的法宝，家里的墙上插着一把，以作常备。你使劲儿跑，沿着邓家铺子的外围打转，跑过田野，跨过小溪，钻过小巷，穿过人家的房屋，跑了好几圈，秋水还是没能追上你。村里好多人看热闹一样地出来围观，有说有笑，像在观看一场精彩的狩猎。后来，有人实在看不下去，拦住奋力奔跑且咆哮不止的秋水，笑着劝她不要再追，小孩子做个样子吓吓就得了。秋水停下来喘着粗气，恶狠狠地指着你说，今天非得让你给王铁军道歉不可，其他的回家再算账。

最后，在村里几个女人的谈判和护驾下，你暂时放弃了奔逃。你老老实实地向王铁军道了歉，并按照他的要求如数补上赌债，这件事情才算告一段落。不过，回到家，秋水依旧没有放过你，她用一直拿在手里的竹枝猛打了你一顿。她说不给你长点记性可不行，并让你写了一份保证书，保证以后不再参与任何形式的赌博。

祖母下肢瘫痪的那段时间，秋水总是一脸疲惫，眼圈发黑，人蔫蔫的没有精神，但又没有人帮得上忙，她只能硬挺着忙里忙外。祖母是一个小脚女人，走起路来慢慢悠悠一步三摇，柔柔弱弱的样子，让人担心她随时可能被风吹倒。她身上的皮肤，暗淡苍白，起着鸡皮一样的褶皱。她的脸上少有斑点，两只深陷的眼睛，混浊黯淡，稀疏的银发一丝不苟地梳向脑后，挽成一个好看的发髻，再插上一根乌黑发亮的玉簪固定。

最引人注目的是，身板挺直的祖母，喜欢穿老式旗袍，或大红喜庆或素朴淡雅，她的衣柜里保留着多年前做姑娘时的部分衣饰，宝贝一样地收藏着。祖母经脉尽显的右手手腕上，常年戴着一个莹白通透的玉镯，据说是她的母亲留给她的遗物。祖母举止优雅，谈吐斯文，并有着不同于山村人的好听口音，像一个大家闺秀。听村里的老人说，祖母确实是那个时代的大家闺秀，要不是家道中落，她怎么也不可能嫁到这样贫穷落后的山村里来。你恍然，难怪跟村里其他同辈女人相比，她的气质总是那么的鹤立鸡群，与众不同。不管生活如何艰辛困苦，她自始至终保持着原本的格调和品位。

上学后，你去"街上"的次数不再频繁，也不再天天住在祖母家。每次放完学去"街上"，她都要叫住你，慈爱地拉着你的手，上下打量一番，摸着你的头，嘴里欣喜地念叨着又长高了之类的话。往往，一番感慨后，她叮嘱你别急着走，然后返身，拄着拐杖走向昏暗的里屋，颤巍巍地打开一个柜子的铜锁，从一个青绿色的雕花瓷坛里摸出一块麻糖或几颗纸包糖，再返回递给你，一脸温暖的笑，沟壑纵横的皱褶荡漾开来，像一朵盛开的菊花。

不知为何，祖母和秋水，却相处得没那么融洽。不管秋水怎么曲意逢迎，祖母都不为所动，始终冷眼以对。祖母和秋水，从来没有像乡下女人那样扯开嗓子骂大街，但只要同时出现在某个地方，她们之间的气氛就降到冰点，似乎隔着一个冰封的湖面。

祖母下肢瘫痪时，秋水暂停了渔鼓队的所有工作，专心在家照顾她。祖母估计想不到有一天会落到那样的田地，她接受不了失控的身体，也接受不了秋水的照顾。内心恐惧的祖母，每天对着忙个不停的秋水恶语相向，人变得尖酸刻薄。她任性地摔掉伸手可以拿到的东西，动不动就流泪嘶吼，仿佛她所遭受的一切都是秋水带给她的。秋水忍受着祖母的坏脾气，每天耐心地喂她吃饭，并劝她多吃点，好有力气骂她。

说句良心话，秋水把病中的祖母照顾得非常好。她按照医生的嘱咐给祖母做着各种肢体康复护理，鼓励祖母树立起战胜病魔的勇气，并用行动让祖母对她产生信任。祖母爱干净爱整洁，于是，秋水每天浆洗不停，不仅把家里收拾得一尘不染，毫无异味，还细心地帮她擦拭身体，梳好头发，并给她穿上她喜欢的旗袍，一切都尽量保持她病前的模样。

天气好时，秋水背着祖母从街头走到街尾，又从街尾走到街头，像她平时那样溜达几个来回。有时，秋水会把祖母背到村头路旁开满细碎小花的开阔草地。她把祖母放在一把事先拿去的躺椅里，让她晒太阳，吹清新的风，置身大自然之中。她知道适当的室外活动，对祖母的身体和心态都有好处。沐浴在温暖的阳光里，秋水唱着渔鼓里的戏文，像哄小孩一样地逗祖母开心。祖母喜欢渔鼓，但出于对某段隐秘往事的芥蒂，她从不去现场看秋水打渔鼓。于是，趁着这样的机会，秋水把祖母喜欢的渔鼓曲目，一段一段地唱给她听。唱得高兴了，周围还会闻声围过来一圈或站或坐的村民。

那年月，乡村里，看病就医是个大麻烦事儿，通常要去镇上的医院或诊所请医生。很多时候，他们忙，也懒得走那么远的路，于是找各种理由搪塞推托。后来祖母的病情加重，打针吃药更加频繁，医生不来，秋水就急得团团转。

久病成医这句话，说得一点儿没错。祖母病得久了，照顾她的秋水也成了半个医生。她在医生的指导下，学会了打针，学会了简单的护理常识，学会了一个护士该做的一切。在医生不到场的情况下，她能熟练地给祖母按时打针、吊盐水。这是秋水引以为傲的事情，以致后来村里有人生病，在提供药水的情况下，都来找她帮忙打针、吊盐水，直接省掉去镇里的来回奔波，她也乐得做个顺水人情。

多次经过祖母的门前，你从门外看到躺在病床上的她，形容枯槁，俨然一朵已然凋谢，即将干枯的花。祖母看到你，混浊的眼眸里闪过一丝亮光，像燃尽的油灯，突然刺一声又燃烧了一下。她虚弱地抬起干枯如柴的手，祈望与你相握，似乎有无穷的话想要对你诉说。你读懂了她，脚步慢慢地靠近，心里却想着快速撤离，祖母的样子让你想到了死亡，似乎闻到了枝叶腐烂时发出的腐败气味。祖母的手，冷飕飕的，毫无生气。她抓住你，说不出话，眼里氤氲起重重不舍的水雾。而你，在被祖母握住的那一刻，禁不住打了一个冷战，心脏骤停了一样，仿佛被索命的黑白无常，逮了个正着。你敷衍似的轻轻拍了拍祖母瘦弱的手臂，说了几句好不容易组织起来的安慰的话，然后挣脱她的手，逃一样地离开了她的房间。望着你蹦跳着远去的背影，祖母的嘴角向上扬起，牵扯起一丝温暖的笑。

在秋水的悉心照顾下，一年后去世的祖母，走得非常安详。她拉着秋水的手，久久不愿松开，心中曾有的芥蒂已然释怀。祖母的去世，秋水哭得死去活来，她既为祖母哭，又有种自怜身世的哀伤。自小失去母亲的秋水，早已把祖母当成自己的母亲，尽管她们之间有过一段错综复杂的过往，但在她的心里，祖母的位置从来没有动摇过，坚如磐石无可替代。在祖母最后的时光里，她们抛除过去的一切，达成了和解，这让秋水倍感欣慰和释然，仿佛落下了心里常年悬着的一块巨石。

祖母的葬礼，在戏台隔壁的宽敞祠堂里持续了好几天，风光隆重。邓家铺子的戏台，也难得地登上了别的渔鼓表演队。这在你们村，是少有的情况。

不知道为什么，祖母的去世，你没有多少悲伤。你感觉她只是出了一趟远门，很快就会回来。你想她一定还会再在门口叫住你，然后返身回屋拿她珍藏的好吃食物。祖母的去世，村里热闹起来，人来人往，人声鼎沸。你喜欢那样的氛围，但作为祖母唯一的孙辈，你不得不全程参与她的葬礼。

你记得当时，白子服领着你，穿着长长的白色孝服跪在祖母的棺材旁，迎接着所有前来吊唁的人们。秋水则一会儿趴在祖母的棺材上痛哭，一会儿忙着安排、照顾远道而来的亲友，声音嘶哑得说不出话来。那时的你，对乡村的丧葬礼俗一点儿不懂，只觉得烦琐复杂，没完没了。你跟在白子服的身后，不停地跪跪拜拜。一天下来，你开始不胜其烦，只想着快点结束这一切，好去找李泽权、王铁军他们玩耍嬉闹。

守灵，通宵达旦的守灵，是乡村葬礼的一个重要习俗。凡是村里有人老去，全村的男女老少，吃完晚饭都会陆续赶来，或帮忙，或凑人气。祖母的去世，自然是全村人都要赶赴的一场聚会。在村里人到来之前，祠堂的大厅里燃起了一堆篝火。他们一来，围着篝火落座，玩耍的玩耍，闲聊的闲聊，打牌的打牌，甚至有人挤在狭窄的角落里赌上几局。说话，调笑，争吵，拍桌子，各种嘈杂的声音混在一起，喧闹着山村的夜。

一过半夜，各种声音渐次减弱，人们的精力在消耗中渐渐流逝。沉重的疲倦感阵阵袭来，你好几次头撞着墙，嘭的一声响，才又清醒过来。你实在忍不住，迷糊着眼，摸索着往祠堂后一间闲置的小屋里走去。你靠墙找到一个舒适的位置，四仰八叉地躺了下去，一下就陷入梦乡。

那是一个深秋的夜，寒气逼人。睡了没多久，一个寒战把你惊醒。你揉了揉酸涩的双眼，门口泄露进来的朦胧灯光中，两个模糊的人影立在你的面前。你吓了一跳，脑袋里立马闪过不好的联想。刚要喊叫出声，你听到秋水嘶哑的声音。她跟对面的黑影说，邓川非常感谢。她接着客气地说没有他的帮忙，她婆婆的葬礼不会如此顺利。那个叫邓川的高大黑影接过她的话头，说她还跟他客气什么。他说为她做任何事，他都心甘情愿。他说话的嗓音，尖厉柔细且略带轻浮，像被阉割过的太监的声音。可能紧张的缘故，他的声音里又夹杂着一丝不易察觉的颤抖。那嗓音如此特别，刻印在你的脑际，拂不开挥不去。

你慌神的间隙，秋水又压低了声音警告邓川，说如果他只是跟她说这些，那她走了。不等秋水转身，邓川欺身向前，一把抱住她，嘴里喃喃地反问她，说她知道他有多么想念她吗？让他抱一会儿，就一小会儿。他的语气里，尽是沧桑无奈，有种越过千山万水后的疲惫。秋水使劲儿推他，但还是挣脱不了他的怀抱。秋水低声说着威胁他的话，用脚踢他，用牙咬他。他依旧直挺挺地抱着不撒手。

良久，他们无声地较量着。

你知道秋水被欺负了。

你沉着嗓子，猛地一咳嗽。

邓川如惊弓之鸟，松开秋水，匆匆逃出房间。

很长一段时期，你常常不由自主地跌入一个相同的梦境里，像《盗梦空间》的主角那样，随时随地走进一个自己制造的梦。每次醒来，你都意犹未尽，甚至懊恼为什么要醒来，尽管肉躯和灵魂被撕扯得疼痛不已。你像一个嗜酒如命的酒鬼，但愿长醉不愿醒。那个梦，实在称不上美好——灰白阴沉的空间、颓败的人和物，像极一副饱经岁月摧残而破旧不堪的凡·高的油画。

梦中的你，已经长成大人的模样，面容清朗俊秀，腿脚颀长而有力。你穿着一套崭新的藏蓝色西装，打着一条颜色鲜艳的领带，头发抹着厚厚的发胶，固定出一个帅气的发型。隆重正式的装束，似乎表示你刚刚出席了某个重要场合，但惊惶的面孔仓皇的步伐，还是出卖了你那一时刻的焦灼心情。

那是一个夜色深沉的夏日之夜，天空灰白，黛色的群山阴沉着脸，苍白的芦花在晚风的吹拂下，漫天漫地，无序飞舞。茕茕孑立的你，站在村口溪畔长满茂密芦苇丛的那条灰白色的石子路上，看着秋思坚毅的背影渐行渐远，最后淡化成一个细小的虚点，融入一片苍茫的夜色里。

你时常后悔，后悔自己不该为了那所谓的脸面，犹豫着停住追赶的脚步。如果事先知道在随后的岁月里所发生的一切，你想，就算拼尽自己所有的力气，乃至生命，也要阻拦住秋思，以改变整个事件发展的方向。多年后，每每回想起当时的情景，你都要哀叹一番，并固执地认为那是自己的错。如果当时处理问题的方式成熟一些，理性一点，你想你和秋思的命运，也许就会走向另一面，至少不会是现在进入死胡同一样的境况。逝去的过往，成了历史，谁也无法更改。如今的你，也只能在梦里不停地篡改着那个梦的结局，以此来逃避残酷的现实，慰藉不断寂寥失落的内心。

秋思是你的妹妹。她的突然到来，像凭空出现的一个域外小精灵。你事先没有一丁点儿心理准备。那天，放学回家，秋水牵着一个怯生生的小女孩，高兴地对你说，以后她就是你的妹妹了，叫秋思。估计忍饥挨饿了很长一段时间，秋思的身躯干枯消瘦，堪比芦柴棒，一副体弱多病营养不良的样子。并且，她走起路来摇摇晃晃，重心不稳，像一个在地上打转的陀螺。你以为她之所以走路不稳，是刚学会的缘故，可实际上，她已经三岁，正常年龄的小孩应该早不是她那样。

秋思给你的第一印象，非常不好。她长相丑陋，皮肤黄黄的，稀疏的头发黄而微卷，尤其是凸出的宽阔前额，挤占了整张脸的大部分位置，一点儿也不协调。但不可否认，她有一双漂亮的眼睛，大而圆，清澈透亮如黑色的水晶，眼睫毛长而浓密，忽闪忽闪，像两把上下扫动的刷子。当时，她的眼窝里蓄着泪，头向后仰着，一双受惊的眼睛无辜地看着你。

秋思是捡来的。她被人遗弃在一条清幽的山道上。秋水一行三人，借着月色深夜打渔鼓归来，行至那条山道时，被秋思细弱的哭声吓到，以为碰到了鬼。等看清楚坐在山道上的是一个又冷又饿的小生命时，秋水满是怜惜地把她带回了家。

秋思说话迟，刚到你家时，她只会说几个简单的词汇，还咿咿呀呀地说得含混不清，你们一度以为她是个哑巴。问她几岁，她羞涩地伸出三根豆芽一样细长的小手指，不出声。你们家没有人知道她来自哪里，叫什么名字，生日是哪一天，她都说不清楚。于是，秋水把秋思正式进入你们家的那一天当成她的生日，并给她过了一个隆重的三岁生日。那是你从来没有享受过的超常待遇。

秋水给她取名秋思，并强制要求随她的姓，是存有私心的。你稍大一点后，她的这个意图，更是司马昭之心，路人皆知。

很长一段时间，秋思才融入你们的家庭生活。她对所有的人，似乎都保持着足够的警惕之心，像一棵含羞草那样，一经触碰就敏感地缩回伸展的枝叶。她谨小慎微惶惑不安的表情，让人看着心疼。家里一来生人，她最先想到的是快速撤离，缩着身子躲在秋水的背后，或者藏在院子最偏僻的角落里。每到吃饭，在多次呼唤后，她才不得已探出头，惊恐地用白皙到透明的手指揪着衣角，迟迟不肯过来。

你的弟弟白远航，在秋思到来的第二年春天，也接踵而至。对于白子服来说，这是他最为高兴的事情，他终于实现了父亲白天牧的愿望。白家，从白子服往上算，三代单传。白天牧最大的愿望，就是希望白家开枝散叶，人丁兴旺，成为邓家铺子里一个大的家族。

你和白远航，是白家未来延续香火的希望。

有了三个孩子，秋水更加忙碌。为了不影响如日中天的渔鼓事业，她把你们仨交给了五婶，让她帮忙看管，搭把手。这样的情况，一直持续了好几年。五婶和祖母的个性，完全不同，南辕北辙。祖母喜欢安静，五婶则喜欢热闹爱讲话，哪里人多往哪里凑。在邓家铺子的“街上”，你经常可以看到她左手抱着白远航，右手牵着秋思，在别人家的门口，放肆地打着哈哈，家长里短地说个不休。说得兴起时，见你路过，她还会把秋思和白远航硬塞给你，让你带他们去别处玩，以免中断她正在热聊的话题。

那时，你每天忙着和同龄的李泽权、王铁军一起疯玩，想尽法子开发各种好玩有趣的新游戏，根本没有心思照顾两个跟屁虫一样，甩也甩不掉的秋思和白远航。但你通常敌不过五婶的三寸不烂之舌，她会不停地向你唠叨诸如哥哥应该照顾弟弟妹妹、兄妹之间的感情只有在玩耍中才能感情融洽，等等之类的话。为了避免她的语言轰炸，你不得不接受她冠冕堂皇的不合理要求。你心不甘情不愿地敷衍着跟他们俩玩一会儿，然后又专注地投入到了自己的游戏之中。只是在玩的同时，偶尔瞟一眼罚站一样待在游戏外的他们俩。

秋思喜欢独处，在哪里无所谓。随时随地，她都能很快进入自己的世界里，并且自动屏蔽掉周遭所有的声响。即使面对一根干枯的稻草，她也能自得其乐地玩一个下午。白远航则不同，他喜欢跟着你，屁颠儿屁颠儿的，把你当成偶像一样崇拜，圆睁着大而无辜的双眼，对大孩子们的世界充满好奇和向往。很多时候，他还非常开心地把罚站当成是参与游戏的一部分，傻乎乎地站在一旁看着奔跑的你们傻乐。

在你的印象里，秋思从来都是沉默寡言、孤独落寞的代名词。你曾试着主动向她示好，以改变你们之间相处的现状，但都得不到她的回应，均告无功。加上秋水对她千依百顺的溺爱，激发了你心中的逆反心理，也就懒得再去做更多的努力。你和她的兄妹关系，在最初的几年里，就那么不远不近，不咸不淡。

秋思的性格，以及你们兄妹相处关系的转变，有一个清晰的分界线。那个事件，你记得非常清楚。也就在那时，一个坚如石子凝实细小的身影，猝不及防地投入到了你平静如镜的心海，泛起一圈圈细密的波纹，然后一沉到底。

一场夏日暴雨袭过，村旁的小溪，水面暴涨，溪流比平时湍急了不少，暗潮涌动。溪畔郁郁葱葱的芦苇丛，在略显混浊的溪水中挣扎，浮浮沉沉。

在一个溪流的拐弯处，浑身燥热的你，跳进溪水，尽情地游了起来。你对自己的游泳技术和水平，颇为自负，觉得那样和缓温顺的波浪对你没有任何威胁。你在溪水里变换着各种游泳姿势，时而做着鬼脸冒出水面，时而一个猛子扎进水中憋着气久久不出来，时而平展着身体漂浮在水面。你享受着征服波涛的成就感。

白远航，那时已经六岁。他站在岸边的沙滩上，眼神里满是羡慕，一只脚不时伸进靠岸的浅水里，一副跃跃欲试的神情。那天，秋思也在，她一个人埋着头，心无旁骛地在一堆洁白光滑的鹅卵石中挑挑拣拣，寻找着她最满意的一块。

那天，暴雨后的天气非常好，阳光收敛起它暴虐的脾气，变得温情脉脉。不大的沙滩上，间或冒出的几丛野草，几朵黄色的野花，在微风中轻轻摇曳，花叶上的水珠折射着阳光，闪烁出梦幻般的色彩。

架不住白远航的百般恳求，加上对自身的无比自信，你答应教他游泳。

入了水的白远航显得异常兴奋，他在你双手的托扶下，很快掌握了平衡身体的诀窍。他拍打着水花，开心地尖叫，似乎对自己那么快就学会游泳很是满意。一会儿，你试着松开手，让他自己游。在你的保护下，呛了几口水，他竟然游了起来。几个来回后，胆大的白远航说他可以在稍微水浅的地方游泳，让你不用管他。

你相信了他。

你和白远航，各自在水里嬉戏着。

不见了白远航，是在你第二个猛子扎进水里，再伸出头来的时候。

你慌了，搜寻着，大声喊叫白远航的名字，一股透彻心扉的冰凉从你的心底冒起。

眼前的溪水，流淌依旧，偶尔还打出一个个细碎的漩涡。

天和地，寂然静默。

一个娇小的身影，迅疾地从你的眼前掠过，宛如一颗流星划过幽蓝的夜空。

你似乎有这样的心理倾向，总认为回忆里的种种过往，才是人生中最美好的篇章。而对眼下正在发生的事情，却缺乏应有的感知和领悟，从而常常得出在未来看来失之偏颇的结论。换句话说，那些现在看来非常美好的过往，在过去的某一个时间点，可能是你最为厌倦或恐惧的事情，唯恐避之不及。同一件事情，美好，抑或不美好，往往随着时间的推移，会有截然不同的评价。偶尔在无聊的时候，你喜欢做这样的对比，并把自己置身在某一段回忆里，重新体会当时的感觉。你比照着那些发生在你身上的一系列微妙而又不可抗拒的各种事件，常常会有一种消极无力的挫败感。

最先让你体会到这种挫败感的是学习二胡，且持续了很长一段时间。很小的时候，一旦空闲下来，秋先总是有意无意地向你灌输有关二胡的知识，让你试着弹拨二胡的弦，让你识谱，等等，他命令的口吻里有种揠苗助长般的急迫。从外表看，秋先给人的感觉，仙风道骨，且和善有礼。实际上，他的骨子里透着军人的强硬和说一不二。那时的你，经常受不了他毋庸置疑的命令口吻，叫嚣着反抗他的权威，但每次都被他不怒而威的气势吓住，只得乖乖地听从他的安排，投入到枯燥的二胡学习之中。

多年以后，回想起来，那段枯燥的学习经历，反而成了你人生中最为美好的回忆之一。你从内心里感激秋先对你近似变态的高压管制。以你好玩懒散的个性，你很难在某一件事情上维持那么长时间的热情。也许，秋先早就从你的性格中看到了这一点，并强制着约束你的行为。对秋思和白远航，他可从不强迫他们做任何事情。

在学习二胡这件事情上，秋先不可通融得有点面目可憎。但除此之外，他和你相处得更像是朋友，平等而民主。那时的他，像换了一副面孔，和蔼可亲得就像从画卷中走下来的修真老道，飘飘兮若仙。作为学习之余的奖励，他喜欢给你讲各种有趣的故事，其中有仗剑天涯的武侠故事，炮火连天的战争故事，令人毛骨悚然的鬼故事，等等。他的脑袋里似乎有一座采之不尽，永远也挖不完的故事之山。

在他连说带演的精彩讲述下，你每次都听得津津有味，意犹未尽。后来，听众中又多了秋思和白远航两个忠实拥趸。听故事的过程中，他们俩更夸张，各种丰富的面部表情，淋漓尽致地泄露出他们激烈的内心情绪。

听故事，最好在夜晚，尤其是在漫长的冬日之夜。记得有那么一些夜晚，屋外北风呼啸，天空中撒下的雪粒，蹦跳着落在屋瓦上，树枝上，台阶上，地上，田野里，沙沙作响，像一首协韵天成的合奏曲。你、秋思和白远航，围坐在烧得通红的火塘旁，拥挤着抱在一起，一脸紧张地听秋先讲一个以前从未听过的鬼故事。不远处，桌上的一盏煤油灯，灯光如豆，在房屋各个缝隙间吹来的冷风中，忽明忽暗。

也许是秋先故意为之，他讲的鬼故事，恰好暗合着当时的外部环境。他控制着说话的语气、声调、节奏，仿佛描绘的场景就在眼前，堪比一幕幕精彩的电影画面，活灵活现之极。即使听惯了鬼故事的你，也禁不住紧张地四周张望，似乎故事中的妖魔鬼怪，就蹲守在某个阴暗的角落，随时张开血盆大口向你扑来。白远航更甚，他依偎着你，嘴里发出尖叫，激动得双手伸过来与你紧紧相握，一手的汗。你似乎听到了他手心汗水滴落地上的吧嗒声。秋思看起来颇为平静，但她不停拉扯衣角的手，透露出她内心的紧张程度，绝不亚于你和白远航。她在努力克制着，不让自己喊叫出声。

直到火塘内的木炭，熄掉最后一丝光亮，刺骨的寒意从四周涌来，你们才在秋水的多次催促下，带着不尽的余兴，各自回床睡觉。后来你知道，秋先讲的鬼故事，大都取材于蒲松龄的《聊斋志异》，只是加上了他丰富的联想和自由发挥，人物、情节变得更加饱满完整而已。但毫无疑问，秋先的鬼故事，丰盈了你的整个童年。

当然，除了讲述各种各样的故事之外，秋先还喜欢跟你们讲他自己。他漫长的人生经历，本身就包含着许多情节曲折、惊心动魄的故事。虽然在讲述自己的经历时，秋先难免有夸大到失真的嫌疑，但是那又怎么样，你不想去追究其中的细节，只想把它当成是真实发生的事情。何况就算历史的真实记录，有时也难免有失偏颇。

秋先说他年轻时做过最苦的活儿，是挑盐的挑夫——去远在千里之外的广东挑盐。那时，盐业不发达，人们要想获得生活必需之盐，极为困难，特别是一些山区里的乡村，更是如此。于是，应运而生，有了挑盐这样的一个行当。挑夫们，挑着一百多斤的盐，全凭肩挑脚走，没有任何交通工具可以搭乘，通常一个来回，要好几个月时间。其中的艰辛与苦楚，只有经历过的人，才能懂得。

一个薄暮轻垂的夏日傍晚，一队挑夫打着赤膊挑着盐，步履沉重地走到一个叫三口湾的小山村，秋先也在队伍当中。看天色已晚，挑夫们决定在这个村的火铺里住宿一夜，休整一下恢复体力，第二天再早起赶路。三口湾村，是挑夫们南下广东挑盐的必经之地，也是挑盐归来的休憩之地。挑夫们常常聚集在村口一个不大的火铺里歇息。当然，也有为了省钱，直接在户外席地而眠的。在户外过夜，夏天还好，除了蚊子多点，如遇到霜重露深的秋季夜晚，就颇为难熬。

秋先与其中几个人，在火铺住下不多久，远远地就见到六个日本兵，出现在了村口，荷枪实弹。那时，战事吃紧战火绵延，即使是在最偏僻的小乡村，偶尔也会看到扛枪的各路士兵经过。这次虽然只有几个日本兵，三口湾的村民们还是如惊弓之鸟，吓得不敢出门。他们暗地里联络彼此，各自寻找到隐蔽的地方躲藏了起来。

也许是行军久了的缘故，几个日本兵都有些疲惫，似乎不堪肩上重负，走起路来东倒西歪有气无力。其中还有两个日本兵腿部缠着厚厚的绷带，一瘸一拐的，明显受伤不轻，他们俩拖着双腿艰难地跟在队伍最后。秋先想，他们一定饿坏了，进村的目的，估计是要找可以果腹的食物。

果不其然。

来到火铺门口，一个兵走上前，手中枪口指着火铺老板，用半生不熟的中国话说，赶紧炖一只鸡，多准备点饭菜奉献给他们。再腾出个房间来，他们要休息。个头矮小的火铺老板，双腿吓得筛糠一样地颤抖。他哆哆嗦嗦地回答着，安排他们坐下，然后一路趔趄着去后院抓鸡。

那时的秋先，颇有爱国情怀，胆子大，也有一些计谋。他看不惯日本侵略者横行霸道的嚣张行为，脑袋里突然冒出一个大胆的想法。他想那几个兵战斗力必定不强，这是一个灭掉他们的大好机会。他在一旁偷偷观察着，思索着作战方案。

那个火铺是一个大院子，里面有堂屋、偏房、厢房、天井，以及多条阴暗的回廊，不熟悉的人，走进去，一定会搞不清楚方向。

秋先思考着如何利用院子的复杂地形来布置作战计划。他和几个身强力壮的挑夫低声商量着，并分配了各自的任务。他还谨慎地安排了一个挑夫，让他去日本兵来时的路上侦察，看看是否有其他日本兵正往这边走来。

秋先感觉自己正在做一件大事，兴奋得难掩激动之情。此时的他，就像战场上一位横刀立马的大将军，正指挥着千军万马。但让他想不到的是，整个事件的发生过程，完全没有想象那么复杂。他预想的作战场景，根本没有发生。

日本兵酒足饭饱后，秋先扮演成伙计的模样，手里拿着一根长长的旱烟枪走向前，献媚似的躬身递给带头的那个，请他享用。那个带头的吸了一口，立刻喜笑颜开。他用生硬的中国话大加赞赏说，大大的舒服。看着一脸讨好的秋先，他的脸上露出轻蔑的笑容，他相信这个已经吓破胆的中国人不敢对付他们。于是，抽了一会儿烟后，他摇晃着，大大咧咧地在秋先的引导下，向后院的厢房走去。但他万万没有想到，正是这个外表看起来人畜无欺的中国人，断送了他的性命。

没多久，疲倦不堪的六个日本兵，躺在厢房的床上沉沉睡去，随后鼾声大作。原来，为了稳妥起见，秋先偷偷地在饭菜里加入了一大包迷魂药，那样的量足够迷倒所有日本兵。日本兵像待宰的肥猪一样呼呼大睡，秋先带领男人们拿着各种农具走了进来。从没杀过人的他们，都不敢接近日本兵，心里打鼓一样怦怦直跳，既兴奋又紧张。

秋先制订计划的第一步是拿走日本兵手中的枪。毕竟没有枪的日本兵好对付一些。秋先事先做好了殊死搏斗的准备。他稳定了一下心神，深吸一口气，蹑手蹑脚地走到一个日本兵的面前，轻轻地拿起抱在他手中的枪。比想象的顺利，日本兵一点反应也没有。在秋先的示范作用下，其他人也跟着胆子大了起来，他们都走上前，一一收缴着日本兵手中的枪支。秋先把所有枪支收起来，集中丢进了一个废弃的枯井里。

轮到要杀死日本兵时，秋先还是不忍心下手。毕竟平时里，他不过是一个老实巴交的农民，没干过杀人越货的勾当。但他知道，必须尽快杀死日本兵，不干脆或者留下一个，都是麻烦。于是，他拿起手中的锄头，狠起心肠，闭上眼睛颤抖着用力敲向一个日本兵的头部。

日本兵，哼都没哼一声，就此一命呜呼。

很快，六个日本兵，一一殒命，去见阎罗王了。

忙活完毕，秋先终于放松了紧绷的神经。

他瘫坐在地，汗水涔涔。

你第一次突如其来地体会到一丝来自心底的战栗，是在一个月朗星稀、蛙鸣虫叫的仲夏之夜。那一刻的感觉，犹如一道闪电划过漆黑的夜，稍纵即逝。同时，潮湿的心底，开裂萌动，似乎有春草即将破土而出。

秋思湿漉漉地闯进你的脑海。你猝不及防。

你的心，一阵兵荒马乱。

你为自己有这样肮脏的思绪感到羞耻。因为此时的你，正赤裸着躺卧在溪水里的一块巨大岩石上，一股激流从高处落下，瀑布一样打在你的身上，水花四溅。

你头枕着手臂，呆呆地望着自己略显陌生的身躯，有种恍兮惚兮的错觉。仿佛只在一刹那间，你眼前的世界变了，时间变了，空间变了，一切都变得不同以往。

恍惚中，你看见秋思气喘吁吁地把白远航拉上岸，让他平躺在沙滩上。她看了一眼面色苍白的白远航，深吸一口气，然后镇定地走向前，抄起他的腰，让他头朝下倒立。她抱着他，剧烈地跳了几下。她的动作，一气呵成，干脆利落。白远航稀里哗啦地吐出几口混浊的溪水，咳嗽几声，醒了过来。

看着浑身湿透的秋思，你不相信眼前的她就是她。她颠覆了你以前对她的所有印象——她再不是你最初见到她时的模样。那个怯生生、孤独寂寞的黄毛丫头，早已杳如黄鹤，一去不复返了。

披着夏日午后的阳光，秋思光着脚，俏立水岸，湿漉漉的长发吧嗒吧嗒地滴着水珠。她穿着一袭白色长裙，湿了的缘故，皱巴巴地紧贴着身子。她的胸脯微微隆起，像两块形状饱满的鹅卵石，或是两颗青涩的橄榄。她用手轻轻地捋着长发，紧蹙着眉头一言不发，但神情里似乎在责怪，责怪你没有照顾好白远航，以致打扰她在沙滩上寻寻觅觅的兴致。你收回窥视的目光，背起坐在地上泪眼婆娑的白远航，磕磕绊绊，心慌意乱地往家的方向走去。她跟着你，脚步窸窣，和着你的每一个心跳。

天上的月亮，在白莲般的云层里穿行。莹白如玉的水流落下，持续不断地冲击着你，打在你的头上、身上。你感觉自己的身体，慢慢地失去重量，开始飘浮、升腾，直往天上的月亮奔去。你体验着这种前所未有的感觉，忘了今夕何夕。你听不到任何声响，群山静默，山村寂然。

岸边传来白子服几声尖锐的呼喊，像收回风筝的线，一把把你从云端拉下来。以为心中的隐私被人窥破，你一阵慌乱，脸躁红、心狂跳，恨不得找个地缝钻进去。你就势一翻身，沉入水里，久久不愿出来。

你不知道白子服是否看到了刚才的你，只觉得尴尬羞赧，心虚不已。你快速套上衣服，不时回头看向你躺卧的那块岩石。还好，以你的视力，从岸边看，也只能看到影影绰绰的黑色岩石和高高坠落的一大片白色水幕。而白子服，戴着厚厚的眼镜片，他不可能看得了那么远的距离。心中悬着的石头一下落了地，你缓缓吐出一口气。

白子服知道你喜欢来这儿游泳。夏夜里，只要在家里的床上找不到你，他就知道你来了这儿。横了一条溪坝的缘故，这里水域宽阔，波光粼粼，最深的地方，深达两米。清澈的溪底，不见怪石错落堆积，尽是细沙和鹅卵石。溪岸青山，岩石磊磊，其中有一块略微伸向水面，像一个绝佳的天然跳台。你和村里的小伙伴们，经常相约来这里戏水、跳水、打水仗。父母们不扯着嗓子大声呼喊，你们基本不会归家。

白子服不是特意来叫你的，他心里有别的事儿。

他刚从邓家铺子新建的碾米房里出来，趁着月色，恰巧看到了溪坝下影影绰绰的你。他走路依旧一瘸一拐，但步履少有的铿锵有力，掩饰不住兴奋的脸上，洋溢着被众人追捧的满足感——甚至比赢得戏台下不绝的掌声所带来的满足感，有过之而无不及。

碾米房，用机器碾米，在邓家铺子绝对是一个新鲜事物。

在那之前，要想获得白花花的大米，只能人工舂米。每月每家差不多要舂五六次，方能满足日常所需。邓家铺子有一个公用的舂米房。那是村里最为繁忙的房间，“跺跺跺”的声音，一天到晚不见停歇。逢年过节，舂米房外还会排起长长的队伍，全是等着舂米的父老乡亲。小时候，你觉得好奇、好玩儿，跟着白子服去体验过几回。可等新鲜劲儿一过，你再也不愿意踏进舂米房一步，仿佛里面住着一只吃人的老虎，唯恐避之不及。现在回想，舂米房里的一切——活动的人或是静默的物，似乎都蒙着一层淡淡的金黄色光晕，像一张被岁月侵蚀得泛黄缺角的老照片。

在你年少时的眼里，舂米房中央深陷地下的臼，臼口硕大无比，且深不见底（因为杵在臼中，你看不见臼底）。臼是用一整块青色的石头做成的，估计从开采、雕凿，再到放置进房的中央，花费了不少人力物力。年深日久且使用频繁的缘故，臼的表面，光可鉴人。不知道为什么，记忆里的那口臼，总让你想起《西游记》里的无底洞。站在它的旁边，你会不自觉地往后退缩，生怕一不小心掉了进去，就再也爬不出来。

舂米，过程并不复杂，但绝对是一个累人的苦力活，非一般的劳力不能胜任。不少人，舂一会儿就大汗淋漓，喘气不已，像白子服那样平时体力活干得少的人，更是如此。舂米时，先把稻谷倒进臼里，然后再利用杠杆原理，用脚踩着一块长长的木板，跷起顶端与地面垂直的杵，不停地捣，直至分离出米和糠。有人计算过，舂白一臼米，最少要舂五百下，花去将近一个半钟头的时间。

因为只有一个不大的雕花木窗，舂米房里光线昏暗。如是不好的天气，大白天也要点上蜡烛或者煤油灯才能干活。舂米房里，青黑色的墙砖上终年蒙着一层厚厚的白尘，墙角布满新旧不一的蜘蛛网，一架用来分离米和糠的木制风车，像一个垂暮老人那样，有气无力地倚靠在屋的一角。

别看白子服的脚平时走路一瘸一拐，但一点儿不影响舂米时的用力。你学着他的样子，双手抓紧面前的一根横杆，右脚踩在木板的尾端，尽量跟着他用力的节奏。你们每用一下力，跷跷板一样，木板的另一头高高跷起，再一起虚空抬起脚，包着铁皮的杵头就会重重地砸下，打在金黄色的稻谷里，像一颗陨石落进了黄河，顿时掀起一阵巨浪。

你很享受那样的起起落落，感觉甚是好玩有趣。有时，你故意不出力，整个身子趴在横杆上，嘻嘻哈哈地晃荡着双脚。几次后，你胆子愈发大了，于是干脆整个人站在木板上，大张着双手。你感觉自己变成了一只小鸟，随着跷跷板的上上下下，在不停地展翅飞翔。就在你欢快地享受舂米的乐趣时，白子服早已汗流浃背，气喘如牛。

在你和白子服舂米的过程中，站在臼旁的秋水，一点儿也没闲着。她拿着一把长长的铁锹，趁着杵上升的空当，不时在臼里翻动一下，以便稻谷受力均匀，那样会加快舂米的速度。他们俩的配合，默契而有节奏，一点儿不比戏台上的配合逊色。

舂完米，不算完，还得把米和糠分离开来，要不无法食用。这时，需要用到一个你们乡下叫风车的农具。在那时的你看来，比秋水还高的风车是一个巨大而复杂的庞然大物，宛如一只变异进化后的硕大昆虫。

通常，这样的细活，非得秋水来完成不可。白子服歇下来，瘫坐在一旁的地上，擦着汗。秋水则俯着身子，上半身弯进臼里。她用一个叫撮斗的工具，把舂好的米，一撮一撮地撮出来，然后高举着倒进风车顶端一个上宽下窄的锥形木制容器里。等装满后，放开风车下端的一个阀门，同时摇动一个带有几片扇叶的铁制手柄。

大家都知道，米和糠的密度不一样，米重糠轻。人们正是利用这一物理特性，制作出了风车。风车阀门打开，米糠一起下落，这时手摇风起，米和糠就会自然分开，落向风车不同的出口，落进出口下不同的篾箩里。如此这般，反复几次，就达到了米糠完全分离的目的。当然，如果稻谷里本身混有小石子、其他坚硬的物体，或者舂得不够干净还留有谷粒，那样的话即使风车车过，分离出来的米，还得回家用米筛筛一遍，仔细清除其中的杂物，才能下锅煮饭。

突然有一天，你醍醐灌顶一样地明白，为什么那个工作非女人不能做好。因为它跟手柄摇动的力道和速度，大有关系。摇得重了或快了，米就会被风吹进糠的出口，而轻了或慢了，糠又会落进米的出口。摇手柄的力道和速度的把握，全凭巧劲儿和不紧不慢的悠闲态度，男人去做的话，往往缺乏应有的耐心。那也是为什么在你和白子服尝试过几次以后，秋水笑着把你们俩赶开的原因。你记得秋水当时对你们说，你们俩赶紧让开，尽添乱，耽误我时间。那时的你，哪里懂得这些道理，只顾嬉笑着捣乱。你调皮地埋着头，在风车的出风口，迎着风冲来冲去，吹得一嘴一脸的糠。

多年以后，每当回到邓家铺子，你都会不由自主地回想起白子服在“街上”

摆弄碾米机零件的那个遥远的下午。当时，白子服向前微倾着身子，左腿曲蹲，右膝跪在地上，眉头紧蹙，双手沾满油腻腻的机油。他的面前有一堆大小不一的零件，一张画满各种不规则图案的图纸。从面部表情来推测，他像是遇到了一个世纪大难题，迟迟无法解决。他不停地摆弄着那些零件，装装拆拆，看一会儿图纸，复又长久沉思。即便金色的夕阳掠过屋顶，四周薄暮笼罩，他依然保持着最初的姿势，形似一尊秦始皇陵里出土的跪射俑。

在白子服的周围，里三层外三层地站满了围观的村民们。他们小声地议论着，脖子尽量向前延伸，黑压压的脑袋，像一个探头丛林，伸向人群的中心，疑惑的眼神里充斥着单纯的好奇。一个新鲜事物的到来，激发了全村人的饱满热情，它像一块巨大的磁石，吸引着他们从村子的四面八方围拢过来。他们急迫地想要知道所有人关注的事物，将会对他们的生活产生怎样的影响。

当然，期待之余，他们更多的是好奇，好奇碾米机究竟是怎样的一个事物。碾米机买回来之前，村主任邓正午神乎其神的吹嘘，早就吊足了他们的胃口。他们各自在心里想象着碾米机的模样。看着地上一大摊的铁疙瘩，他们满腹疑惑，纷纷猜想着它们能组装出什么样的一个钢铁怪物来。他们深知人工舂米的艰辛，如果有一个机器能碾开稻谷的外衣，让他们轻松地获得白花花的大米，那自然是一件值得全村人庆贺的大事。见白子服久久不能安装成功，他们本来满是期待的眼神里，渐渐地流露出失望之色。时间越久，失望的神色越加浓酽，一如越加浓黑的夜幕。

夜色温柔，“街上”人家的窗户，依次透出煤油灯散发的昏黄灯光。炊烟升起，空气里开始飘荡起好闻的饭香。没多久，女人们扯起喉咙高喊自家男人或小孩吃饭了的声音，此起彼伏地响起。白子服身边围观的人群，像听到指令一样，潮水般退去，到最后只剩下提着一盏马灯的邓正午，孤零零地站在他的面前，照亮着他，像一个称职的仆人。邓正午哑着嗓子声音低沉地提醒白子服，说天黑了，明天再弄吧。白子服仿佛没有听到他的话，依旧保持着跪射俑的姿势。很明显，他陷入到了一种痴狂的状态，外界的一切声响，似乎都无法对他形成干扰。

白子服的性格中，执着甚至执拗，是他的最大特点，有种不达目的不罢休的犟牛精神。即使他不擅长的事情，或是一个全新的事物，他都喜欢投入精力去探究、钻研，直到弄懂、熟稔为止。其实，碾米机对他来说，算不上一个新鲜事物，他甚至见过比这更先进的机器。白子服很早以前曾经向村主任邓正午建议过这个新鲜事物，但都被他以村里没钱为由拒绝了。白子服腿脚不灵便，对于舂米那样高强度的体力活，经常有力不从心之感。在外打渔鼓时，看到隔壁县城的一些村镇装了碾米机，十几分钟就能毫不费力地干完他几个小时的活儿时，白子服为邓家铺子还在坚持使用落后的舂米工具，深感遗憾。他在心里发誓说，一定要在村里安装一台碾米机，哪怕多出点钱多出点力都行。

一回来，他又开始力劝村主任邓正午，大肆渲染机器代替人工的种种好处，并费了好大一番口舌，终于说服他同意在村里建一个公共碾米房。那时候，周边的大多数村镇，听都没有听说过有碾米用的机器。邓家铺子要建一个碾米房的消息，像长了腿的风，迅速刮遍了周边的一大片地区，不仅勾起了本村人的强烈兴趣，就连隔壁几个村庄的人们，也都纷纷跑来打探事情的进展。人们的好奇心，像路边的野草，在疯狂地生长。

一长串畅怀的大笑，打破了山村的宁静。大笑的源头，像宇宙中心突然出现的一个巨大旋涡，吞噬着裹挟而来的村民们。一堆人群中，白子服像一个刚刚生产完的产妇，带着满足的神情，向赶过来的人们一一介绍他新生儿一样的碾米机。为了解答村民们的疑惑，他一边讲解一边示范。他轻松地舀起一瓢稻谷，倒进碾米机上方的容器里，然后用手转动侧面的一个圆轮。咔咔的声音响起，一会儿，碾米机前后的两个出口，分别流泻出白色的大米和金黄色的糠。大米粒粒洁白，完整饱满，完全没有舂米时的细碎。村民们惊异了一会儿后，心里的疑惑更甚。

白子服向村民们展示了一圈手里的大米，同时，显然也读出了他们心里的想法。他接着解释说，刚才只是个小小的示范。要想碾米的速度加快，必须给碾米机施加更大的动力。所以我们下一步要做的工作是修建一条水渠。用水力来带动碾米机。村民们的脸上，显现出更加迷惑的表情。白子服又说，等建成了碾米房，看到碾米的整个过程，你们自然就会明白。这时，村主任邓正午插话说，从明天开始，每户出一个壮劳力。我们尽快把碾米房建起来，这是一个对邓家铺子所有人都有利的大事，希望大家按时出工。

不知道大家是否有这样的感觉，当我们回首往事时，记忆的长河里，大多时刻呈现出的是一片原始的黑暗，其间散布着如浮游动物一样细微的记忆点，泛着淡淡的白光。有时候，从一个点游到另一个点，不需要太长的时间，轻松就能把它们连缀成线。而更多的时候，两个点之间似乎隔着无限的距离，甚至在游动的过程中，会被记忆的河流冲刷到杂草丛生的岸边，以致迷乱了要去的方向。此时，你的脑海里，无可避免地出现了无法连缀成线的记忆。当然，你也可以通过丰富的想象，把中间漏掉的部分补上，但终究无法和原有的记忆天衣无缝地嫁接在一起，就如一个破掉的铁锅，无论怎么修补，都会留下丑陋的疤痕。

插叙这段话，除了确实记不清之外，你更主要的目的是想跳过接下来可能出现的流水账一样的叙述。

总之，不久之后，邓家铺子真的有了碾米房。人们在初次见识到高效率的碾米机表现出惊讶不已的感慨后，很快就把它当成了生活中的常态。舂米房理所当然地被人们遗忘，淹没在记忆的长河里，成为漫长历史的一个瞬间。

不知为何，你记忆里的碾米房，似乎从一开始就是一个沧桑孤寂的老人。它矗立在溪坝不远处的上游，半悬空地挂在溪流的上方，一副饱经风雨的侵蚀、将倾未倾的委顿模样。屋顶上的青瓦，如一片浸泡得发黑的梧桐叶，松松垮垮地覆盖在四面墙上，似乎随便刮来一阵风，就能将它掀个干净。一条长而宽阔的人工水渠里，奔涌的溪水，咆哮着冲向碾米房，似乎随时可以把它冲垮。

建好碾米房，白子服并没有功成身退，反而有更多的义务，随之而来。他成了碾米房理所当然的管理者，守护者。白子服倒也乐意为村民们服务，只要有人扯开嗓子叫一声，他就瘸着腿跑过去帮人家碾米，风雨无阻地坚持了好些年。以现今的眼光看，碾米的过程，其实很简单。它利用溪水的流动，冲击安装在碾米房地下连通水渠的一个涡轮，使得连接涡轮上方的一个圆盘转动起来，再用一根宽宽的皮带，套接着碾米机的小圆轮，从而带动机芯的转动，达到碾米的目的。

碾米机碾米速度的快慢，通过一个水闸来控制，开闸放的水多，则快，放的水少，则慢。跟白子服去碾米房玩耍时，你最喜欢控制水闸，并把它当成是一个好玩的恶作剧，且屡试不爽。白子服让你拉上闸门，你故意压低，让你关闭闸门，你故意拉得更开。当然，在碾米的过程中，你那样做，没有多大问题，最多忽快忽慢而已。而你最喜欢在没有碾米的状态下，故意让碾米机空跑，听它发出海啸般的轰鸣。通常，白子服对你表现出的顽劣，没有更多的办法。跑不快，是他的软肋。他除了声色俱厉地吓唬一下你之外，剩下的只能是跟你讲一些大道理，说那样容易造成机芯磨损加快。次数多了，还会大大缩短碾米机的寿命。如果频繁更换碾米机零件，毫无疑问会成为村里的一个负担。那时，年少的你，完全无法理解其中的人情世故。只想着自己怎么高兴怎么做。直到有一次，发生了一件令人后怕的事情，你才幡然醒悟——胡乱地开闸放水，可能危及人命。

那天，天空阴沉，下着细雨，水渠里的水比平时暴涨了不少。通常，如果闸门不打开，水渠里的水会通过另一个出口汇入下方的溪水中。你透过窗户，往碾米房里窥视。你的视线内，空无一人。你一阵窃喜，快步走到水闸前，像个惯犯一样，大力地提起闸门。看着翻涌起白色泡沫的水流，你有种莫名的兴奋。

碾米房里没有传来期待的嗡鸣，而是一声低沉的惊呼。你往碾米房里看去，只见满面惊惶的白子服从地下水槽里跳起来，死死地抓住涡轮上方的圆盘。接着滚滚的洪流呼啸着冲来，他像一片树叶，漂浮在水面。你吓坏了，赶紧放下水闸，并用脚狠狠地踩紧。

白子服狼狈地爬上来，浑身湿漉漉地坐在地上，一脸惨白，像在鬼门关里走了一遭。原来，因为下雨的缘故，涡轮里聚积了许多诸如破布、树枝之类的杂物，他跳到底下清理。还好，他听觉敏锐，一感觉到声音不对，马上采取了行动。如果稍微慢一步，他大有可能被汹涌的水流卷入碾米房下方长长的涵洞里。那样的话，他不死也得脱层皮。

再次听到邓川这个名字，是在邻村的一个葬礼上。尽管过去了好几年，当你听到这个名字时，那个曾经刻印在脑海里的黑影，以及他独特的嗓音，还是不由自主地从你的记忆深处浮现了出来。毫无疑问，你对他没有好感，甚至敌视。无数次回想起那个诡异的夜晚，邓川暧昧不清的话语和行为，让你无限反感。同时，直觉告诉你，他和秋水之间肯定有一段剪不断理还乱的过往。你年纪虽小，但对情感的理解，往往直抵核心。

顺便说一下，你之所以出现在邻村的葬礼上，是因为秋先想要锻炼你，让你了解一下打渔鼓这个行业的艰辛，让你看清社会现实。读初二时的某一天，放学回家，你突然在众人的面前把书包一甩，淡然地说你再也不去上学了。从第二天起，你果真再没去过学校。那时，你正处在叛逆的年龄阶段，心中充斥着太多自以为成熟实则幼稚无比的想法。你读书成绩不算好也不算坏，认真的话，成绩排名会噌噌地往上蹿，一松懈，则直线下滑。李泽权、王铁军和你，从小学一直玩到中学，始终形影不离，就连上厕所，都要排成一排地站在一起。在你们仨的心目中，只有在一起度过的日子，才有持续存在的意义。你们仨始终坚信，你们的友谊必将地久天长。

有一天，无甚可玩，你们仨排成一排站在臭烘烘的尿槽前，无聊地比赛谁尿得远。正尿得高兴，你们的班主任老师吴丹青，佝偻着背走了进来。看着你们放浪形骸的青春模样，他混浊的眼眸里，闪过一抹意味深长的微笑。你们仨吓了一大跳，手忙脚乱地匆匆收拾一番，立刻作鸟兽散。逃出厕所，你浑身不自在，总感觉背后有一束目光在追随你，像火一样灼烧。

一连好几天，背后那个牛皮糖一样黏着你的灼烧感觉，如影随形，在教室里、操场上、走廊间，甚至校园里的任何角落。你怀疑自己是不是得了臆想症，但一放学，离开教室走出校园，那个奇怪的感觉，顿时消弭于无形。

那天中午，学校集体午休。你像只八爪鱼一样，趴在课桌上睡得昏昏沉沉。吴丹青走过来，轻声地叫醒你，并让你去一趟他的办公室。你迷迷糊糊地趿着脚，跟在他的身后。那种让你浑身不自在的灼烧感，又升腾而来，带动你的心跳也加速了不少。吴丹青的办公室，光线昏暗空气混浊，厚厚的黑色窗帘阻挡着室外灿烂的阳光，一小束光倔强地挤过窗帘的缝隙，投射进来，散发出鬼影般的昏黄。他轻飘飘地坐进办公桌前一把破旧泛黄的藤椅里，四肢自然摊开，头不堪重负地往后仰，整个人看起来像一块脱完水风干了的牛皮。他的脸色苍白如纸，一声拉风箱似的咳嗽，牵起身体一阵剧烈的起伏。他伸出布满绳索般青筋的手，指着不远处的一把歪歪扭扭的竹椅让你坐。

你不知道他叫你来办公室的目的，也不敢询问。于是只好一脸茫然地坐着，你努力让自己的神志从昏睡的状态里清醒过来。吴丹青似乎也没有打算直奔主题，而是绕开学习，绕开一个老师应有的威严，絮絮叨叨地说了一大堆无关宏旨的话。

他闪烁其词的话语，神情惴惴的模样，让你有种说不出的烦躁。何况，待的时间长了，房内散发出的一股混杂着药味和其他说不清味道的气味，让你胃酸翻涌，你恨不得立刻逃离他的办公室。

当然，如果那时的你，面对突如其来的问题有如今这么理性的话，你一定能理解吴丹青当时的心情，也会满足他提出的一个现在看来完全不算过分的要求。他那难以启齿的要求，其实就是让你给他提供一壶尿。他生病了，且病得不轻，这明眼人都看得出来。也许是病急乱投医吧，他听人说用童子尿做药引可以治好他的病。那天，你们仨在厕所比赛尿尿，他看你尿得又高又远，于是萌生了找你要童子尿的想法。也许是怕被拒绝，或是怕惊吓到你，他一直不敢找你提出那样的要求，所以好几天犹疑着、猜度着、纠结着。很显然，他对你冲动的性格是有所了解的。当他终于期期艾艾地说出口，并把一个白色盆子递给你时，你涨红着脸受辱般地一脚踢开它，然后气鼓鼓地推开门扬长而出。你并不讨厌吴丹青。他上的语文课，你甚至颇为喜欢。也许是那个如影随形的灼烧感，以及那天中午屋内充满腐败气息的氛围，吓着了你，以致你做出了一个有悖常理的反应。

在你腾地一下站起来的那一刻，你受刺激的肾上腺素，激发你脑海中跳出了退学的想法。两个本不相干、平行的事件，突然诡异地互为因果。现在你已经分辨不清，究竟是先有退学的想法，然后果断地拒绝吴丹青，还是因为拒绝了吴丹青，从而产生退学的想法。叛逆期的少年，有些想法和决定，飘忽不定就如夏日午后的一场雷阵雨，来得快去得也快，会产生什么样的结果，谁也无法预测。现在看来，那个事件，可以把它定性为催化剂，或是一个分水岭。反正从那以后，你远离了校园生活。你们仨看似永恒不变的生活，也在那时土崩瓦解，各自奔向了三个完全不同的方向。人生就是那样。一个毫不相干偶然发生的事件，也许就是改变你人生方向的必然因素。

不知是反应过度，还是因为刚刚经历了吴丹青事件，邓川看向你时，那种如芒刺在背的不舒服感，又涌将上来。当时，昏黄的油灯下，他坐在一个宽大的饭桌前，手握毛笔在一张长长的白纸上写对联。一个白发稀疏，脊背弯成虾米样的耄耋老头，颤巍巍地站在他的旁边，欣赏着他写的字，并频频带头赞叹，干瘪的嘴角挂着孩童般天真的笑。邓川抬头看见秋先，连忙放下毛笔，摘掉架在鼻梁上的眼镜，小跑着走过来跟他打招呼，并口称师父，态度谦恭有礼。

邓川面容清瘦，唇红齿白，刀削斧砍般的五官，精致立体，双颊和下巴上长满细密的胡须，给人儒雅和粗犷兼具，混搭般的视觉冲击。他身穿一袭浅灰色的斜襟长袍，头戴一个刺有黑白八卦图案的道士帽，神态飘逸卓尔不群。从外表看，邓川比白子服更显年轻，虽然在儒雅稳重上稍逊一筹，但胜在飘逸灵动。他跟秋先说话的声音，完全没有那晚的尖锐刺耳，反而清澈透明，如春风拂过水面，给人熨帖舒服之感。你看着他，比对着脑海里有关他的形象，发现完全不能重合，仿佛隔着重重薄纱似的帘幕。自从得知他是邓川，你开始像一只刺猬那样，收缩起身子并张开锋利的尖刺，进入自我保护状态。你收敛起好奇的心、四处张望的神情，提起二胡，横抱在胸前，然后冷冷地站在秋先的背后。邓川伸出手向你示好，你巧妙地别过身子，头颅轻扬，视线投向苍茫的夜空。

邓川是一个灵歌师。这在乡村更是一个古老而神秘的职业。它从什么时候开始存在，现今已无从考证。灵歌，在乡村的葬礼上，通常必不可少。它的演唱地点，主要在灵堂，如果要做一些诸如移棺、烧纸屋、打卦之类的道场，可能会在某个选定的室外。灵歌，有固定的演唱模式，旋律节奏也有一定的套路。你对此了解不多，只知道灵歌演唱的声音，真挚悲戚，字字句句催人泪下。听老人们说，唱一场灵歌，那些刚刚逝去的灵魂，就能得到安抚，在歌声的指引下，灵魂会忘掉前世的记忆，飘向天国。要不然，它们会迷失方向，到处在人间流窜，从而无法进入下一个轮回。这对相信生命轮回的乡村人来说，是那么重要，他们害怕自己将来的灵魂，变得流离失所。所以很多老人，在生命的最后时刻，抑或平时开玩笑，他们都不忘叮嘱自己的后代，一定要唱灵歌。

乡村里，有许多关于灵歌师的传闻，说他们能上天入地，亦能帮人渡厄解困，等等。各种神乎其神的传说，更增添了灵歌师的神秘感。除了唱灵歌，邓川还会做一些丧葬礼仪的工作，如安排丧葬流程、发请柬、书写对联，等等。只要有他在，葬礼上的一切，立马变得井然有序，从不乱套。故村里一有老人去世，丧家主人一定首先想到请他来帮忙。

唱灵歌、打渔鼓，这两种演唱风格迥然不同的表演形式，很多时候会撞在同一个葬礼上，但它们并不冲突，各有其忠实的拥趸。常常会看到这样的场景，秋先、白子服、秋水和你，四人在前面的戏台上打渔鼓，而邓川则一人在灵堂里唱灵歌。如果丧家主人所在的村子不够宽敞，你们的声音，还会交织在一起，就像多重唱，形成一种奇特的视听效果。

不得不赞叹邓川声音的多变，他能根据演唱的内容，变换男女声，或大气浑厚，或清丽婉转，或沉哀凄苦。最令人叫绝的是，除了固有的灵歌曲目之外，他还会现场编词编曲。当然，这需要提前做好准备。在丧家主人请他唱灵歌时，他会通过各个方面，对逝者的生平事迹做一番详细的了解，做到心中有数。唱灵歌时，他完全不用人帮忙提示，也不用写在纸上，完全靠事先打好的腹稿。铜锣、唢呐、梆子等乐器声响起，他嘴里唱出的词句，会随着节拍自然流泻，就如山中清泉，汩汩而出。他编的唱词，文采斐然，雅致有趣且协韵天成，显示出强大的传统文化功底。唱词里，他往往会把逝者夸赞一番，以表达生者对逝者的无限缅怀和追忆。每每他一开口，就能把人带到一个情景中，似乎逝者生前的生活情景立刻变成了电影画面，展现在所有人的眼前。几乎每一次，一屋子满满当当的听众，集体眼含热泪，感动不已。

那时，你虽然十分反感邓川的某些行为，但不得不公正地插一句，他绝对算是一个有正义感的人。如果遇到不肖子，邓川在唱词里会编一些隐晦的词语插叙其间，以此来鞭挞乡村的某些不良现象。当然，大部分人听不出来，只有少数几人能听出其中的深意。等那些批判的内容，传到主人耳边时，早已过去很长一段时间。一般大家笑笑也就完事，没有人真的去追究其责任。所以后来造成一种现象，来请他唱灵歌的人，都会赔着笑讨好似的让他千万不要编一些不好的词。

几年没回，邓家铺子似乎更见破旧衰败，像极一个气息奄奄的垂暮老人。童年时的田园牧歌，完全被一副荒凉空寂的景象所代替。此时，昏黄的太阳即将落山，天地间似乎蒙上了一层薄暮，看不真切。你平复了一下起伏的心情，背起行李，沿着一条杂草齐膝的石子小路，拖着长长的影子，往村庄里走去。

在山前一排垮塌了一面墙，摇摇欲坠的房子前，你放慢了脚步。只剩下三面墙的房间，是你魂牵梦萦的家。现在看来，再也不能住人，垮塌的堆成高高山坡一样的黑色泥砖上，荒草萋萋。踩过凌乱成堆的瓦砾，走进幽暗的长满青苔的房内，你忍不住鼻子发酸。曾经熟悉的物什有些还在，只是一片狼藉。灶台上架着生锈的铁锅，水缸被一根横梁砸烂，装碗的柜子扑倒在地，周围散落着几块白色的鹅卵石，一本粘成一块的书陷进地上深深的泥里，一张只剩粉红色痕迹的奖状，依旧顽固地贴在结满蛛网的墙上。

记得小时候，就在这个空间里，煤油灯的灯光，昏暗如豆。你和秋思、白远航，各自趴在饭桌的一端，心无旁骛，奋笔不止。秋水则安静地坐在你们的身旁，纳着鞋底。她不时在发丝间蹭一下手里的针，然后努着嘴用力压着针，引导一根粗糙的麻线，穿过厚厚的鞋底，发出有节奏的“呼嘶呼嘶”声。那是你听过的最美的声音，绵长悠扬，缓缓如流水，流进你的耳朵，又淌过你的心田。

你在屋前屋后久久地徘徊着，像一只找不到方向的孤雁。清风徐来，引起屋外那一片浓密的修竹，发出沙沙的声响。你似乎听到了秋水在你耳边轻声的低语。她的声音，缭绕在你的耳际，回荡在你的脑海。她跟着你，絮絮叨叨地说着话。你怀疑她钻进了你的脑海，驻扎在了你的精神世界里。你感觉她正透过你的眼睛，看着面前变成一片废墟的家园。她喟然长叹，人生如梦啊，如此短促形如朝露。然后，她又无限惆怅地问你，你能明白我看着这个家一点一点地从一块荒地里长出来，是怎么样的心情吗？停顿了一会儿，她怅然若失地自问自答，你不会明白。任何人都不会明白她当时的心情。

秋水说她一直以来的愿望，是有个温暖而稳定的家。她已经颠沛流离了太久。秋水不知道她的故乡在哪里，也懒得问秋先。她一直认为自己是他在路边捡到的一个不知来路的野丫头。从记事起，她一直跟着秋先四处漂泊，十几年没有停歇过，人如无根的浮萍，没着没落，也如江边一朵轻盈的芦花，只需一阵细微的风，就能改变飞翔的方向。来邓家铺子之前，他们每天住不同的地方，随遇而安，桥下、涵洞里、废弃的破屋里，甚至荒郊野外的任何地方。直到偶遇邓家铺子，她才感觉自己找到了心的归宿。

秋水说最先让她切实感受到家的温暖的，不是能遮风避雨的房子，而是你的祖母。祖母用微笑、细心编织的爱，如同一个风平浪静的港湾，让秋水倍感心安。祖母的名字叫尹苏。本来秋水也不知道，是她在整理祖母的遗物时，无意间翻到祖父白天牧写的一封信，里面称呼祖母“尹苏卿卿如晤”。看邮戳时间，那是一封民国时期的信，可能被泪水浸透的缘故，上面大部分字迹已经晕开，模糊一片。

祖母尹苏的一生，平凡且平淡，但因为紧贴那个动荡不安的时代，从而显得格外的跌宕起伏。在兵荒马乱的年月里，通过父母之命媒妁之言，养尊处优的她，在最青春的年纪里，匆忙嫁给了完全不曾见过的白天牧。安稳的乡村生活，没过几年，却又突生变故。有一天，白天牧外出镇上赶集，被抓了壮丁。跟他一起的同伴，逃回来，告诉了尹苏整个事件的经过。他说他们走在路上，正低头疾走，一列荷枪实弹的士兵恰好经过。在一个军官的指挥下，军队只要见到年轻力壮的男人就抓，用枪顶着行人的脑袋，不给任何解释的理由。他和白天牧，无处可逃，被抓了起来，补充进了军营。刚开始，他们俩一心想着怎么逃跑，但没有好的机会。在一次夜晚的行军途中，他抓住一个不被监视的空当，从大部队开溜，并连夜赶了回来。白天牧，无法脱身，没有逃出来。

从此以后，在家门口像望夫石一样眺望，成了尹苏生活的常态。没人理解她心中的苦，她也不屑向人诉说，但明眼人都看得出她的隐忍与坚贞。很多人劝她改嫁，更有一大群男人轮番徘徊在她家的门前，但所有外在的一切，都无法改变她的内心。她在自己的心里，早已树立起了一个无比高大的牌坊，坚如磐石，韧如蒲苇。

中华人民共和国成立前夕，尹苏的守望有了回报，一身戎装的白天牧回来了。跟以前比，白天牧更加高大挺拔，略显沧桑的面容，有着军人的坚毅和果敢。他跟尹苏开玩笑，说他再也不走了。他要捡回失去的时光，好好耕耘尹苏那块肥沃的土地，让白家的子孙多如草原上的牛羊。尹苏表面露出嗔怪的神情，心里却甜如蜜糖。深夜里，白天牧跟尹苏谈他被抓壮丁，被迫去打仗的经历。他说他跟着军队走过中国很多地方，烟波浩渺的长江边、浊浪滔天的黄河边、黄沙连天的沙漠干旱地带，以及风吹草低见牛羊的内蒙古，等等，到处留下了他战斗的足迹。他说其中好几场激烈的战役，差点儿让他没命。

尹苏抱着他，听得惊呼连连，后怕不已。白天牧信誓旦旦的保证，真诚无比的眼神，尹苏相信了。她以为他们以后一辈子，都会好好地生活在邓家铺子。但现实就像戏文里唱的那样，天有不测风云，人有旦夕祸福。在她挺着大肚子，期待新生命的降临时，白天牧又一次消失了，且再没回来。村里有人说他跟着国民党的军队撤退去了台湾，也有人说他被处死了，各种说法都有。总之，白天牧像人间蒸发了一样，再无音讯。

秋水流浪到邓家铺子时，尹苏正端坐在门口，探着脑袋孤独地张望。那时的秋水，十六七岁的模样，消瘦的身板，完全无法看出女性特征，要不是留着长长的头发，很多人会以为她是一个小男孩。尹苏一见到她，顿时心生怜惜。她热情地招待秋水父女俩，把他们当成是远道而来的客人，为他们准备可口的饭菜，温暖的被窝。她对秋水说，她的家随时欢迎她的到来。她甚至建议秋水以邓家铺子为中心，在周边村子打完渔鼓后，就来她家住宿。那样，他们就不用再像先前那样流浪，没有目的没有方向。

那时候，为了赢得更多客人的打赏，秋水在路边打渔鼓时，歌词里通常夹杂着很多时下流行的淫词秽语，而且她的表演，浮夸轻佻。尹苏听了几次后，说那样不行，女人不能没有自尊，不自爱的女人得不到别人的尊重。于是，她开始教秋水一些优雅女人该有的神态仪表，如走路的姿势、手势，以及眼神，等等，同时让她学会一个女人该有的矜持。她拿出珍藏已久的旗袍，毫无吝啬地送给秋水，并教她女人怎样的言行举止才更有品位与格调。尹苏对古典文化深有造诣，她跟秋先商量渔鼓唱词，让他去掉大部分不雅的语句，并写出别的雅致的词语来代替。对她的指点修正，秋先常常深表叹服。

年轻时，尹苏读过《西厢记》《牡丹亭》《桃花扇》等传统古典剧本。她深知剧本的台词之美，深知打磨一个完美剧本的不容易。她知道要想获得好的舞台表演效果，好的剧本必不可少，是先决条件。于是，她根据秋先现有的不太完整的剧本，提出了修改建议。她说可以考虑在《薛仁贵征东》《樊梨花征西》《秦香莲》等剧本中，择出最受欢迎的一本，编一个完整的故事，然后尽量做到台词典雅有韵味，致力于打造一部重点精品剧。这样，秋水在表演的时候，至少就会有一个保留剧目。成功一个剧本后，再逐步增加。秋先听到她的建议及后期规划，顿时眼前一亮，大有相见恨晚之感。

同时，尹苏直言不讳地指出，他们现在的表演登不了大雅之堂，必须改变，不能让打渔鼓这样老百姓喜闻乐见的民间艺术，总是停留在低层次的表演阶段。

她从秋水的唱腔、身段、眼神的使用，以及服装等各个方面，提出了行之有效的建议。她看得出秋水是一块难得一见的璞玉，只要稍加雕琢，不久的将来，肯定会大放异彩。

尹苏嗓音条件不好，唱不了，但她懂音律，懂得欣赏一切戏曲形式。她认为各种地方戏曲，都有其相同的地方，一通百通。她在秋水的身上，找到了自己的价值所在。也只有在一个专注的状态下，她才能忘掉生活中的那些烦心事儿。

秋水在尹苏的影响下，渐渐改变了从前对待打渔鼓的态度。生活的安稳，精神的富足，她的身体也渐渐发生了改变，变得身姿曼妙，端庄典雅，一举手一投足，女人味十足。她对尹苏十分敬爱，在心里早已把她当成了自己的母亲。

邓川的意外加入，让秋先父女俩原本相对单调的一人演唱一人伴奏的打渔鼓，变得形式更加完整，大大拓宽了渔鼓的表演空间，变得丰富而灵活。在此之前，秋水曾经向秋先提过这方面的建议，也有表演天赋很好的小伙子愿意追随，无奈朝不保夕的流浪生活，无法给人以安稳。他们通常干不过几天，就自己放弃，寻找更好的出路去了。

一个细雨如织的春日午后，屋檐上滴落的雨滴，清脆地打在庭院里宽大翠绿的芭蕉叶上，发出滴答滴答的声响。满面含笑的秋水，和尹苏站在回廊上，拿着本子商量台词，磨合唱腔里声音的细微转换。秋水唱一会儿，又停下来，紧蹙的眉头露出不满意的神情。秋水和尹苏头碰着，思索着该怎么修改，以让台词变得更为顺遂。此时，一个低沉好听的男中音，从芭蕉叶后的某处弥漫开来，唱的正是秋水刚才几次都唱不好的那几句。那声音深邃而厚重，忽远忽近，如丝绒般柔滑，如呼吸般轻柔，就像有人在耳边轻轻地向你倾诉，令人沉醉。秋水知道，这个声音所演唱的，正是她要找的感觉。本来那段唱词由男声演唱，更为合适。邓川的声音，如一颗石子投入水潭，在秋水的心里，泛起阵阵涟漪。

秋水和邓川的首次相逢，有点像一场戏曲里的某个场景，才子佳人，不期而遇。许多年过去，秋水依然记得那个烟雨空蒙的春日午后，从宽大的芭蕉叶后面慢慢地一点点显露出来的纤瘦身影，像电影里的慢镜头。那天，邓川披着长可及肩的乌黑长发，穿着一件白色的衬衫，神情忧郁而孤独，眼神飘忽，苍白的脸上挂着一丝尴尬的笑。他可能没想到自己会做出那么大胆而出格的举动，那不是他那种性格的人所能做出的事情。也有可能，他被自己重重覆盖下的“本我”苏醒，吓着了。他站在庭院中央的雨地里，在两位优雅女士的注目下，有点手足无措的惶惑，也有一种干了一件不光彩的事，被人抓了现行的尴尬。在邓家铺子，邓川算是一个另类。他很少跟人交流，孤单而落寞。即使处在众人狂欢之中，他也给人“飘飘乎如遗世独立”之感。他的孤独，深入骨髓。

邓川清楚知道他变成现在这个样子的原因。他的“本我”完全是另一番模样。与其说孤独是他的一种自我保护，毋宁说他把自己退入到一个孤独的境地，是为了让周围的人，免受伤害。在小的时候，他非常不理解，为什么那些曾经跟他一起玩得不亦乐乎的小伙伴，怎么突然一下子，就像见到麻风病人一样地避开他。那时，他对人情世故的理解非常浅，总以为“君子坦荡荡，小人长戚戚”，他才不要做小人。

邓川听他的父亲邓普光说，曾经几乎整个邓家铺子都属于邓家，包括大部分房子、戏台、祠堂，以及村庄周边的许多田产。那也是邓家铺子名字的由来。他曾无意间听到父亲邓普光的一句感慨，他说他没有享受到一点祖荫所带来的好处，反而因为祖宗留下的财富，遍尝人间疾苦。父亲发出这样一句呓语般的人生总结后，第二天，他终于耐不住折磨，上吊自尽了。为了不让尚在梦中的家人惊醒，他在凳子底下铺了一床厚厚的棉被。那样做的目的是，上吊时即使他重心不稳，不小心踢翻了凳子，也绝不会发出声响。他不希望自己的死，搅乱一家人的好梦。他知道，只有在梦里，才能暂时逃离现实的残酷。

在邓川童年的记忆里，他觉得自己跟其他的小伙伴们没什么两样，都过着穷兮兮却单纯快乐的日子。他的家庭也跟其他家庭一模一样，一起劳动，一起吃饭，就连住的房子，都是清一色的黑瓦青墙。但不知道为什么，那场史无前例浩劫般的运动一来，他家就成了众矢之的。他们把父亲邓普光隔离起来，威逼着让他交出家产来充公，包括金银首饰、古玩字画之类的财物。父亲邓普光说，那些东西在他祖父尚在的时候，就已经充公上交了。现在他跟村里所有人是一样的成分，一样的一无所有。他们不信，说他欺瞒组织，不老实藏有私心，于是时不时牵着他出去游街批斗，就像牵着一只待宰的丧家狗。游街一圈后，他们把他关在一间空屋子里，让他反思写检查。

那时邓川还小，他们对他的监视没那么严格。他跑去关押的房子看父亲，往往没人阻拦。他经常透过房门狭小的缝隙，看着发呆般坐在桌前，形容枯槁的父亲。父亲观察到门缝里出现一双纯净的眼眸时，脸上顿时浮现出温暖的笑，似乎所有的疲累一扫而光。他们父子透过门缝对视，并不说话，只凭眼神交流。父亲混浊的眼神，夹杂着太多信息，无奈、苍凉、绝望，像一个五味杂陈的杂货铺。时间仿佛被无限拉长，他真希望永远停留在那一刻。邓川不明白他们为什么要把父亲关起来，更不明白那些曾经在一起玩耍嬉闹的小伙伴，怎么也在各自父母的有意教唆下，一个个远离他，孤立他。他感觉自己飘在一个孤岛上，四周全是波涛汹涌的黑色的海。

在父亲被关押之前，和他家来往最多的，非胡有义莫属。胡有义一来家里，父亲就招呼母亲做饭做菜，然后他们开始喝酒闲聊，一顿饭从中午吃到日暮西山是常有的事。有时，他们醉醺醺地相互说些酒话，说朋友是一辈子的事情，无论贵贱无论将来如何，都得维持。没有比朋友更真挚的情感了。每每，胡有义端着酒杯，说得壮怀激烈，语气铿锵，仿佛不直抒胸臆一番，不足以表达他内心汹涌的情感。当然，类似这样的话，他们清醒时也说，一点儿不嫌肉麻。有一次，胡有义来家里，他摸着邓川的头，说这小伙子不错，做他的女婿应该很好。一旁的父亲哈哈大笑，说如果有那样的好事，求之不得。于是，那天的他们，喝得格外畅怀。酒桌上，他们煞有介事地相互称呼对方为亲家，仿佛一场儿女婚事就那么愉快地决定了一样。胡有义的女儿胡金花比邓川大两岁，他们是同学，经常一起结伴去村里的小学上学。她对邓川颇为照顾，把他当小弟弟对待。一有小伙伴欺负他，她总是挺身而出帮他扫退所有强敌。一起出现时，他们俩常常被村里的大人小孩取笑为“小两口”。他们才不管别人的闲话，该一起玩时还一起玩。

可是，自从父亲被关起来后，胡有义再没来过，他也再难见到胡金花。他忍不住，去胡金花的家里找她。开始他们还能在一起玩一会儿，但不久被胡有义看到了。他跑上来拽着女儿，把她拉离玩耍现场。胡金花倔强地回头看他，双脚坚定地站着不走。胡有义拖着她，大声地呵斥，并扬起手掌吓唬她说再不走就打她。

后来，他们再没在一起玩耍过。她见着他，瞄一眼，然后快速地走开，仿佛他是一个吃人的怪物。他不知道发生了什么，只知道自己变成了一个不受欢迎的人。几次主动得不到回应后，他受伤了，开始退缩，退缩到一个安全的角落里，像一只感受到外界危险的蜗牛，缩起触角，躲进厚厚的壳里。

没有朋友的日子里，他学着自己跟自己说话，自己跟自己玩耍，以此来打发孤单寂寞的日子。他就像被囚禁在桃花岛上的周伯通那样，无聊时玩起了左右互搏术。他模仿每个玩伴的声音，感觉他们就在面前，正围着他玩各种各样的游戏。也就在那时，他才发觉他有模仿各种声音的能力，并且日益精进，惟妙惟肖。度过无数个孤单的日子后，邓川孤寂淡然的性格已然养成，跟人交往交流，反而有了心理障碍。他享受一个人孤寂且不受打扰的状态。集体劳动完了，他宁愿待在父亲小心翼翼保留下来的一堆古籍里，与古人们神交，神思穿越古今，恣意徜徉。看书是一项对任何人都构不成伤害的安全活动。

等邓川做了灵歌师，一次偶然的相遇，他碰到了嫁为人妇的胡金花。当时，她满头大汗，发丝凌乱，挺着大肚子，一手提着一个包袱，一手牵着一个流着长长鼻涕的邋遢小男孩，艰难地行走在泥泞的田埂上。她还记得他们小时候的很多事情，说他们家在那之后不久离开了邓家铺子，但她依然怀念那段旧日时光。她说起她的父亲，邓川制止了，说他不想回忆起那段过往，然后匆匆走了。

随后不久的某一天，胡金花找到他，说她父亲死了，请他去唱灵歌。她絮絮叨叨地向他诉说着父亲的内心隐秘，说他离开邓家铺子后，过得一点都不快乐，常常自怨自艾，说他没脸去地下见他的老朋友。他说他的名字叫有义，却做了一件完全没有义气的事，那是对他莫大的讽刺。他说别人一叫他有义，他就心惊肉跳，莫名心虚。

邓川推辞不过，去了。在那场灵歌上，他在歌词里加了许多自己的人生感悟，以及劝诫后人的话。发泄一通后，他对那段过往，真的释然了，就像淤积在心里某个角落的垃圾，终于一把火，焚烧殆尽。

秋水、邓川和白子服，三人复杂的情感纠葛，在白子服提前复员，回到邓家铺子的头一天，就初现端倪。白子服跟邓川完全不同，一个热情似火，一个沉静似海。白子服性格豪爽开朗，说话直率，有时甚至因为太过直白，让人顿生唐突之感。当过几年兵之后，他性格方面的特点，更加凸显。

白子服对秋水说的第一句话，就是我喜欢你。当时，他说话的语气，生硬直接，像上级对下级下的一道命令，让人感觉非听从不可。那是一个闷热的夏日之夜，风似乎忘了它的职责，找地儿凉快去了。秋水唱完一折戏，从戏台上下来，进入后台换衣补妆。那是在戏台后古梅树下，一个临时准备的只用一块布帘遮掩的狭小空间。秋水正整理衣服，一个高大的身影，掀帘而进，然后一脸严肃地对着她，说了那句话。昏黄的灯光下，半截梅影遮着他的脸，让人看不太真切。他穿着一身绿色的军装，肩上背着一个硕大的行李包，手里还提着一个装满水果的网兜，风尘仆仆的样子，像一个远归的旅人。秋水处变不惊地看了他一眼，以为是某个向她表达喜欢她所演唱剧目的狂热爱好者，只是看着眼生。她想好措辞，刚要做出回应，白子服却行云流水般地做了一系列动作。他向她行了一个标准的军礼，行完军礼后像个机器人一样地向后转，然后甩开手大踏步离开。一脸愕然的秋水，看着他一板一眼地做完整套动作，顿时怔立当场，有种被人恶搞了一回的错觉。虽然头一遭碰到这样的事情，却不得不说那让秋水印象深刻，以致她后来上台，差点儿忘了唱词。

因为汽车故障，直到傍晚，白子服才从县城到达镇上。此后再无任何交通工具，十几里路，只有靠走才能回到邓家铺子。白子服拿好行李下了车，有种终于解脱般的心安。他搭乘的车子，是一辆破旧的、早就应该报废的公交车，马达声有气无力地响着，时断时续，像一个不堪重负的老黄牛在大口地喘气。公交车开在坑坑洼洼的路面上，就像行驶在波涛汹涌的海面，一会儿高高抛起，一会儿又重重砸下，关不严的车门，一路丁零当啷地响个不停。一个面相粗犷、留着络腮胡子的邋遢男子，熟练地操控着车子，一副气定神闲的模样，仿佛眼前的路面，平坦无碍。他的嘴里叼着一根烟，眯缝着眼，看到有路人慌张地躲避乱窜的车子，他会狂躁地咒骂一声。

白子服紧紧地抓住安装在车窗下方的一根横杆，担心车子随时可能会散架。车里好几个女人，受不了这么强烈的颠簸，纷纷把头探出窗外，畅快淋漓地呕吐了起来。公交车狭窄的空间里，本就弥漫着汗馊味、呛人的烟味、土腥味，以及脚臭味，现在又加入了食物经过发酵后腐烂的酸臭味，闻之，令人胃酸翻涌。为了转移注意力，白子服扭转头，欣赏着窗外草木葱茏的田野风光，强忍着不让自己呕吐出来。

白子服拿出一支烟点燃，站在路边猛吸一口，然后舒服地吐出一圈一圈的青烟。夜幕下，火光明灭中，他整个人看起来，宛如一支冒着烟的枪管。休息了一会儿，他开始大踏步地往家的方向赶去。几年没回，路还是那条路，无甚变化，就连路旁的树，似乎还是一样的高度。那是一个没有月亮和星星的夜晚，伸手不见五指。白子服摸着黑，在一路的狗吠猫叫中，借着偶尔从路旁人家泄露出来的微弱的昏黄火光，终于踏上了邓家铺子村前那条窄窄的长满芦苇的缘溪小道。

走近“街上”，一个清丽婉转的声音，从空中悠悠传来。仿佛破空而来的一颗子弹，来不及做出任何反应，白子服一下被击中，也好似心里的某根弦突然被拨起，发出战栗般的和鸣。当站在台下，看到戏台上唱戏的秋水时，白子服顿时惊为天人，完全被她的外貌、举止及声音所征服。从前的他，对于家乡的打渔鼓，甚为鄙视。他认为，跟京剧、昆曲，甚至任何地方戏曲比，打渔鼓简直就是一种上不了台面的演唱形式，只不过是讨米叫花子的一个谋生手段。而那个晚上，打渔鼓呈现在他面前的，却有一种极致的美，古老的戏台、疏朗的梅影、昏黄的煤油灯、行云流水的唱腔，三个风格迥异的渔鼓人。那些曾经非常熟悉的生活场景，经过别出心裁的组合，焕发出别样的味道，他仿佛突然掉入了另一个时空。唯美的打渔鼓表演，撞击着他的心灵，消融瓦解着他心中固有的观念。尤其是台上的秋水，她的一举一动，一颦一笑，无不令他着迷，让他心跳加速。偌大的空间，在他的眼里，唯剩秋水，旁边的邓川和秋先，已然隐去，形如空气。一会儿，他做出了一个他认为理所当然的决定，就像一位战士吹起了攻打敌人堡垒的号角。

他要追求她。

后来，知道秋水住在他家，白子服更有一种近水楼台先得月的暗自窃喜。每天，他想着法子接近她，向她示好。他的情感炽热而浓烈，每一次堂前屋后的相遇，秋水都不好意思和他多待多说话，更不敢和他进行目光的触碰。他们一有排练，白子服总是坐在旁边静静地看着，和着音乐的节拍，轻轻拍打着膝盖，一副自得其乐的模样。

让白子服想不到的是，他最先遭遇的阻力，不是秋水的不答应，不是来自对手邓川，而是他的母亲尹苏。从白子服盯着秋水的眼神里，尹苏一下就读出了他的心事，毕竟知子莫若母。敏感的她，知道秋水和邓川在一年多的搭档和日常相处中，早已郎情妾意互生好感，只是那层薄薄的窗户纸还没捅破而已。在她的心目中，他们俩是登对的，气味相投的，她不希望白子服像半路杀出的程咬金，鲁莽地跑过来破坏他们的关系。同时，作为母亲，不可否认，她存有自己的私心。虽然她和秋水相处得形如母女，但她还是不希望秋水做她的儿媳妇。说白了，她对秋水的过往，持有偏见。

那年月，参军当过兵的年轻男子，在社会上是最受欢迎的一类人，想要嫁给他们的女孩子，多如过江之鲫。何况白子服还长得一表人才，有型有款，他有更多选择的余地。白子服是尹苏的骄傲，以及赖以活下去的精神支柱。因为有他，她才有勇气继续等待，等待心中那可望而不可即的某个时刻。

白子服在北方的一个部队当了六年的战士报道员，主要工作职责是为部队写新闻，以及写一些部队基层的宣传报道之类的文章。他干得非常出色，如果不是家里的催促，他很快就会获得提干的机会。继续留在部队或是去某个新闻单位，任他选择。

白子服之所以选择提前复员回到家乡，有他自己的原因，也有尹苏表哥也即他表舅的原因。他自己的原因，非常简单。他真心不喜欢北方，理由是气候恶劣风沙大，常常出门一嘴沙，还有天天吃面食，不习惯。他经常写信跟尹苏抱怨，说北方的面食粗糙得难以下咽，蔬菜永远只有萝卜大白菜，吃得嘴巴寡淡无味，一见就想吐。他还是怀念南方的米饭，以及符合时令的各种蔬菜。

不过，他还是舍不得离开部队，毕竟那里有他钟爱的事业。就在他犹豫不决的当口，表舅从家里写信给他说，赶紧回家，有一个绝好的机会推荐他去家乡县城里工作。一接到表舅的来信，白子服不再犹豫，立刻办理了提前复员的手续。表舅是他们镇里的领导之一，人脉资源多而广，推荐个工作完全没有问题。何况他本身那么优秀，就算没有任何推荐，他要去基层政府机关谋个简单的“铁饭碗”工作，也不成问题。留在农村，或是基层单位，理所当然不是他追求的目标，他需要一个更大的舞台，需要一个发挥他才干的合适地方。表舅的推荐，正好符合他心中的预想。

但所有的一切，在见到秋水的那一刻，立刻偏离他预想的轨道，就像一列奔驰的火车，哐当哐当地驶上了另外一条看不清前路的岔道。跟秋水相处得越久，白子服越发知道，他这辈子非她不娶。对于追求秋水，白子服很有策略和耐心，就像攻克一个战略高地，他做好了打持久战的心理准备。

一天傍晚，日落西山，白子服从外面会友归来。家里的庭院中央，尹苏已经张罗好了一桌饭菜，邓川、秋水、秋先，他们都在，正等着他入席。白子服笑着跟尹苏打趣，说欢迎他回家的仪式搞一次就得了，不用隔一段时间就来一次。尹苏笑着拍了拍他的肩膀说，别自作多情了，她对他才没那么上心。等所有人都落了座，尹苏端起一杯酒高兴地说，今天把大家聚在一起吃个饭，是因为她有一个喜事要宣布。她抬眼环顾一周，停顿了一会儿，然后拉着旁边秋水的手，不紧不慢地说，从今天起秋水正式成为她的干女儿。

说完后，她瞄了一眼白子服，露出一脸意味深长的笑。那笑容一闪即逝。随后，尹苏巧妙地转移视线，语气轻松地催促大家说，来，所有人一起为她有一个这么好的女儿干杯。她仰头一口干完杯中酒，从容地把酒杯放在桌上，然后拿出一个晶莹剔透的绿色玉镯，戴到秋水的手上，温柔地说这是她年轻时母亲给她的，算是有些年头了。她说现在她把它送给秋水，当是她们母女一场的见证。秋水羞怯着脸推辞说，这么贵重的东西她不能收，还是妈自己留着吧。尹苏一手搂过秋水，亲昵地说，以后就是母女了，凡事别跟她客气见外。一会儿，尹苏又转头对白子服说，不跟妹妹喝一杯吗？白子服举起酒杯，意兴阑珊地说，好，干一杯，不醉不归。

那一晚，白子服吐得一塌糊涂。

自从那晚大醉以后，白子服开始故意避开秋水。即使她迎面而来，他也当成没有看到，把她当成空气，眼神失去聚焦，视线移向别处。他在按照尹苏希望的那样，努力驱赶心中涌动的情愫，只把秋水当成妹妹。

在表舅的安排下，白子服顺利地进入了县政府的宣传部门工作。日子不紧不慢地过着，每个周末，他坐着那辆破旧的公交车，赶回邓家铺子。尹苏对他每次深夜回家，心疼得不行，说如果工作忙，就不用那么辛苦地来来回回。隔个周末或更长一点时间回来一次，都没问题。白子服淡然笑笑，依旧每周摸着黑赶回来，并乐此不疲。只是如果碰到秋水三人外出打渔鼓，不在家，他第二天就会变得蔫儿吧唧的，无所事事地在村子周围转悠来转悠去，像掉了魂儿似的，空空落落。

一个周末，尹苏丢给白子服一大堆包装好的礼物，让他提着去镇上表舅家。她说表舅给他推荐工作，还没正式表示感谢呢。白子服不喜欢去表舅家，他家太过整洁干净，去了手脚都不知道该如何摆放。同时，表舅过于威严古板，不自觉地给人距离感，压抑感。他那种生人勿近的气质，白子服从心底感到厌烦，他在部队里见过比他大得多的官，没有谁像他端着那么大官架子的。但是母亲尹苏说得挺对，毕竟人情世故就是如此，他不得不去应酬一番，即使内心是多么不情愿。

表舅的热情欢迎，白子服颇感意外，他难得展露的笑容，真诚得让人心里发虚。表舅和表舅妈，坐在他的对面，一个劲儿地盘问他的工作情况，是否得心应手，是否适应新的人际关系，之类等等。他们虽然脸带着笑，热情真诚，但总让白子服有审犯人似的不自在。白子服不厌其烦地赔着虚假的笑，像向上级汇报工作那样，把最近的工作以及心得，巨细无遗地叙说了一遍。

一个剪着齐耳短发，穿着一件白色衬衣的高傲女孩，面无表情地走了进来。表舅妈一见她，马上提高嗓音，迎上去牵着她的手，亲昵地问东问西，曲意奉承的模样，就像上流社会的贵妇见到了女王。一会儿，她向白子服介绍，说她是镇长的女儿，叫李薇。表舅妈语带夸张地说她是市医学院的高才生，毕业后分配到县人民医院做护士。然后，她语气特意加强，慎重地强调说，通过自己的努力，她很快就要当医生了。

说了一通后，表舅妈又向李薇把白子服猛夸了一通，说他文才出众，是部队第一笔杆子之类的话。一旁的白子服听得冷汗直冒，心想表舅妈太夸张，哪有她说得那么好。寒暄一阵后，表舅妈一拍脑门，站起来拉起表舅的手，一边往门外走，一边歉然地对李薇和白子服说她怎么那么粗心，家里中午的菜不够都不知道。她说他们得去市场里转一转，并叮嘱白子服好好陪李薇说会儿话。

他们俩出去以后，白子服才回过神来，他明白这是在给他安排相亲。一定是尹苏和表舅他们商量的结果，要不然表舅可没那么多闲心来操持这样的事情。平日里，白子服是一个颇有亲和力的人，虽然内心也有自己的小骄傲，但从不张扬外露。几年的北方生活，让他养成了北方人的豪爽粗犷，但又不乏南方人的细腻敏感。他见李薇从进门起，似乎没正眼瞧过他，于是，心里不由自主地升腾起抵御之心。

他们一本正经地坐着，彼此都不主动开始某个话题。尴尬的氛围，如氤氲的白雾，从他们之间扩散开，直至填满整个房间。白子服经常下基层采访，偶尔也会遇到不合作的采访对象，尴尬在所难免。毫无疑问，他有一些化解尴尬气氛的经验，但是这一次，他似乎并不想去做任何改变现状的努力。他甚至故意做出一些粗鲁的举动，幼稚的各种讨人嫌的小动作，比如毫不避嫌地使劲儿挖鼻孔，多动症一样地摸这儿摸那儿。他希望他所做的一切，能给李薇留下最坏的印象。

白子服的一通忙活，似乎并没有达到预期目的。坐在他对面的李薇，不知什么时候手里多了一本厚厚的线装书，她低着头认真地翻看着，嫩白红润的脸上看不出任何表情的波动。白子服有点受挫地停止他的小动作，拍拍手站起来，在表舅的屋子里梭巡。

饭桌旁一张泛黄的旧报纸，救了他。他走过去，拿起报纸，逐字逐行地读了起来。他们各自沉浸在文字的世界里，完全忘了对方的存在。表舅妈买菜回来，一看他们俩全程无交流的场景，立刻明白了怎么回事。她笑着轻声骂了一句，真是两个书呆子。

白子服以为那天的表现，足以让李薇不喜欢他，甚至反感他。哪知，在接下来的几个周末里，李薇都打电话到他的办公室，说要跟他一起回镇上。后来，干脆不打电话，直接去长途车站，等他。因为县城去他们镇的公交车，每天早晚各一趟，赶不上，没法回去。

开始几次，他们俩虽然挨着坐，但很少交谈。几个小时的车程里，他们说的话，十个手指头都能数出来。他们依旧各自看书，但车子实在太过颠簸，行车途中，看几分钟书，就开始头昏眼花，以致完全无法坚持看下去。

每次，白子服倔强地看一会儿歇一会儿，一路坚持着看书，直到书页上的字，像施了魔法一样，一个个跳了出来，在公交车狭窄的空间里跳动着，碰撞着，四处飞舞。他追逐着每个字跳动的路径，看着它们，就像在高倍显微镜下观察水分子毫无规律地做布朗运动。他找到了一个自娱自乐的方式，但看一会儿必须休息一下，要不然那种胃酸翻涌的呕吐感，会让人难受至极。

记得那是他们近距离相处的最后一次。白子服看书看得头昏脑涨，实在坚持不下去了。他丢开书，脑袋无力地枕在后背座上，眼前的文字，疯了一样地旋转着飞舞着，完全停不下来。这时，李薇从口袋里拿出一小瓶清凉油。她小心地打开瓶盖，用指甲轻轻地挑出一点点，颤抖着手，涂在他的太阳穴上，然后用指腹细细地涂开。她近距离地看着白子服，脸颊火烧一样地发烫。

清凉油的清凉驱赶着一团糨糊似的思绪，白子服的头脑渐渐变得清醒起来。但他不敢睁开眼，他无法面对她炽热的眼神。她不均匀的呼吸，颤抖的手指，他全部感受到了，也接收到了她的所有讯息。他不知道该如何面对她的勇敢转变。估计见他对自己的示好久久没有反应，她忍不住反客为主，发出攻击了。白子服的内心前所未有地激烈活动着。他对自己说，不能再这么逃避下去了，他必须向她明确表达内心的想法。

一个颠簸，车子高高抛起，车厢里发出此起彼伏的惊叫。白子服感觉手臂一紧，李薇箍住了他的右手。从那时开始，直到下车，她的手再没松开过。不久后，她的头慢慢地靠上了他的肩膀。白子服僵硬着脖子，支撑她身体的重量。

夜风撩动她的发丝，扫在他的脸上，扫乱了他的心。

扪心自问，白子服知道自己无法忘怀心底的那个身影，它像一个烙印，深入灵魂深处。他对李薇无法产生激情，对于她的主动，他只想退缩，退到一个安全的距离。不是她不好，是他无法接受她的好。他想一下车必须跟李薇说清楚他们不合适的理由。哪知，车一停，李薇松开他的手臂，羞涩地回头看了他一眼，然后快速地下车，一路轻快地小跑着，像一头梅花鹿，在河边汲完水后，迈着矫健的身姿，迅速融入一片漆黑的夜幕里。

白子服耸了耸僵硬的肩膀，一脸苦笑。这不是他想要的结果。他在想，人的情感怎么会这么奇怪，真是猜不透摸不着。他以为他们俩表面上明显相互看不顺眼，却阴差阳错地产生了纠缠不清的交集。他以为他做的那些小动作能吓退高傲的她，却不知反而成了一种促进她喜欢他的催化剂。

随后的第三天，白子服辞掉了县城的工作。他没想到事情的发生会那么快，但他从不后悔，反而有种做出某个抉择后的释然，至少内心不再纠结。回想起来，他依然为自己的正直、不妥协，以及坚守心中的底线，感到由衷自豪。那天，他的直接领导给他一张照片，要求他按照照片反映的内容写一篇新闻通稿。照片拍得很好，一片金黄的稻田前，一个戴着斗笠，穿着一件白色衬衣、肥头大耳的中年男人，一手拿着一把镰刀，一手抓着一把沉甸甸的金黄色稻草，正冲着镜头露出灿烂的笑容。照片中的男人，是县里最大的领导。照片的拍摄日期，是几年前的某个丰收时节。

很明显，领导需要白子服写一篇假的新闻通稿。接到这个报道任务，白子服没有动笔，他不想写看图作文。领导来要稿，白子服说干脆用几年前的文字配上这张照片就可以了，何必再写？领导听出了白子服话后的潜台词，他提高嗓音说，别废话，这是任务。同时也是对他工作能力的考验。白子服一听，知道领导在故意刁难他，以为他是个不学无术的关系户。他一把扔掉手中的笔，厉声说老子不屑写这样的虚假文章，不干了总行吧。说完，他简单收拾一番，潇洒地离开了办公室，离开他曾经渴望得到的工作。

白子服辞职回家，并说要学打渔鼓的消息，在邓家铺子一经传开，顿时引起一片哗然。在村民们的心目中，“铁饭碗”“国家粮”才是一个人一生的保障。那么多人四处钻营托关系走后门都没办法弄到手，而白子服却说不要就不要。白子服在他们的眼中，可是邓家铺子第一个正规高中生，第一个走出山沟沟靠一支笔吃饭的人，却想不到，兜兜转转一圈后，他竟然选择他们认为最没有出息的打渔鼓。平日里，他们虽然喜欢听打渔鼓，但让他们的子女或亲人，去从事那样的职业，他们有一万个理由不愿意。

好事者们，纷纷聚集在秋水平时排练的庭院中央，伸长着脖子，大家都想看看初学打渔鼓的白子服是个什么样子，或者想看看他究竟能坚持多少天。生活中一切出格的行为，他们都无法理解，嘲弄、说风凉话的人居多，且都抱着看热闹不嫌事儿大的心态。当然，对这个消息反应最为激烈的，非尹苏莫属。她不会像其他父母那样跳起来一顿臭骂，她只是躺在床上，一连生了好几天闷气。屋子周围发出村民们嘈杂的吵嚷声，她难得一见地发怒，冲他们大吼，并把他们一一赶开。

尹苏生完气，爬起来的第一件事，就是思考着如何阻止白子服的疯狂行为。她知道他项庄舞剑——意在沛公。他学打渔鼓的目的，无非为了接近秋水，以达到追求她的目的。看来，认秋水做干女儿，给他介绍对象，都无法阻拦他心中的执念。她了解他的性格，知道他牛脾气一样的倔强，直接激烈地阻止，反而容易把他推向她不希望的对立面，那样更加没有回旋的余地。从他每个周末不管多晚、多么辛苦，都要从县城赶回来，她就有不好的预感。她想不到越担心什么，越发生什么。她不时从表嫂那里得到捷报，还一度以为李薇的持续热情，终于融化了他内心的坚冰。

尹苏自信可以控制秋水。她知道秋水的心，目前尚不在白子服的身上。她一定要和秋水达成战略同盟，形成一道坚不可摧的防御。她们多次聊天过，她知道秋水对邓川的深厚情感。从自身的经验来看，她认为只有两个相互爱恋的人，才有可能生活美满幸福。她当然不希望白子服的将来过得不幸福，而且她内心里一直固执地认为他和秋水不属于同一类人。虽然不想有那么世俗的看法，但作为一个母亲，她无法豁达。

不过，白子服笨拙的表现，手忙脚乱的表演动作，以及撕扯得鸡零狗碎的嗓音，一下让尹苏提在嗓子眼的担心，重重地落到了心底。她拿着扫把，驱赶飞上灶台的黑母鸡，三寸金莲轻快地摇曳着。她自嘲地说，那破锣似的嗓音，还真像他妈。心情一好起来，她甚至忘了要去找秋水。打渔鼓才不是那么好学的，也不是任何人，老天爷都赏那碗饭吃。她等着白子服知难而退。

李薇出现在门口时，尹苏正眯缝着眼，坐在阳光下纳鞋底。李薇头戴着一顶宽大的白色遮阳帽，穿着一条碎花连衣裙，整个人看起来清纯而甜美。她提着一网兜水果，走得气喘吁吁，脸颊上、鼻翼上，布满细密的汗珠。

周末在汽车站没有等到白子服，李薇一路怏怏不乐。每一个站点停车上下，她伸长脖子探望，期待白子服走上车来，然后若无其事地坐在她的身边。哪怕他不看她，只一个劲儿地看书，装酷，她也愿意。一回到家，她立即给白子服的单位打了一个电话，问清楚了事情的前因后果。

得知白子服辞职，她兵荒马乱地找来了邓家铺子。她要确切地证实，同时，内心里有种恐慌般的思念。她不想错过白子服。从第一次见到他，她知道了怦然心动的感觉。只是为了维持她一贯的矜持，她故意戴上了一副冰冷的面具。当意识到矜持得有点过头，甚至要吓跑他时，她立刻改变了策略。在她的观念里，矜持只是因为不喜欢。如果喜欢，她愿意放下矜持。虽然，她从白子服的态度中，读出了一丝丝拒绝的意味，但那时，她的智商如失控的电梯，正在急剧下降，已经无法做出正常状态时的判断。

为了他，她改变自己，不停地调整自己，哪怕掉转头去追他，也在所不惜。每一次的回家，她都把它当成一次美好的短暂旅途，期待着，盼望着。何况靠在他厚实肩膀上的余温还没有散去，那是一种让她心安的感觉。一个礼拜来，她都在回味，回味颠簸中的相互依靠，回味肌肤间轻微的触碰，回味他身上散发出的淡淡烟草味。好几次，因为走神，她扎错病人的血管，引来对方一通龇牙咧嘴的抱怨。

尹苏热情地接待了李薇，她拉着她的手，一劲儿地上下打量，眼里的欣喜毫无顾忌地流泻。她的到来，让尹苏更加斗志昂扬，似乎又多了一股强大的力量。在尹苏的陪同下，李薇穿过一条不长的幽暗回廊，来到庭院中央。此时，白子服在秋先、秋水的指点下，正认真地学习拉二胡。他专注的样子，充满热情的眼神，随意放松的身姿，像一个发光体，散发着阳光的味道，跟那个在她面前不苟言笑的他，完全是两个人。

见到李薇，白子服愣了一下，但很快平静下来。他把手中的二胡交给秋先，笑着说有朋友来了，去打个招呼。他甩了甩僵硬的手指，走到李薇身边，说一起出去走走吧。他说他带她认识一下邓家铺子这个古老的村庄。说完，他率先走在前面，往屋外走去。李薇紧跟而上，嘴里嘟囔着说，怎么不给她介绍介绍那位神仙一样的白胡子老爷爷，还有像画里走出来的神仙妹妹。白子服打趣地说，神仙是不会与凡人交往的。

他们一前一后，穿过石板小街，走过青草绕脚的田埂，来到溪畔长满铺天盖地芦苇丛的石子路上。当时，空中飞舞着白色的芦花，在慵懒的正午阳光的映照下，溪水静静地流淌，闪着细碎的金光，田野、远山，一派绿意盎然的景象。李薇故作小女生状，举着双手，旋起足尖原地转了几个圈圈，然后夸张地说，这里山好，水也好。白子服微笑着站在一旁，不说话。他在酝酿合适的措辞。他怕他一说出口，这样美好和谐的画面将不复存在。他一点不了解李薇的性格，他怕他的话，是引爆一个火药桶的引线。但必须说，因为耿直的他，不希望他们的情感进入到剪不断理还乱的状态，那样对李薇不公平。他必须在对她造成伤害最小的时候，快刀斩乱麻。

白子服突兀地说出一句我们不合适，李薇迅速地把脸转向一边，装作没有听见。她依旧不停地夸赞着眼前的景物，直白地诉说着它们的美好，诸如溪水好清，芦花很白，青草很茂盛，等等。很明显，她在尽力控制情绪，以掩饰自己的心慌意乱。白子服以为她没有听见，又重复着说了一句原话。李薇没有回头，她大声说听见了。随后，她娇嗔地埋怨白子服，说他想要全村人都听见他拒绝她吗？白子服挠挠头，不好意思地憨笑出声。他没想到她这么冷静，还以为她会失声痛哭。

李薇提起裙子，在一块面向溪水的青色石头上，坐了下来。她指了指身旁，对白子服说过来坐坐吧。白子服落座，李薇把头靠上他的肩膀，说别动，让她再靠一靠。他们静静地坐着，各自想着心事。白子服挺着脖子，眼睛直视，但耳边不时传来她低低的抽泣声。他知道他伤害了她。一会儿，李薇轻轻问白子服，为什么不合适？她说工作没有了，她可以帮他找关系搞定。白子服急急地说，跟工作没有关系。李薇用手绢拭了一下眼睛，叹了一口气，幽幽地说，知道了。她说她以后不会再纠缠他。说完，她站起来，抬起头，挺直着身姿，目不斜视地走了。

李薇很有风度地跟尹苏、秋先、秋水，以及张望着出来看热闹的村民们道别，似乎刚才发生的一切，已成过眼云烟，没有留下一丝痕迹。她回头快速地扫视了一下送别的一群人，然后目光定定地盯了秋水几秒钟，嘴角牵动，意味深长地笑了笑。

白子服吓了一跳，心想女人的直觉真是太强大了。只是让李薇想不到的是，白子服正经历着跟她一样的痛苦煎熬，他喜欢的人未必喜欢他。他看着李薇逐渐消失的背影，心中升起一股热流，气血上涌，他做了一个重大决定。他要改变现状。

几天后，同样是一个宁静的夜晚，同样是在白子服家的庭院中央，同样多的人员，尹苏、秋水、秋先、邓川，白子服喝了一口酒，对众人说，借着一点酒劲，他要向大家说一件事。然后他又保证说他绝对没醉，头脑清醒条理清晰。他说这段时间以来，可能大家都看出来了，他喜欢秋水。听了白子服的话，众人神情各异，尹苏一脸不自然，秋水双颊绯红，秋先一脸泰然，而邓川则表情复杂，难以用一个词语形容。白子服顿了顿，直截了当地对邓川说他知道他也喜欢秋水。但没有关系，他们公平竞争。邓川推了推眼镜，瓮声瓮气地接话说，怎么竞争？白子服说，很简单，斗戏。

斗戏？尹苏以为自己听错了，她哈哈一笑说他才学了几天？一句戏文都唱不来，怎么有胆量说斗戏？白子服胸有成竹地说，当然不是现在。他又从容地向众人拱手鞠了一躬，说他希望他们给他半年时间。如果这么长的时间里，他学不好，且不能斗赢邓川，那么他从此绝了心中的念想，永远把秋水当妹妹。

离邓家铺子十里开外有一个村庄，叫把关口村。把关口村，刚好处在一个山谷的入口，形如一个手执长矛的勇士，把守着一夫当关万夫莫开的关隘，故得此名。你曾经在把关口村一个祠堂改建的小学里，读过几年书。小时候，不管是暖风熏人的春日，还是寒风凛冽的冬日，你都要一大清早艰难地爬起来，自己生火热饭热菜。狼吞虎咽地吃好后，在固定地点约好李泽权和王铁军，然后一起出发，一路追逐着嬉闹着，双脚如风地赶去学校。每天，你们都要走出一身热汗，这也是为什么你的耐力比较好的原因。

把关口村，亦是临水而建。一条比邓家铺子的小溪更为宽阔的小河流，绕村而过。小河里水清见底，一层青青的水草，匍匐在水底，时有小小的游鱼穿梭其中，悠然自得。小河边，建有一个宽敞的河埠。临水处，几层石级以及宽大的青石板，供村民浣洗之用。清晨，是河埠最为繁忙的时候。村里的妇女们，来到这里，抢占有限的位置，一字儿排开着蹲下，汲水、淘米、洗菜。接着，她们拿出前一天换下的一大堆衣服，在水里浸泡一番，打上肥皂，用力揉搓几下，再挥杵捶打。一会儿，捣衣的声音，此起彼伏。那节拍，时而舒缓时而急促，无疑是乡村的早晨里，最美的旋律。

如果是在夏日，在一片捣衣声中，三五个小孩脱得精光，跳进河水里，溅起片片水花，相互嬉戏玩闹。那时，李泽权、王铁军和你，三人见水则喜。通常放完学后，经过小河边时，你们都要在那一片水域里畅游一番，尽兴才回。不过，回家晚了，挨一顿父母的臭骂，是免不了的。只是，你们习惯了父母那样夸张的咆哮，放完学后一切照旧，该下河时，还是义无反顾地往下跳。

为了显示公平，白子服和邓川的斗戏，选在恰好有戏约的把关口村。高高的戏台，临时搭建在河埠上，面向小河。入夜，皎洁的月光下，几盏简陋的油灯，高高地挂上树梢，顿时，整个戏台随之亮堂起来，灯光映照着戏台周围一脸兴奋、鸦雀无声的村民。借着昏暗的光影，可以看见有人爬在戏台旁的树上，有人跨坐在院墙上，有人驶出乌篷小船，固定在河的中央，仰着头，侧耳倾听。更有甚者，干脆拿一块木板当船，铺在水面，人或站或坐其上，豪放不羁的姿态，一点不输魏晋南北朝时期的风流名士。

大部分村民不知道这个晚上的戏台上，即将上演一出激烈的争斗，以戏曲的名义，为一个女人。在秋先的建议下，比赛规则很简单，白子服和邓川抓阄决定先后次序，依次和秋水搭戏，表演《秦香莲》中的两折。评判的标准，由台下的二十一位老戏迷和全体观众决定，掌声尖叫声的次数，都是其中的依据之一。当然，老戏迷的举手投票，占最大的比重。老戏迷的人选，由秋先在开场前一小时临时选定，同时，他还找到一个年轻灵活的观众，让他现场统计鼓掌和尖叫次数。这些工作，在渔鼓声漫起之前，一一敲定。

这是白子服学打渔鼓以来的第一次登台。经过半年的刻苦学习训练，他虽然取得了飞速的进步，但相对邓川娴熟从容的表演来说，还是显得有些青涩和底气不足。既然已经夸下海口，他就得承担成败所带来的结果。白子服的性格就是如此，他不喜欢拖泥带水。即使输了，他也不后悔，就当是为自己这段没来由的情感，画上一个圆满的句号。在整个学戏的过程中，他不得不佩服邓川，他没有因为竞争的关系，而有所藏私，完全倾囊相授。他的指点，往往让白子服茅塞顿开。比如发音的技巧、声音的运用，以及气息的控制，等等，他都能说出独到新颖的见解。也许，在他的心里，白子服根本就不是一个需要全力以赴的对手，或者说他早已胜券在握。打渔鼓是他的骄傲和自信，他有足够多的资本。

通过几个月的接触，邓川、白子服二人，反而结下了深厚的友谊，至少表面上，他们没有因为有竞争而表现出剑拔弩张的敌对状态。因为邓川和秋水对打渔鼓事业的执着，渐渐影响到了他。他的心态亦在渔鼓声中，慢慢放松舒展，变得沉静恬淡，每天沉浸在打渔鼓的美好之中。白子服甚至一度认为，即使不是他，邓川也是一个值得秋水托付终身的合适人选，心中强烈的执念，开始有了松动。有时白子服在心里劝服自己，爱不是占有。看着爱的人幸福，才是爱的最高境界。

临近登台，秋先在纸上写了一大一小两个数字，揉成一团，然后丢在地上，让邓川、白子服挑拣。一番谦让后，白子服顺手捡起身前的纸团。打开一看，邓川先唱。白子服偷偷擦了一把汗，心里暗呼惊险，他还真不想先唱。虽然先唱后唱各有利弊，但毕竟是第一次登台，白子服有种莫名的心虚。后唱，至少可以暂时避开众人目光的检阅。邓川瞄了一眼纸团，笑着冲白子服一抱拳，然后踢了一下长衫前摆，从容轻快地往戏台走去。

《秦香莲》是戏曲舞台上比较常见和流行的剧目之一，大部分地方戏曲都有此剧目，如汉剧、豫剧、楚剧、秦腔，以及河北梆子等，渔鼓亦然。《秦香莲》剧本内容、人物情节大致相同，只是换成了各地的地方语言来演唱，呈现出不同的地方特色。根据事先的分配，先唱的邓川，唱的是陈世美上京赶考，考上状元后，被招为驸马的选段。《秦香莲》的前半部分主要表现主角陈世美从赶考前困顿、压抑的状态，变成高中后的春风得意马蹄疾；而后半部分，则主要表现他彷徨、逃避，以及人性卑劣的一面。演唱得好的话，两者都能表现人物出彩的地方。

很显然，邓川的表演堪称上乘。邓川的声音灵活多变，音域宽广，从低音的浑厚，到高音的清亮，他都有上佳表现。但他的嗓音也不是十足的完美，仍有其短板所在，就像贪多嚼不烂一样，他的低音不够浑厚有力，显得飘忽旁逸。白子服的声音，则强在凝实悠远，如洞箫，直抵人心。在知道各自优缺点的情况下，邓川选择了他的短板，也就是他以不擅长的低音，全程演唱。看来，为了公平竞争，他显得非常有谦谦君子之风。他不能以自己在渔鼓上浸淫日久的丰富经验，来跟一个初学者过招，那样即使赢了，也让人感觉胜之不武。但不可否认，他压低嗓音演唱的陈世美，仍然独具魅力。陈世美困顿时的落魄，得意时的风流倜傥，在他的演绎下，无不入木三分。尤其是他跟秋水扮演的公主，相互配合搭戏，更是默契十足，相得益彰。他们在舞台上的挥洒自如，让人不得不心生羡慕。

随着戏台上的渔鼓声漫起，河面上的乌篷小船，越聚越多。它们拥挤着排在一起，铺满整个河面，甚是壮观。船上的人们，有的人撑着长杆，直直地站立着，目不斜视，有的人则坐在船头，双脚放进河水里，不时晃动着水花，悠闲而惬意。

不久，戏文中人物跌宕起伏的经历渐次展开，台下的观众也跟着入了戏，他们或大声喝彩，或义愤填膺，或眼含热泪。就连后台的白子服，也情不自禁地跟着拍手叫好，完全忘了这是一场和他有关的争斗。

余音袅袅中，邓川潇洒地结束了他的表演。在他下台途中，观众们爆发出阵阵不舍的掌声，还有人用桨拍打着河水，弄出片片水花。休息间隙，秋先串场说，下一折将是一位渔鼓新秀的表演。秋先说完后，白子服听见台下有人高喊邓川的名字。看来，他们还没走出前任演唱者，营造的精彩的戏文空间。

终于轮到白子服，他整了整青衫的布扣，用手重重捶一下右胸，深深吐出一口气，怀抱着渔鼓筒，慢慢走向戏台中央。以白子服的工作经验，他在部队的连队动员大会上讲过话，发过言，但打渔鼓的戏台对他来说，完全是一个陌生的领域。台下观众的目光，像一个个探头，探视着他的一举一动，以及声音的对错。白子服有种躺在聚光灯下，等着被解剖的感觉，顿时，他的头上、脸上、后背，开始冒出细密的汗珠。稳定了一下情绪，他冲秋先点了点头。秋先读懂他的示意，坐直身子，弯弓拉起二胡来。白子服脚下暗自打着节拍，轻声清了清嗓子，然后在正确的进入点，吟唱出声。他感觉自己的声音，一点点铺排出去，像蓝色的湖水，泛起细微的波浪，慢慢地推向岸边。台下观众，似乎被他低沉舒缓的声音震撼了，一个个露出如浸泡在温暖的湖水里洗着泡泡浴的享受表情。白子服知道自己开了一个好头，自信心也随之往上直线攀升。

一旁的秋水，向他投来鼓励以及赞赏的眼神，白子服的心里顿时涌起丝丝暖意。她才是他勇往直前的动力、加速器。在半年的相处中，他对秋水更加了解，同时，更加坚定了他最初的想法。白子服之所以敢跟邓川下这场赌注，除了对自身有一定的自信之外，他主要是想给自己争取半年和秋水相处的时间，争取和她相互了解的机会。要不，他完全没有希望击败和她经常厮守在一起的邓川。斗戏，是白子服唯一的机会。虽然不一定成功，但他至少努力了，不会再有遗憾。

事情的转变，没有一丁点儿预兆。那晚随后发生的事情，就像一副绝美的乡村风景画，突然被一只凭空出现的大手，撕扯得支离破碎。本来，皓月、群山、乡村、戏台、小河、夏风、乌篷船、煤油灯、静默的村民、舞动的衣袖，所有这些元素组成的画面，多么和谐而唯美，一瞬间却在不可预知的突变下，人仰马翻，画风大变。

即使多年后，回想起来，白子服还是心有余悸。但因为那件突发事件，他和秋水的情感，峰回路转，拨云见日，从此进入新的阶段。当然，同时他也因此失去很多，比如和邓川的友谊，母亲尹苏的疏离。假如用一个词语来形容他的爱情，那就是惨烈。人生中，很多事情的发生、发展，完全无法提前预估和预防。他无法评估那件事情，带给他得与失的孰轻孰重。他只能偶尔在夜深人静的时候，长叹一声，这都是命。对于那个人生阶段发生的真实场景，时间离它越是久远，白子服记得越是清晰。

也许，第一次总是让人记忆深刻，但那也太过深刻，以致白子服差点无法承受生命之重。不过，如果事先知道追求秋水有那么多的波折，他还是会义无反顾。一切都是缘分，缘起缘灭，自有定数，从来不由人操控和选择。

也许只有行内人士才能听出来，白子服的第一次登台，忘词、忘情节，都一一发生过，但在秋水巧妙的提醒以及补救下，观众基本听不出他们的瑕疵，依旧沉浸在白子服低沉而富有穿透力的声音震撼之中。毫无疑问，按照老戏迷的理解和打分，白子服大有可能是输。跟邓川比，他还是有一大截差距。邓川胜在娴熟自如，毕竟白子服无论是唱词还是身段，都太过生涩，光靠声音的优势，还不足以赢得这场比赛。当然，如能假以时日，谁输谁赢，则不好说。不过，目前的白子服，还不是邓川的对手。所以，邓川有足够的自信，心态也极为放松。他一进入后台，拿起一个茶缸，坐在凳子上，悠闲地喝了起来，偶尔关注一下台上台下的情况。他静静地等待着白子服唱完他的选段。

太过专注投入的缘故，加上紧张，白子服一直沉浸在表演里，一点儿没有留意到秋水的身后突然多了一个高大的身影。那人留着长长的乱糟糟的头发，一脸凶神恶煞，光着上身，手臂连着背一大片刺青。他的手里拿着一个喝了一半的啤酒瓶，摇摇晃晃地走到秋水的身边，一脸淫邪地呼着酒气伸出一根手指，作势要去摸秋水的下巴。秋水发出尖叫，并不停后退躲避。与此同时，戏台后面又冲上来五六个拿着棍子光着上身的男子。邓川被挤在一边，站在后台的入口处，脸色惨白，呆若木鸡。他完全不知道怎么处理这样的突发状况。秋先扔掉二胡，提起竹椅砸向他们，却被轻松地挡了开去。他们分出二人，缠住秋先，却并没有伤害他。他们的目标，锁定了秋水。

白子服听到秋水的尖叫，一下反应过来。他立刻双手举起渔鼓筒，扫向领头的淫秽男子。那男子灵活地侧身避过，然后像投出一颗手榴弹一样，抛出手中的啤酒瓶，狠狠地迎头砸向白子服。白子服来不及躲避，顿时，啤酒瓶在他的脑袋上，炸开了花。他像被点中穴道了一样，身体僵硬着停顿了几秒。然后一阵剧烈的刺痛传来，他感觉天旋地转，脑袋里金星直冒。他甩了甩头，一股热流从他的头上一直往下流，遮住了他的双眼。他胡乱地擦了一把脸上的血，吼叫着冲向他们。毕竟在部队训练过几年，他有着军人的血性。白子服飞起脚，一脚踹中了其中一男子的心窝，然后迅速地移动位置，攻击另外一人。他左突右冲，阻挡着他们的前进的步伐，但终究双手敌不过四拳，他一个人无法形成足够大的保护圈。那淫秽男子，仍然在一步步地逼近秋水，毛手毛脚的同时，嘴里怪腔怪调地说着各种淫词秽语。秋水厉声警告着他，挥舞手中的碟子和筷子，企图吓退他，但根本无济于事。她只得一步步往后退，直至退至戏台的边缘。

秋水双脚踏空的瞬间，几步之遥的白子服，右眼透过血污的空隙，看见了她身处的险境。他顾不得即将打在身上的棍棒，拔腿飞身，张开双臂抱住了已经半身悬空的秋水，然后和她一起，重重地落向坚硬的青石板。下落的过程，不过一两秒，但在白子服的感觉里，似乎漫长到永恒。那感觉，依然真切地保持在他的记忆里。第一次，他接触到了秋水柔软的身体，呼吸到了她身上散发的好闻气味，以及感受到了她惊恐时抱紧他的被需求感。虽然是在那样一个非常时刻，但白子服完全没有恐惧，反而心情无比轻松。他无法找到一个合适的词语去形容那是一种什么样的感觉。也许可以把它归之为，那就是所谓的爱吧。他愿意心甘情愿地为秋水承担一切，哪怕付出生命。

白子服当然没有付出生命的代价，只是压折了一条腿，以及右边眉毛被切断，留下一条卧蚕似的深深疤痕。当时，秋水全身重量压在他的身上，他们对视着。虽然疼得龇牙咧嘴，但他仍然冲她挤出一丝傻笑，一副满不在乎的模样。

白子服和秋水像一片树叶一样的飘落，台下顿时乱成一锅粥，有人发出惊呼，有人快速闪避，甚至有小孩被吓得大哭出声。刚开始，台下的观众，还以为白子服他们在上演一出别出心裁的打渔鼓。直到看见白子服头破血流，并和秋水一起抱着跌落戏台时，很多人才反应过来，这是一场真正的玩命的打斗。把关口村在场的村干部，一看事态不对 ，马上组织几个身强力壮的男人上台劝阻。但是，等他们赶上戏台，几个混混早已撤走，杳如黄鹤。白子服和秋水落在地上发出沉闷的碰撞声，吓坏了他们。他们以为要出人命，赶紧扔掉手中的棍棒，顿作鸟兽散。尽快逃离事故现场，才是他们认为最正确的选择。

白子服的腿，骨折得很严重，在医院里住了好几个星期，才勉强能够拄着拐棍点地行走。就算后来完全好利索了，还是免不了落下终身残疾，他只能一瘸一拐地走路。他的右边眉毛，缝了八针，才把那道深可见骨的口子缝合。当时，白子服冲她傻笑的时候，压在他身上的秋水可笑不出来。她看着他一脸血污中那道张开得像个鳄鱼嘴一样，仍在汩汩冒出血来的大口子，吓得手脚发软。她鼓起勇气，伸出手使劲儿按压着他的眉毛，试图帮他止血。在去医院的途中，不管周围多么混乱，她都一直压着不松手。她怕她一松手，他就会因为失血过多而死。虽然后来证明她的担忧有点多虑，但她那时溢于言表的着急关切的心情，还是让白子服心里泛起丝丝甜蜜。

医生给白子服打上麻药开始缝针时，她在旁边一个劲儿地问，会不会留下疤痕会不会留下疤痕。医生被她问得不耐烦，闷声闷气地说，那不缝针了，就这么张开着，可以吗？秋水被他反问得有点不好意思，她退后几步不再开口，一直默默地站着看医生缝针。医生像缝衣服一样地在白子服的眉毛上穿针引线，她看得头皮发麻脖子紧缩，仿佛那针线正窸窸窣窣地穿过她的身体。

后来，虽然拆线脱痂伤口愈合，但卧蚕似的疤痕不可避免地留了下来，仔细看，还能清楚看到眉毛中缝针时留下的细密针脚。秋水试过很多方法帮他消去疤痕，甚至还托朋友从外地买来消疤去疤的药物，但都不见成效。那道疤痕依旧固执地横卧在眉头，横卧在秋水的心里，像一个永恒的见证。白子服浑不在意，昂头挺胸地说有道疤痕更显阳刚，走出去保证没人敢欺负。

在整个事件发生的过程中，邓川似乎成了一个局外人。他像海上的一艘木船，突然被龙卷风刮去了遥远的岸边。戏台上风流倜傥、挥洒自如的他，不见了，他瞬间变成一只乌龟，头缩进了厚厚的龟甲里。那几个混混，冲进后台时，他第一个知道，也发觉气氛不对。他站起身，想去阻拦。只是在看到他们气势汹汹的神情，并被一把推倒在地上时，他本能地选择逃避现状以自保。接下来发生的事情，他完全没有想到，也没想过怎么去控制不让事态扩大化。他蒙了，或者说迷乱了时空。

打斗停歇，邓川仿佛经过漫长的沉睡，苏醒了过来。他跳下戏台，积极地帮助大家处理随后的各种事项。在医院里，他一直默不作声地跑上跑下，帮着秋水照顾白子服。等一切进入正常状态，他一声不响地消失了，离开了邓家铺子。那几年，没有人知道他去了哪里。等再次回到邓家铺子，他成了一名灵歌师。他开辟了另外一片天地，再也没有出现在打渔鼓的舞台上。

最后一丝青烟，在红砖窑炉的上空膨大扩散，不停地被稀释，直至与周围的空气融为一体，化为虚无。白子服负手站立在细雨中，仰望着眼前箍成碉堡一样的红砖窑炉，心底的最后一线希望，也如那缕青烟一样，随风而逝。一年的辛苦努力，成了泡影。他狠狠地踢了一脚一棵长得枝繁叶茂的棕树，埋怨说这鬼天气，什么时候是个头?

如果没记错的话，连绵的阴雨一连下了三个多月，不见停歇。间或又有狂风暴雨，掀房破瓦，推墙倒垣，好多大树都被连根拔起。这么长时间了，天空依旧阴沉如黑锅底，阴雨大有一直持续下去的可能。

按照白子服的计划，如果这一窑红砖顺利烧制成功，那么不出半年，他将拥有自己的房子，也就不用挤在五婶逼仄的家里了。白子服急需建房，是因为他被尹苏赶出了家门，秋先父女俩亦是如此。当然，也并不是事出无因。

记得那是一个下午，白子服脚伤痊愈，出院回家。本来说好要去医院接他的秋水，没有出现。他以为她肯定会在家里迎接他。哪知回到家后，尹苏平静地告诉他，说秋先父女俩已经走了，不会再来。白子服不相信，瘸着腿，着急地找遍了所有房间的角落。尹苏直截了当地说，秋水不适合你。你不要再跟着他们去打渔鼓了。都怪我没有早点阻止，要不你也不会落得这样的下场。

尹苏一边说一边眼圈泛红。出事的那晚，她虽然没有在事发现场，但听村里人的描述，她吓得差点儿当场晕倒。尽管后来秋水每天都去医院里照顾他，无微不至，但尹苏还是对她产生了深深的成见，心里多了一道隔阂，像一堵墙壁，正在逐渐加高加厚。从道理上来说，尹苏知道白子服所遭受的一切，跟秋水无关，是他自作自受，归结不到秋水的头上。但在情感上，她不可能没有偏向。她认为如果没有秋水，白子服不会变成现在的模样。从白子服回来的那一刻起，他完全偏离了她的期望。并且那个好好的健康的，让她引以为傲的儿子，变成了一个残疾人。她接受不了他这样的转变。心里的疙瘩打上了死结，她对秋水的态度，再也回不到从前。

尹苏还想继续往下说，白子服一瘸一拐地走出家门，异常冷静地说，我要去找他们。尹苏幽怨地看了他一眼，然后咬牙切齿地说，你要跟着他们去打渔鼓，就别回来了。白子服迈着的瘸腿，在空中停顿了几秒，尔后，坚定地向前走去。

白子服发疯一样地找遍了在四周所有的村落，见人就询问是否看到过一对打渔鼓的父女。他向人描述秋先、秋水的模样，恨不得画一张他们的画像，一刻不停地挂在身上。他寻找的范围越来越扩大，好几次走到了别的县。等发觉当地村民的说话口音完全不同,并对打渔鼓是什么都不知道时,他才恍然大悟地慌忙折返。

一天正午，他走得累了，吃了一个馒头，就坐在一个村口的石块上歇息。哪知困意袭来，他歪着脑袋靠着石头，一会儿就陷入了梦乡。迷糊间，遥远的空中，传来秋水清丽悠远的歌声，仿佛又回到了他在台下，她在台上的最初一刻。那是他最为深刻的记忆，如刻刀刻印，深入肌肤内里。他猛地一下抬起头，看见秋水站在几米远的青草地里，正对着他露出优雅的笑。他以为是梦，掐了一下自己的脸，不信，复又掐了一下大腿。眼前的秋水，没有消失，依旧巧笑倩兮地站着。他确定他找到了她。

再次回到邓家铺子，已是两个月以后。秋先远远地跟在后面，面上浮现出一种只有做了亏心事才有的神情，目光游移着不敢靠近。白子服内心里也有些打鼓，尹苏的脾气硬得像茅坑里的石头，他不知道她是否还能接纳他们的回归。

白子服的担忧，很快被证实是有一定道理的。他的不断敲门，完全没有影响到正在午睡的尹苏，她在屋内平静地拒绝说别打扰她睡觉。尔后，她补充说她很累，不想见任何人。白子服知道不能跟她硬着对抗，于是借坡下驴，暂时安顿在了赶过来看热闹的五婶家里。哪知一个暂时，就暂时了近两年，直到他们建的新房子一点点地矗立起来。他们才真正安顿下来。但是，他和尹苏僵持的关系，并没有随着时间的推移而缓和下来，依旧处于冰封千里的状态。当然，主要是尹苏，不给他任何破冰的机会。

尹苏的冷漠，跟她内心的热情一样，持久而固执。她再也不愿意向人敞开心扉，她只生活在自己的世界里。每天，她很少出门走动，基本不与人交流。她拒绝任何人的帮助，包括白子服。她自给自足地养活自己，一个人养鸡、种菜、锄地，生病也硬扛着。收获时，吃不完的蔬菜瓜果，她就一个人肩背手拿，颤巍巍地踮着小脚，走路去十几里外的镇上变卖，以换得额外的生活补贴。她像苦行僧一样地过着日子，当自己是一个活死人。唯一支撑着活下去的动力，是她对白天牧可能归来的期望。

你清楚地记得，某个暑假的一天，尹苏叫你帮她背着一袋金黄的橙子，拿去市场上变卖。那记忆太深刻了，以致那种负重前行的疲累感觉，仍然清晰可感。走了没多远，那十几个橙子在你的背上，越来越沉，感觉背着整座泰山，你恨不得一把丢掉它。通往镇上的路，似乎永远没有尽头。好不容易到了镇上，你像散了架的老旧机器，各种零件到处滚动。尹苏舒展着眉头笑了笑，揶揄说这么大小伙子，干一点儿活就不行啦？你爷爷在你这么大的时候，能抵半个男劳力，他早就能帮你太爷爷挑水撒粪，做各种农活了。

她一边说笑着数落你，一边摊开麻袋，把橙子一个个拿出来，细细地摆放整齐，然后蹲守在街边，等着顾客上来挑选。你看不起这样的小买卖，只得无聊地坐着，看着周遭喧闹的一切打发时间，尹苏则在一旁低声地和别人讨价还价。那十几个橙子，尹苏看得像珍宝一样，差几分钱，她都不依不饶地和人费着口舌。直到夕阳西下，尹苏才卖完了所有的橙子。那时的你早就消磨完了所有的耐心，像个泄了气的皮球，蔫蔫的无法直立。这时，尹苏从一把皱巴巴的钞票中，抽出几角钱，喜滋滋地跑去一个卖油煎粑的摊位，买来几个递给你，脸上的笑容一圈圈荡漾开，像夕阳温暖的阳光。后来，尹苏叫你帮她卖花生、黄豆、板栗等农副产品时，你一溜烟儿地跑开，再也不去。

借居五婶家期间，在缺席尹苏的祝福下，白子服仍然和秋水结婚了。没有婚房，他们就修葺了一下五婶的一个闲置小屋，当是新房。新房很小，半边厨房，半边卧室，中间只用一块布帘，简单阻隔了一下。即使那样，白子服还是觉得满足，毕竟有了自己的小家。他期望通过自己的努力，来改变现有的境况。

对于秋水来说，有个固定的小窝，已经是生活对她的莫大恩赐。只是，和尹苏的关系得不到化解，才是她内心里最大的阴影。这不是她想要的理想生活。于是，她坚持不懈地去做着各种努力，家里只要有好吃的好用的，她总是第一时间想着拿一些给尹苏送去。比如家里杀一只鸡，她首先把最好的鸡胸肉找出来，细细地剥去鸡皮，再用一个小碗装好，送过去放在尹苏的饭桌上。在外地打渔鼓，看到好的东西，她也想着给尹苏买上一份。刚开始，尹苏对她送来的东西，不置可否，冷冷地不发一言，不接受也不拒绝。后来，她虽然勉强接受，但也不会给秋水好脸色看，全程冷冰冰的，不带一丝笑容。

秋水不在乎，她的前半生已经经受过太多的人情冷暖、世态炎凉，这一点儿小小的打击，她完全能承受得起。只要尹苏接受了，她的内心就会一片雀跃，甚至充满欣喜。她认为每前进一小步，都是一个突破。自小到大，她都是一个缺乏安全感的人，易地而处，她能理解尹苏的想法。尹苏认她做干女儿，以及李薇追求白子服，她都理所当然地站在尹苏的一边，从未对白子服有过非分之想。当然，内心里，她非常欣赏他。尹苏认她做干女儿，她理解她的意图，努力扮演她该扮演的角色。她尽量不对分外的情感，投入过多的热情。直到白子服奋不顾身的一跳，她彻底沦陷了，失去了理智。从来没有一个男人，像白子服那样，真正对她无私付出。对于他真挚而浓烈的情感，她没有理由再把它拒之门外。她需要一个真正呵护她，在乎她的男人。

跟邓川在一起，她能感觉到快乐，也能和他在打渔鼓事业上产生共鸣，但她总感觉进入不了他的内心。邓川飘忽的让人捉摸不透的性格，常常让她无所适从。就像你试图伸手抓住眼前的晨雾，你以为抓住了，其实什么也没抓着。他们之间似乎有一条幽暗的通道，她必须独自穿越过去，才能与他汇合。她知道她和邓川是同一类人，细腻敏感，多疑而没有决断力。她能理解邓川在她遭遇危险时，没有挺身而出的苦衷。

白子服跟他的个性，完全相反，他率真直白，清澈透明，宛如山间的一汪清泉，一望到底。她不需要费力地去猜测，就能明白他的一切。最重要的是，白子服能引领她，给他大山般的依靠，这些邓川都无法做到。

白子服和秋水结婚后，秋先独自离开了，因为五婶家实在无处安顿。当然，他并没有走多远，只是在邓家铺子村落外的一个山脚下，用木头和干茅草搭起了一个不大的草棚，然后在屋旁用栅栏围起了一个大大的菜园，一个人自得其乐地生活着，像一个隐居世外的高人。自从住进草棚后，他打渔鼓以外的时间，都沉浸在音乐的世界里，钻研各种民间乐器，比如二胡、笛子、葫芦丝，以及一些叫不上名字的古怪乐器，等等。有时，甚至随手摘的一片树叶，他也能不亦乐乎地玩上一个上午。他很少再去邓家铺子，很少扎堆人多的地方，尤其不愿意见到尹苏。他在回避她。

可以说，在邓家铺子，只有尹苏，才够资格让他引以为知音。虽然在尹苏的面前，她的优雅博学，举重若轻，常常让他自叹弗如，但他自信可以强过她之外的其他任何人。在打渔鼓上，她不时能说出一些颇有见地的建议，有时甚至比他这个浸淫日久的人，还要深刻，入木三分。每次说完，她都要因为自己的不够委婉，不好意思地道歉一番，说可能因为站在局外，她才会保持一个清醒的认识和判断，身处其中的他，偶尔兼顾不到，也是情有可原。他喜欢和她待在一起，有种伯牙遇子期的相见恨晚，更有棋逢对手的酣畅。只是，在后来的某一天，他做了一个过于自信的判断，以致他们的关系，就如撞上冰山的泰坦尼克号，拦腰折断成了两截。而且，从尹苏一以贯之的原则来看，他完全没有再次取得她信任的可能。他挑战了她神圣不可侵犯的底线。

那是白子服在医院的最后一个夜晚，趁着溶溶月色，秋先从镇上赶回邓家铺子。已是深夜，邓家铺子像一个安静的小孩，进入了沉睡模式。偶有几声犬吠鸭叫，更添寂静。秋先一袭灰袍，宽衣大袖，他走路轻巧，整个人看起来，就像在御风而行。他飘到尹苏家，推开虚掩的院门，脚步悄然地往里走去。他跨过门槛，绕过一堵屏风一样的木门，穿过一条不长的走廊，进入庭院中央。

嘤嘤的抽泣声传来，他循声望去。只见一个白色的身影，背对着他坐在庭院角落芭蕉树下的一个石桌旁，低头耸肩，正在哭泣。洁白的月光，温柔地从高空洒下，落在庭院里，像一束追光，打在她的身上，通透明净。秋先放慢脚步，他知道那是尹苏。很明显，她不如她外表所表现的那么坚强。此时，她在偷偷地宣泄心中的情感。卸下了所有伪装的她，背影似乎也变得瘦弱而娇小，惹人怜惜。秋先静静地站着，在黑暗的掩护下，默默地注视着她，心中涌动起一丝别样的情绪。一会儿，尹苏用一块手绢，拭了拭眼睛，心情稍微平复了少许。秋先故意踢了一下地上的板凳，弄出些声响，表示有人回来了。尹苏转过头，优雅地拢了拢头发，坐直身姿，看着从黑暗着走出来的秋先，轻轻一笑，算是打了招呼。她不想说话，她怕一说话，颤抖的声音，会泄露心中的秘密。

秋先走过去，坐在她旁边的石凳上。就着月色，他们轻声细语地交谈了起来。他们从白子服的病情，琐碎的生活小事，又聊到了他们熟悉的打渔鼓。也许是月色撩人，秋先说到得意处，他突然老夫聊发少年狂，抓起尹苏的手，表白说愿意和她共度余生。尹苏一下蒙了，还没等她反应过来，秋先一用力，把她拉入了他的怀抱里。尹苏挣扎着，用力推他。此时，秋先不仅不松手，反而加重拥抱的力度，嘴里喃喃地说着别动，就这么静静的，让他保护她，今晚夜色多美，诸如此类支离破碎的话。

尹苏急了，见挣脱不开，于是张开嘴，狠狠地一口咬住他的胳膊。秋先吃痛，放松了手劲儿。尹苏趁机一把推开他，然后一个巴掌打在他的脸上。啪的一声清脆的耳光，打醒了如在梦中的秋先。看着一脸漠然的尹苏，他露出痛苦的表情，同时，心情沉入谷底。他知道他们之间那种让他神往的朋友关系，已无可挽回。尹苏整理了一下衣服，叹了一口气，然后平静地说他跟其他的男人没什么两样。她语调冷漠地对他说从明天起，他不要再住在这里。说完，她转身走进自己的房间，嘭的一声死死地关上了房门。

秋先离开邓家铺子，以为再不会回来。秋水亦是如此，心情寂寥落寞。他们又回到了从前四处流浪的状态，那段美好的日子，就如黄粱一梦，镜中花水中月，一去不复返了。白子服找到他们，并带他们返回邓家铺子时，秋先更是有种近乡情更怯的别样乡愁。在他的心里，他早已把邓家铺子，当成了他的精神家园。

建一栋新房子，是白子服他们仨商量的结果，也是迫切所需，毕竟寄人篱下，不是长久之计。虽然和尹苏的关系，目前仍是僵持状态，但白子服坚信总有一天，会得到缓解。同时，他也不愿意离尹苏太远，说不定哪天，她就需要他的照顾。他在秋先搭的草棚旁边，规划了一块住宅用地，然后开始铲土挖坑，打地基。

经过几个月的不懈努力，他们仨推平了一个小土坡，挖去其中的大石头，终于弄出了一块平整的平地来。当然，建造一个房子没那么简单，弄好地基，才是第一步。随后，还需要添置大量的材料，比如各种规格的木材、红砖、黑瓦、钉子，以及各种配材，等等。其中，最需要花费功夫的，是烧制红砖。那时，建造新房用的红砖，都要靠自己去箍窑烧制，很少有专门的工厂批量生产，即使有，也要考虑成本问题。于是，白子服雄心勃勃地说一定要靠自己的双手，把房子一点点地建起来。

在有经验村民的指导下，白子服开始烧制红砖的第一步，找到合适的黄土。幸好，在宅基地不远处有一小山坡，那里的黄土，又糯又软，且夹杂的石沙很少，正合适。于是，他们仨，又转战场地，开始另一段征途。

只有做起来，白子服才知道烧制红砖有着繁复的工序，一切没有想象的那么容易，那简直是一场辛苦体力活的持久战。虽然在部队里经历过各种强度的体力锻炼，但面对如此繁重的工作，他还是常常累得直不起腰来。每天，天刚蒙蒙亮，他就起床来到小山坡，挥舞着锄头挖出一堆够用一天的黄土，每挖一锄，顺手敲碎成粉状，然后再用一个留着细缝的宽大钢筛，前后推动，筛掉其中的小石子、沙子，以及其他杂物。这个工作，基本上要花去白子服一个早上的时间。

吃过秋水送来的早餐，休息一会儿，他又开始下一步的工作。他把筛好的黄土，铲到一个砖头围好的大池子里，然后放进用竹筒引来的山涧水。等水量放得刚刚好，他打着赤脚走进去，开始和稀泥。有时，秋水也跑过来帮忙，他们手拉着手，迎着初升的朝阳，有说有笑地踩着柔软的黄泥，仿佛在玩一场好玩的游戏。硬硬的黄土，在他们的脚下，慢慢地和水融合，最后变成像面团一样糯软筋道的泥块。

多年后，白子服不时怀念那段时光，虽然身体透支疲累，但心里充溢着幸福和力量。

不过，挖土、过筛、和稀泥，这些前期的准备工作，都不是最辛苦的工序。把和好的软硬适中的坚韧泥巴，制成一块块方形的砖块，才是最辛苦又最重要的环节。通常，这道工序，在铺有一块平整石板的工作台上完成。工作台的高度，按照白子服方便用力、方便操作来搭建的，刚刚好在他的腰部位置。制砖块的过程看似简单，实则费时费力，需要付出巨大而艰辛的劳动。首先，白子服把切割成一小块的泥巴，用力在工作台上摔几下，做成大致的方形形状，然后双手拿着泥巴，高举着过顶，大力地打进一个方形的木制模具里。随着放炮一样的一声巨响，泥巴和模具，严丝合缝地固定在一起。最后，用一把铁丝做成的弓的形状，刮掉模具上方多余的泥块，再轻轻分离出模具，一块合格的砖，才算大功告成。

把泥巴打进模具，是有技巧的。用力过猛，浪费体力，用力不够，则不能形成完整的方形，容易缺角且不严实，做出来的砖块铁定不合格。刚开始，没掌握技巧的白子服，累得腰酸背痛不说，还做不出几块能用的砖。几天之后，他才逐渐把握住其中的诀窍。再过几个星期，他成了熟练工，做砖的动作，简直可以用娴熟和挥洒自如来形容。

在做砖的整个过程中，秋水一直忙着做各种辅助工作。她帮着切割泥块，一块块地递到工作台，给白子服预备着使用。做好的砖，她还要用一块木板，小心地端着把它们运走，然后细细地像码长城那样，码在事先搭好的草棚下。不得不说，这个时期的砖块，比初生的婴儿还要娇嫩，不能被太阳暴晒，一晒，开裂，砖块立马报废。当然，更不能被水弄湿，一泡水，更玩完，变成一摊黄泥。砖块必须自然阴干，慢慢挥发掉其中的水分，干透，然后才能被留下来，进入下一道工序。

有好几次，秋水心疼白子服，说好久没有一起在家里吃饭了。她建议他中午多休息一个小时，跟她回家，坐下来好好吃顿饭。哪知，老天好像要故意跟他们作对一样，每次回家前，都是好好的天气，也无风雨也无晴。白子服一回家，每每吃饭途中，立马又是风又是雨。他们不得不立刻放下碗筷，如风一样地赶去工地现场，拿起各种遮雨的工具，把辛苦做成的砖，遮盖严实。几次以后，秋水再不敢叫白子服回家吃饭。她干脆和他一起，盘腿坐在地上，在户外解决一日三餐。

做砖是一项枯燥重复的工作，时间一长，就会异常乏味。好在，他们有戏曲相伴。做得累了，白子服经常跟秋水开玩笑说，小妞，来，给大爷唱一个。为了配合他，秋水故作低眉顺眼地尖着嗓子反问，大爷要听什么？随便点。在他们的一唱一和中，再辛苦的工作，也会一下变得轻松，从而精神百倍。

后来，听见他们的歌声，闲得无聊的五婶，也时不时掺和进来。她坐在旁边的地上，当一名忠实的听众，听得津津有味。五婶擅说，常常在秋水的起哄下，她会讲一些粗俗的笑话，有时甚至是村民间常讲的荤段子。五婶精彩的表达，外加手势演绎，每次都逗得秋水和白子服，忍不住哈哈大笑。

在乡村的习俗里，撒喜糖往往是一件喜事的重要步骤或者高潮部分，大人小孩都喜欢。在那个物质异常短缺的年岁里，糖本来就是一个稀罕物，能大把大把地往人群中撒，不仅显示主人家出手阔绰，而且还能活跃现场气氛。在邓家铺子所有撒喜糖的场合中，新房子落成的撒喜糖，最具有仪式感，也最热闹。

你记得小时候，村里人开始不愿意住在采光条件不好，空间封闭的老房子里，纷纷拆掉旧房盖新房，或者像你家那样，另外开荒建房。没几年，一个完整的连成一片的邓家铺子，渐渐被蚕食掏空，变得千疮百孔。许多相邻几十年的村里人，为宅基地的归属不清，争夺打骂，吵嚷不休。那时，你不懂得那些老房子的存在，对你和村民们有何意义，你只知道一有新房开建，很快就有人家撒喜糖。

撒喜糖一般安排在傍晚，那一天新房子建到最高点，建筑师傅完工即将撤场，房梁搭好，只等盖上屋瓦。当然，那样的热闹场合里，绝对少不了你、李泽权和王铁军，三个死党的身影。日暮时分，披着晚霞的余晖，你们仨约好，一路小跑着赶去撒喜糖的所在地，生怕一迟到，就错过了高峰时刻。从新房子打地基，开建，进度如何，每一步你们仨都时常关注，不时互相通报，更新信息，怎么也不能在关键的最后一天，落于人后。

等新房子的堂屋中央挤满高高低低的人头，主人见时间差不多，于是向高处某个方向打了一个手势示意，那感觉有点像戏台上的报幕员，一拉幕布，大戏随即开锣。屋顶上总共站了六位建筑师傅，他们分别站在四端，以及屋脊最高点的两头，每人手里拿着一大袋纸包糖。从下往上看，在夕阳的辉映下，他们跨步叉腰挺立的身形，显得那么健壮有力，威风凛凛的样子，就像六大金刚。

得到主人的指令后，其中为首的一人，开始扯开嗓子又说又唱起来，另外五人则偶尔附和一下，他们像一个组织严密的摇滚乐队，主唱和声，分工分明。他们说唱的内容，你已经记不大清，只知道多为祝福之词，诸如人丁兴旺，财富如水涨，生儿有出息，读书考头名，将来当官坐中央，等等，好话说得越多越好。隔着时空回忆，你隐隐觉得他们的说唱，是随意而为，没有固定的旋律，却有相对固定而押韵的歌词，像山歌，高亢雄浑苍劲有力，回荡在邓家铺子苍茫的夜空。

唱到高兴处，下面的人跟着一起高声回应，就像一个演唱会现场，歌迷和偶像的热烈互动。当时你在想，如果这房子盖有屋瓦的话，一定会在一浪高过一浪的声音中，被悉数掀掉。很显然，主人对这样热烈的氛围，非常满意，他悠闲地站在人群之外，看着黑压压的人群，更加眉开眼笑，开心不已。身处一堆闹哄哄左推右挤的人群中，你完全没有心思，去仔细听他们说唱的内容，只希望尽快结束这样的仪式，快点开始撒喜糖。对你来说，多抢几颗喜糖，才最为实际。

吊足了所有人的胃口，为首的那人，终于停止说唱。他解开口袋，抓起一把纸包糖，随手往下一撒。那娴熟的动作，就像一个渔夫站在岸边，对着一池塘冒出头张着嘴拥挤在一块儿的鱼群，在撒鱼食。一会儿，五彩的纸包糖，天女散花一样，从高处的各个方位洒落。顿时，好闻的糖果香味，开始在狭窄的空间里弥漫开来，挑逗着你的鼻翼，勾起你强烈的食欲。你舔了舔舌头，味蕾不自觉地回味起曾经吃糖时的甜蜜感觉。

你们伸出手，迎接着，追逐着，抓住了哈哈大笑，放进口袋又继续追逐，抓不住，换一个目标，再继续追逐。不大的堂屋里，到处乱窜的黑色脑袋，像一锅煮沸的水饺，涌动着，咕噜噜冒泡。你们说笑着，拥挤着，你踩我我踢你，然后可能演变成笑骂着，哭闹着，你推我我打你。

在撒喜糖的过程中，也有没有抢到喜糖的人，他们不甘心，纷纷张开手去找主人要。通常，主人是有预备的，他不会让任何人空手而归，那样一个喜悦的时刻，越多人分享越好。当然，也有钻空子的人，比如你。明明口袋里一大把，你也要假装一颗没有抢到，可怜兮兮地跟在人群里瞎起哄。房屋主人心明似镜，发到你时，他会故意打一下你的手掌，笑骂一句狡猾的兔崽子，然后再拿几颗给你。

白子服多次跟你说，他建造你们所住的房子，花费了比别人多一倍的时间和努力，非常不容易，等等。然后接下来，他必定会补充一大通要懂得珍惜之类教育你的话。他这样絮絮叨叨跟你讲话的那段时间，是他人生最为失意的时候。他变得喜欢沉浸在过往的峥嵘岁月里，芝麻大点的事，也要夸大其词地诉说一番。你时常设身处地地猜想，既然经过了那么艰辛的努力，如果他站在高高的房顶，向下撒喜糖，当时的那一刻会是什么样的一个心情。一定会喜极而泣吧，你想。

不过，不用你猜想，白子服真的瘸着腿，站上了房顶，并开心地撒过喜糖。他跟众人说不亲自爬上房顶，不足以表达他的心情。那种开怀舒展的心情，比之面对连绵阴雨时无奈又沮丧的心情，无疑是一个天上，一个地下。

多年前，邓家铺子那场百年一遇的阴雨，三个月以后的某一天，在东方破空升起的一缕虚弱阳光的逐渐逼退下，终于停止了无休止的缠绵，就像一个苟延残喘的老人，带着对人世恋恋不舍的心情，终于闭上了眼睛。

三个多月的连绵阴雨，整个邓家铺子发了霉，不管是人，还是物。房屋内外，墙壁上，天井里，到处长满绿色的青苔，湿漉漉的，干不透。阳光一来，村民们立刻带着晾晒发霉心情的开心表情，纷纷打开家门，拿出发霉的被子、衣服，以及各种用具，晾满了整个邓家铺子。人们捏着鼻子，在有着浓重霉味的空间里穿行，相互嬉笑着比赛谁家的衣服或是被子上，长出的霉点图案，更为好看。人们的心情轻松而明朗，一如幽蓝如洗的天空。

一阵风吹过，飞扬的细碎的黄色花瓣，从红砖窑炉上飘落下来，洒了白子服一身一脸，他烦躁地拂了拂，却不一会儿又落满全身。连绵的阴雨，催生了一种不知名的藤蔓，从上到下地缠绕着被风吹歪了的整个窑炉，翠绿而宽大的叶片，密密麻麻地铺开，然后不知什么时候，忽如一夜春风来，又热烈地开满了细碎的黄色小花。远远看，整个窑炉就像一座金黄色的比萨斜塔，煞是壮观。

白子服可没有心情欣赏眼前的美景。他觉得那些在阳光下摇曳着身姿，热烈盛开的黄色小花，正集体向他露出嘲讽的笑容，风中似乎还飘荡着它们的窃窃私语。他不服气地抓住一根藤蔓，用力地向下一扯，顿时掀起一阵花浪，落英缤纷。与此同时，白子服的心底响起一阵咆哮般的呐喊，他不会被打倒的。大不了从头再来。

为了箍好这个窑炉，他可没少费心思，它承载着他的梦，一个家园梦。他为之付出了艰辛的努力，想不到却在最后一步，被一场大雨毁于一旦。他记得在箍窑炉完工的前一天，还是晴空万里，暖风轻吹。在一个有着十几年箍窑经验的师傅的指导下，白子服选好日子，掐定时间，赶在某个时间点完工，并顺利点火。

在此之前，在箍窑师傅的授意下，白子服买好煤块，准备了足够多的大块木材。箍窑炉，是一个技术活，也是一个细致活，里面有许多细节需要兼顾到，砖的摆放位置，砖与砖之间留的空隙大小，夹多少煤块，等等，这些都有一定的讲究，要不没法烧制出硬度合适的红砖。从高空看，窑炉的横切面——白的砖、黑的煤，所组成的图案，简直就是一个大大的八卦图。箍窑师傅、秋先、秋水，以及白子服，四人花了差不多一个月时间，才把做好的几万块砖，建成一个十几米高碉堡一样的窑炉。

封顶并顺利点火的那天傍晚，在白子服的极力鼓动下，疲惫不堪的四人，还特意喝了几杯白酒来庆祝。看着窑炉顶端冒出的袅袅青烟，白子服带着心满意足的神情，一瘸一拐地回到家，倒头就睡。

毫无预料的密集冰雹，气势汹汹地从天而降，乒里乓啷地敲醒了邓家铺子浓黑的夜，似乎要砸碎这块沉睡的大地。白子服被秋水摇醒，好一会儿才明白发生了什么。他一骨碌爬起床，胡乱地套上衣服，闷着头就要往外冲。一会儿，他摸着头沮丧地退了回来，一只手里抓着几块鸡蛋大的冰雹。

等冰雹停歇，白子服和秋水淌着水，在狂风暴雨中赶到红砖窑炉旁。稳健如山的红砖窑炉，比想象的坚固，散发着浓重硫黄味的青烟，依然在顽固地升腾，飘散。

煤油灯，这个乡村常见的照明之物，几乎伴随了你的少年时代。你没读多少年书，却带着厚厚的眼镜，这多半要归功于昏暗不清的煤油灯。那年月，煤油必须凭票购买。每到固定的某个时间，村里会挨家挨户发煤油票。具体怎么分配，每家多少量，现今你已不太记得，反正你家是不够用的。通常只有到屋内完全看不清，漆黑一片，秋水才会摸索着点上灯。如果灶膛里刚好燃着柴火，她还会熄灭煤油灯，说火光这么亮堂，看得清，不用浪费煤油。当然，如果你和秋思还有白远航三人要看书写作业的时候，她则完全不会吝啬。等你们三人分角落坐好，她还会拿着鞋底，或者毛线衣，默默凑过来借光。

记得一个寒假，天下着鹅毛大雪，你和白远航，去几公里外的供销社打煤油。你本来不想去，但秋水说家里已经没有煤油，晚上你们仨要温习功课，必须白天打回来。一旁的白远航，没打过煤油，好奇心大盛，于是一脸雀跃地表示想跟你一起去。你再也找不到推脱的理由，只得带着穿得像一个圆球一样的白远航，往供销社的方向走去。

白远航有个奇怪的癖好，他喜欢闻各种油或者油燃烧后的气味，包括柴油、汽油，以及机油。他甚至说那些油的味道很香，比炒菜用的猪油还香。见到它们，他两眼冒光，恨不得捧着喝上一口。这也是为什么尽管一路走不动，他还是硬要提着脏兮兮、沾满黑漆漆油垢的空油桶的缘故。白远航最喜欢追着手扶拖拉机跑，车尾突突突喷出的黑烟，对他来说，是一种致命的诱惑。他说闻一口的享受感觉，无异于烟鬼点上一支烟。

有一天，村外的马路上，停了一辆农用手扶拖拉机，他在车尾蹲着，鼻子凑近排气管，闻着不想走。也许累了，或是闻得太久，精神一放松，他身子一软直接歪在地上睡着了，头靠着排气管。没多久，车主开车要走，他在车头用手摇动笨重的发动机。随着发动机战栗着启动，浓黑的烟从排气管里喷出，把白远航喷得一脸乌黑。他不自知，醒来后，仍旧像往常一样跑去找小伙伴们玩。他一出现，那些跟他玩得好的小伙伴们，看着他，先是一愣，随后笑得前仰后合，仿佛见到了一个迷路而来的非洲小孩。他一脸懵懂，不知他们为何而笑，于是也咧开嘴跟着笑。一脸乌黑的他，只有牙齿是白色的。后来，秋水花了好几天时间，用肥皂帮他使劲儿搓，才把他包公一样的黑脸，清洗干净。

一进供销社，铺天盖地而来的煤油味，让白远航的心情大为愉悦，他就像一条山涧的鱼，历经艰辛，终于游进了广阔的大海。他盯着一排硕大油桶里能清晰映出他倒影的煤油，饥渴的眼神，散发出绿光，那感觉恨不得一头扎进去，喝个够。还好，残存的意识告诉他，煤油不能喝，只能闻。供销社里的工作人员，因为白远航靠得太近，推开他好几次，并翻着白眼，一脸不耐烦地大声呵斥说别影响他的工作。

对白远航的这个癖好，你无法理解，并深以为鄙。打好煤油，白远航不愿意走，恋恋不舍的样子。你拖他，他还站着不动。那个供销社，面积很大，煤油只是其中的一项供应品，这里还卖其他的各种物品，比如日用品、图书，以及农具等。白远航不走，你的目光，也被玻璃柜里面的一本《杨业归宋》的连环画吸引住了。那时，你正处在叛逆的年龄，精力过剩，对各种打打杀杀、挥洒雄性激素的事情，都非常感兴趣。《杨业归宋》封面上的那种旌旗招展，横刀立马的敌我对峙场面，正符合你当时的这种审美需求。你和白远航商量，用剩下钱的一部分，买了那本《杨业归宋》，并答应陪他多坐坐。

天色暗下来，你们不得不离开供销社回家。经过一个堆满柴火的人家门口，你从里面抽出一根长木棍，用它穿过煤油桶的提手，和白远航一起抬着走。白远航走在前面，心无旁骛，你走在后面，却一心二用地借着昏暗的暮光和反射的雪光，继续翻看《杨业归宋》。踩着地上厚厚的积雪，你们步伐默契，深一脚浅一脚地走着。

正看得出神，掩藏在雪地里的一块石头，绊了你一跤。你重心不稳，扑向了前方。身子摔倒在地的那一刻，你脑袋里首先想到的是脱手而出的《杨业归宋》，而不是滑落的煤油桶。你们刚好走在两旁都是高山的山谷里，不宽的马路旁，就是一个沿溪斜坡。煤油桶落地后，立刻沿着斜坡滚了下去，直到被溪畔的一块巨大的冰块阻拦住。

在滚动的过程中，煤油悉数漏出，在雪地里画出一段弯弯曲曲的线条，像一只狗边走边撒尿，随意留下的痕迹。白远航一脸沮丧，他双手慌张地捧起地上混合着煤油的雪块，不停地往煤油桶狭窄的瓶口里塞，试图抢救一部分漏在雪地里的煤油，同时嘴里嘟囔着说完了完了，要被骂死去。

只是后来，秋水没有骂他，而是骂了你，要不是秋先拉住她，你肯定得挨她一顿胖揍。她从你们相互推诿的过程中，判断出都是你的错，并不再给你辩驳的机会。

为了解决夜晚没油照明的困境，秋先去山上搜集松脂代替煤油。松脂白白的、软软的，像琥珀，散发出自然的淡淡松香，比煤油的气味好闻得多，但白远航重口味不喜欢，说太淡没什么味，估计刺激不到他的嗅觉器官。松香燃烧不稳定，光暗烟多不说，不时还会发出哔啵哔啵的声响，溅出像子弹飞一样的高温黑渣，每次都吓得你抱着书本赶紧躲开。最让你受不了的是松脂燃烧的烟味，常常呛得人睁不开眼，涕泪直流。你的近视眼，就是那个时候熏出来的。

煤油灯退出历史舞台，电灯取而代之进入邓家铺子，是你退学后跟着秋水他们在社会上到处游历的第三年。当然，在此之前，你是见过电灯的，那些比邓家铺子条件好的村落，早就进入了有电的时代。你至今清楚地记得，你还因为第一次见到电灯泡，闹过一个不大不小的笑话，并留下一个以后再也不敢触碰任何电源的心理阴影。

那是在黄陂桥村的一户黄姓人家里，他家负责接待前去打渔鼓的你们四人。一切都很顺利，打完渔鼓后，你被安排一个人住一间房。你睡觉认床，即使再累，也通常不能好好地睡一觉。半夜醒来，你拉起床头一根牵引电灯开关的细线，并对电灯泡产生了浓厚的兴趣。你躺在床上，右手反反复复地拉着电灯开关，电灯泡随着你的拉动明明灭灭。你很好奇，一个小小的细线，怎么就能控制电灯泡，而且电灯泡里只有那么一根细铁丝（你以为是铁丝），它是怎么发出光来的？你像被苹果砸中脑袋的牛顿，对电灯泡问出了十万个为什么。正神游物外，一个用力过猛，细线被你拉断。你吓了一跳，赶紧爬起来，想要把细线跟开关重新接上。还好灯是亮着的状态，要不黑漆漆的夜里，你完全没法操作。你观察着，研究着，然后踩在一把椅子上，把电灯开关的盖子旋开。

你看清楚了开关的内部结构，其实非常简单，就是一根弹簧片，和两个凸出的相对而立的金属片，弹簧片的中间留着一个小孔，细线正是从孔里穿过去，打了个结。由于细线已经被连根拉断，你必须解开原来的结，再重新打个结，才能接上细线。你以为这是一个非常简单的事情，很快就能完成。你动作灵巧地打开原来的死结，丢掉那一小截没用的细线，然后大大咧咧地拿着断掉的长长细线，一手抓住弹簧片，试图引着线穿过那个小孔。线头太散，你穿了好几次都没准确穿过去。你像秋水平常纳鞋底那样，把细线在口里沾了点口水，弄湿，捻一下，捻成紧密的一团，然后再对准小孔穿过去，那感觉真有点张飞穿针——大眼瞪小眼。

突然，一股酥麻的感觉，像水流，从上到下迅速传遍你的全身，并伴随而来一股巨大的推力，仿佛有人冷不丁地推了你一把，你差点儿从椅子上摔了下去。你回头看了看，一个人都没有。你从椅子上跳下来，打开房门又看了看漆黑一片的门外，依然没有人。你自言自语地说了句怎么回事，然后甩甩头，又继续穿孔接电灯开关。哪知随后又出现了同样的状况，酥麻的感觉、往后推的力量，更加强大而持久，你腿一软，直接从椅子上摔了下来。你跌坐在地上，完全不明白怎么一回事，还以为自己的身体出了问题。你不服输，又继续操作了一次。当然，这次更惨。你负气地一把丢掉手中的细线，气喘吁吁地爬上床。你不管了，任由电灯泡亮了整个夜晚。

第二天，听了你的叙述，那家主人哈哈大笑，说你被电了。说完，他关掉他家电源的总开关，从容地接上了那根细线。

你第一次登台打渔鼓，恰好是在邓家铺子通电的第一个夜晚。为了庆祝村里终于通上了电，村主任邓正午说不打一场渔鼓，不足以表达全村人民的欢庆心情。于是，你们责无旁贷地推掉其他邀约，全力以赴地为本村父老乡亲打一场渔鼓。本来，你仍是作为伴奏人员参与那场表演，白子服和秋水是毫无疑问的主要演唱者，但想不到临阵换将，你不得不硬着头皮开始你的处女秀。

邓家铺子能通上电，白子服绝对是村里所有人中最为积极、出力最多，也是功劳最大的一位。虽然拖着瘸腿，但他从未因为身体吃不消，而有所推辞、懈怠。他从购买发电的各种设备、填埋电线杆子，到搭架电线，每一个过程无不积极参与其中。当然，最重要的发电机启动，以及发电房的维护工作，毫无争议地由他负责。他不想做都不行，因为村里没有其他人，比他更为熟悉。还好，以前建的碾米房足够大，而且正处在村庄的中心位置。于是，在白子服的建议下，发电房和碾米房，得以共处一室。

自从碾米房多了发电设备以后，你再也不愿意进去玩耍，更不敢拉起水闸玩过去的游戏，你怕水里一不小心就带上了电。之前触电事件产生的心理阴影，让你害怕接近电，更怕被电触中。就算不得已去发电房（比如给忙得没时间回家吃饭的白子服送饭），你也是远远地看着体积庞大的发电机，以及钉在木板上沿着墙壁一溜儿排开的电源开关，再不敢走过去随便摆弄。

有一回，离发电房不远的某根电线杆被风吹倒，经过一通抢修后，白子服让你帮忙往上推一下电源开关，试一试是否能顺利通电。你走到一排开关前，完全不敢伸出手。你知道发电房里的电压，比分送到每户家庭的电压高了不知多少倍，如果不小心触一下电，非死即伤。你从地上捡起一根木棍，小心翼翼地顶着那个开关，慢慢地往上推。随着啪的一声响，开关合上时溅出一片火花，你吓得赶紧丢掉木棍，一溜烟儿地跑出发电房，脸色煞白心脏怦怦地跳。不远处的白子服，看着你狼狈的样子，发出爽朗的笑。他好几次跟你讲有关发电的科学知识，说掌握正确科学的操作方法，电是可控的，没那么可怕，可是你不愿意听，更不想接触。那次的触电，已经吓破了你的胆。

水力发电，这一建议是白子服率先提出来的。他考虑到邓家铺子的水资源，尚算丰富充足，加上村里资金不足的现实情况，并且恰好可以利用碾米房的多余场地，于是，他向村主任邓正午提出了这一建议。

对于电灯的种种好处，村里无人不知，也迫切期待改变现状，毕竟煤油灯照明，不是那么方便。在学习外村的相关成功经验后，白子服和邓正午开始筹备水力发电的一切事宜。过程虽然充满艰辛，但一想到不久后的光明，他们无不充满力量。

水力发电最怕遇到枯水期，水力一不足，发电机发出的电量，就无法满足全村人的照明所需。非常不凑巧，这样的问题，在不是冬季枯水期的第一个晚上，就不幸遭遇到了。因为是通电的第一个晚上，村里所有人都兴奋地拉开自家的电灯，即使人不在家，也任其亮着。在村主任邓正午的指示下，有人装扮了戏台，台前台后，甚至是古梅树的树杈上，都牵上了电灯。天黑一通电，邓家铺子的角角落落，都被照得前所未有的亮堂。

当然，电力足不足的问题，谁也无法提前预估，因为没人知道怎么计算，包括白子服。人们只能通过经验来判断，比如电灯泡一会儿亮一会儿暗，甚至熄灭，那肯定是电量不足的情况，如果电灯泡一直保持最亮的状态，则表示电力充足。第一天通电的下午，白子服特意发电测试过，全村人汇总的情况表明，电很足，灯也很亮。

邓家铺子的村民们，似乎还不习惯这样亮堂的夜晚。对一个新鲜事物的到来，他们脸上的混杂表情，就像洞房里突然被揭掉盖头的新娘，羞怯不安，却又兴奋期待。梅影下的戏台上，你像往常一样，静静地做着渔鼓开唱前的各种准备工作。你的手里拿着那把秋先送给你的二胡，只等秋水向你投来示意的目光。戏台下的人群，一个个清晰无比，甚至有些人脸上的皱褶都能数得上来。他们抬头看着你，目光灼灼。在你们的视线相互碰撞、闪避的过程中，台上台下，弥漫着一种平常打渔鼓时所没有的有趣氛围。你具体描绘不出那种细微的心理感受，只觉得新奇有趣，就像动物园里你观察着笼子里的猴子，猴子也在注视着你，而且突然毫无理由地爆发出会心大笑。

就在你拉起二胡，秋水开唱之际，邓家铺子所有的电灯泡，莫名其妙地闪烁不止。不一会儿，电灯泡完全熄灭，邓家铺子陷入一片黑暗。台下一片骚动，人们开始议论纷纷，对电这样一个不稳定、不可控的新鲜事物抱怨起来，有人甚至高声说花了那么多钱，花了那么大功夫弄出来的电，还不如煤油灯管用。白子服清了一下喉咙，提高嗓音高声说大家不要着急，都坐着别动。他说他马上去发电站探清情况，并尽快排除故障。

说完，他会合村主任邓正午和其他几个人，一起匆匆往发电房的方向走去。没多久，有人赶回来说发电房上游的水渠，被人断开了一个大口子，水都流到别处去了，应该有人在故意捣乱。现在必须马上填补好缺口，估计需要一两个小时才能搞定。他从人群中，叫出十几名健壮劳力，各自回家拿着煤油灯、锄头、铁锹等工具，再次赶去发电房。在走之前，他对你说打渔鼓必须继续，只是你要代替他的位置。

煤油灯，又被顶着挂上了古梅树，昏暗的幽光中，人们似乎一下又回到了从前一成不变的生活状态，瞬间的光明，就如大海里翻起的一朵浪花，很快被更大的浪头吞噬淹没。你接过秋水递过来的渔鼓筒，心里闪过一丝慌乱，你没想过这么快就登台表演。在你的心目中，秋水、白子服他们才是天衣无缝的搭档，像巍峨高山一样的存在。在此之前，你只是作为伴奏代替秋先的位置比较多，偶尔客串表演一下，接过白子服或秋水抛过来的一两句唱词，却从未有过主唱的表演经验。当然，平时在家里的训练中，你们四人都磨合过。在秋水、白子服的带领下，你没想过被推到前台的那一天。你享受现在伴奏的位置，安全安心，也能驾驭和控制。

自从退学后，秋水表面上没有说任何反对的意见。只是为了让你体会打渔鼓的艰辛，她故意加大学习的强度——安排大量的学习内容，学唱各种剧目，背诵唱词，同时不能放松二胡的学习。她的意图，你当然明白，她是希望你忍受不了枯燥的打渔鼓，重新回学校去读书。毕竟，读书，才是跳出农门的最好出路。哪知，你在打渔鼓上的天赋，被她的压制激发了出来。你并不觉得辛苦，反而乐在其中，很显然打渔鼓是你喜欢做的事情。也许，平时的耳濡目染，你不自觉地学到了许多，以致上起手来，水到渠成。

打渔鼓的曲目里，多为才子佳人的爱恨情仇，里面有许多眉来眼去，以及缠绵悱恻的剧情，需要渔鼓表演者配合完成。白子服和秋水，他们俩是夫妻，本身感情也深厚，表演起来一切都轻松自然，如行云流水。而你，面对的秋水，是你的母亲。你无法从她的表演中，感受到男女之情的自然和谐。何况，那时的你，将将情窦初开，对于热烈的男痴女怨，理解和表演都不到位，于是，羞涩和不自然也就在所难免。

那天晚上的表演，确切地说，算不上成功。你和秋水都不满意。你们表演的是传统剧目《孟丽君》，里面有大段唱词表现男女之情。众目睽睽之下，秋水前所未有的凝滞，挥洒不开，她拖泥带水的表演动作，不自然的眼神，流露出她内心的尴尬和煎熬。同样，你也因为不敢和秋水对视，而忘掉了其中的许多唱词。甚至一旁二胡伴奏的秋先，也拉错了节奏。你们仨，都不在状态。

但是，台下的观众可不这么看，他们对你们母子俩的表演，表示出了浓厚的兴趣，掌声、笑声、口哨声，不时如潮水般响起。你们的尴尬、出错，反而是他们快乐的源泉。他们很快忘掉了发电不成功这一回事儿。

在那样一个民风保守的年代里，你和秋水的表演，称得上惊世骇俗。人性使然，越是禁忌的事情，越能激发人们窥视的欲望。虽然知道是在戏剧里，你们呈现的内容都是不真实的虚构故事，但他们不自觉地把现实生活中你们是母子的关系代入进去，比对着戏剧中的男女角色，似乎你们母子真的在谈一场不伦之恋。这是他们反应强烈的直接原因。你能理解村民们的那种兴奋和激动，换成是你在台下，估计也会跟着一起起哄、吹口哨。但身在台上，你不得不受到他们的负面影响，以致好几次差点儿愣在当场，无法继续和秋水的对手戏。缺乏表演经验的你，处理不好这种复杂的情绪，没有办法剥离戏剧和现实。直到电灯再次亮起，一身泥水的白子服替换下你，台下村民们的情绪，才切换到正常的欣赏模式。

因为这次不成功的表演，你和秋水以后尽量避免类似的情况再次发生。你知道无论你和秋水表现多么好，人们依然无法接受一对母子表演情侣或是夫妻。人们的思想观、价值观，没有办法坦然面对这样的事情。也许现实生活中，确实存在那样的事情，人们也宁愿选择不相信，或是躲避着不去面对，人们更愿意相信即使掩盖了真相的真善美的事物。后来，如果白子服无法登台，就由秋水一人连说带唱，你再不敢替代他。为了让你有更多的登台机会，你们商量着更改剧本，加多一些戏剧中表现母子、父子或是代际更大角色的内容。

只是，随着邓家铺子，和周边村落，逐渐被外部世界纷至沓来的各种娱乐方式影响和改造，打渔鼓这一传统戏曲，变得越来越没有市场和影响力，终至被人遗忘。你再也没有多少登台献唱的机会。

一块宽大的白色电影幕布，霸道地挂上邓家铺子的戏台，是在庆祝李泽权考上市里重点师专的那一夜。经过几年的不懈努力，他终于跳出农门，考上了理想的学校。美好的生活，似乎就在看得见的前方不远处，向他招手示意。

你退学后，王铁军不久后也放弃了学业，跟着他的父亲王大华修习“神佛拳”，唯剩李泽权仍在坚持着父母的期望。忙于各自的人生目标，你们三个曾经的死党，渐渐变得疏于来往。你和李泽权还好，经常碰面聊天，交流各自的近况。而王铁军则个性大变，变得神秘起来，他跟你们没有多少共同的话题，即使在“街上”迎面见到，也是简单聊几句后，笑一笑又匆匆离开。他整个人也一扫曾经的“清鼻涕”形象，变得体格健壮，衣着得体，翩然出尘。你经常看着他和他的父亲，以及他父亲那些徒子徒孙们，浩浩荡荡地穿村而过，慢慢走向远处，神神秘秘的，不知道在干些什么。

李泽权考上师专，他的父母最为高兴。平时老实巴交的他们，终于挺直了腰杆，跟人聊天时不再不敢提出自己的观点，说话的声音也比以前更见响亮。最直观的改变是，他们家出出进进的人更多、更频繁，久不走动的亲友，也开始热络起来，一个个拉着他父母的手，大声说笑，一副亲热到不行的表情。

在亲友们的强烈要求下，李泽权考上师专的庆祝活动，持续了两个夜晚，一夜打渔鼓，一夜放电影。本来他们商定放两个夜晚的电影，但李泽权不同意，坚持要打一夜渔鼓，于是只好折中，两个娱乐项目轮流执行。

很显然，前一夜的放电影，更加受到村民们的喜爱和欢迎。第二个夜晚，你登场打渔鼓时，仍然可以清晰地看到台下的一些小孩子，正在连比带画地热烈交流着武侠电影《侠女十三妹》里的打斗动作。平心而论，比之打渔鼓需要通过想象力，来理解唱词所呈现的剧本空间，电影画面则更加丰富直观，剧情更加连贯流畅。你不得不沮丧地承认，电影的确是一种比打渔鼓更加先进的视听享受。

这估计也是为什么电影一进入邓家铺子，所有人都投奔到看电影行列的重要原因，其中包括白远航。对于电影的喜爱，绝对可以用痴迷这样一个词，来形容他。那时，乡村里放的电影多为武侠片或战争片，这些都是他的最爱。电影里的武侠世界，战争场面，打斗动作，侠客的行为方式，杀日本侵略者的英雄形象，无一不令他着迷神往。村里或是周边村里，只要听说有电影放，他每场必去，不管多远、多晚。

强大的好奇心，让他形成了一个不好的观影习惯。那就是不管观众多么拥挤，他都要从人堆里挪到放映机的旁边，睁起一双大大的眼睛盯着看放映员的每一个放映步骤。他的举动，每次都惹得放电影的大叔，心情烦躁，不得不一把推开他，然后才能继续完成放映操作。他和他的小伙伴们，如若遇到不喜欢的电影情节或是看第二遍的电影，他们就开始轮流做一个恶作剧，用手挡住放映机的光源，或者双手交叉，通过光影在幕布上投射出各种图案，使得正看得津津有味的村民们，恼怒地发出阵阵咒骂。看着村民们愤怒的表情，他们不以为耻，反以为荣，一个个像得胜将军那样，趾高气扬地闪开，或是嬉皮笑脸地逃走。混得熟了，放电影的大叔忍不住要走开一下或是上个洗手间什么的，白远航还能帮他看守一会儿放映机，甚至有时还能轻松地帮忙换上另一盘电影胶片，俨然他的一个小助手。

后来，因为痴迷看电影，影响了正常的学习，秋水禁止他晚上出去看电影，甚至把他关在房间里，但他每次都能找到各种理由和办法，出现在放电影的现场。秋水拿他没有办法，加上多少有些溺爱，也就放松了对他的管教。

乡村里放电影，多在晚上，以及户外。在白天，像电影院那样的室内放映，你记得只在追电影看最疯狂的那几年的春节里出现过，且每年只持续十五天，从初一到十五。那几年后，人们看电影的热潮，也渐次退去 。确切地说，那样的简陋场地称不上电影院，跟现在的豪华影院更是无法比拟。只是你找不到更准确的词语，来称呼当时的放映场地，姑且用电影院来指代一下吧。你不知道那时电影院的组织方和受益方是谁，只知道它在乡政府旁边一个张氏祠堂里，十里八乡的年轻人都往那里赶去，像赶赴一个热闹的街市。一到春节，张氏祠堂就被封闭着围了起来，只留一个狭窄的入口，门外有买票的窗口且多人把守，每一个可能的漏洞，都有人站岗放哨，一副如临大敌的架势。

白远航当然不愿意放过这样连续看电影的好机会。为了不在春节期间找秋水要钱，他知道那是一件费劲儿的事情。于是平时里，他就非常用心地积攒零花钱。比如秋水或白子服叫他跑一下腿买个盐或是打煤油之类的，他就觍着脸说要跑腿费。秋先耳根子更软，白远航随便跟他说几句好听的话，就能骗来一点零花钱。其实，你也不例外，好几次主动给他钱而不自知。小小年纪的他，不仅有超常的说服力，而且好像能看透每个人的心理。拿到零花钱后，他很有心计地藏在一个只有他自己知道的隐秘之地。每到春节，他拿出所有的零花钱，向你炫耀，一脸得意的样子。你常常惊讶他一年下来，怎么会积攒那么多钱。按当时的电影票价，那些钱看完十五天的所有场次，还绰绰有余。

某年春节的某一天，白远航和秋思，脑袋碰在一起叽叽喳喳地商量着，说要一起去看电影。说到激动处，他豪爽地一挥手，说要请她的客，只要她去就行，一切费用他全包了。他说话的语气语调，像极一个行走江湖多年的侠客，颇有老大哥的风范。你看见他们商量了一会儿后，又鬼鬼祟祟地溜进秋水的房间，然后出来时每个口袋都鼓囊囊地装满零食，里面有瓜子、花生、麻糖等。秋水特意私藏起来的待客之物，差不多被他们扫荡一空。见到你，他镇定地拍了拍衣服口袋，说这些是他们俩的午餐。

有一天，无意中听到他和一个小伙伴的聊天，你才知道，原来他之所以带那么多吃的在身上，是为了逃票。张氏祠堂，里面很宽敞，跨过高高的门槛，走几步就进入到一个大大的封顶四合院里。院内的采光，主要通过屋顶的透明玻璃来完成。院内虽然看似亮堂，但是还是给人昏暗压抑，不透气的憋闷感受。春节期间，工作人员用黑色的纸遮住透明玻璃，院内立马变得漆黑一片，再摆上一屋子简易的长凳短凳，挂上一块幕布，一个能容纳几百人的电影院就新鲜出炉。这样一个看似浑然一体，毫无漏洞的封闭电影院，却被白远航他们几个钻了空子。当然，他们必须买一张票进去，要不没有办法逃下午及晚上的票。

鬼精鬼精的他们，在第一次进入电影院时，四处梭巡的目光就发现四合院的一个角落里有一个狭小的三角形夹层，几块横贯两侧墙壁的木板上，堆放着两副阴森森的棺材。可能放的时间太长，棺材上布满厚厚的灰尘，狭窄的空间里结满大大小小的蜘蛛网。发现这个秘密之地后，他们开始商量着逃票。当一场电影放完，工作人员拉灯清场时，他们几个立刻偷偷地爬进棺材里，坐等下一场电影的开始，完全忘了那是多么瘆人的一个地方。

等看完当天的电影，晚上出来时，白远航发现他们每个人都饿得前胸贴后背，走路都抬不起脚。但没有办法，他们必须走几公里路，回到家才有饭吃。至于回到家能不能吃到饭，还得看他们的父母是否预留了饭，否则要一直饿到第二天早上。通常，有几个狠心的父母，嫌他们一天到晚不归家，于是故意把饭菜吃个精光，并把家里所有的零食都锁起来，然后早早地上床睡觉，以此来惩戒他们，让他们长点记性。有了第一次饿肚子的经验后，他们知道必须多带点东西去吃，才能熬过漫长的一天。

有一天下午，白远航几个人坐在棺材里，边吃瓜子边聊天。可能窸窸窣窣的声音太大，引起了某个工作人员的注意，他打着手电筒往夹层里照了照，颤抖着嗓子问，谁。他知道那里有两副棺材，但没想到会有人躲在里面。听到声音，他的第一反应是产生某些不好的联想。他犹豫着壮着胆子快速地照了一下，什么也没看到，更加证实了心中的想法。于是，他赶紧掉转头，逃也似的跑了出去，碰倒一大片长凳短凳。除了这一次的有惊无险外，白远航他们几个，每天只买一张票，看完了几十场电影。这是他多年后，引以为豪的往事。

面对电影这样一种艺术形式，你的心情复杂而矛盾，抗拒中带有部分接纳。你知道它是一个威胁，但又忍不住被电影里精彩的情节，丰富的画面，以及激烈的打斗场面所吸引。让你倍感焦灼的是，对于这样一股来势汹涌的潮流，你无法阻挡，也阻挡不了。你唯一能做到的，就是自己不去看，以此来表达某种坚定的态度，同时心里默默地祈祷，希冀人们迅速厌倦看电影。后来，你的这种行为被证明是可笑的，但人有时候就是那样，面对利益受到冲击时，总会做出一些不理智且徒劳无益的行为。不过换句话说，也没有几个人，会有那么长远的眼光，能对某些事物的发展趋势，做出正确无误的判断。

为了表达坚决不同流合污，村里一有放电影的场合，你就躲在家里看书，看剧本，拉二胡，沉浸在戏曲的世界里。你知道那样不好，也多次被白远航嘲笑为老古董，但你仍在惶惶然地抱守着自己摇摇欲坠的信念。

你的人生，仿佛一下失去了目标，前路一片迷茫。

如果说电影是男性的、阳刚的，那么电视，一定是女性的、阴柔的。如果说白远航是一个铁杆电影迷，那么秋思绝对是一个不折不扣的电视迷。人们满世界追逐电影的热乎劲儿，刚刚有点退烧，电视机又带着诱人的光环，翩然而至。

邓家铺子里，最先拥有电视机的人，是村主任邓正午。某一天傍晚，他兴冲冲地从屋内抱出一个旧旧的，块头不大却异常沉重的铁盒子。他指着它对赶来围观的众人说，这个铁疙瘩叫电视机。见众人露出迷惑的眼神，他神秘兮兮地说，电视机可是一个好东西，这里面会出来各种画面，还有声音。见众人还是不懂，他比喻说就是一个比例缩小的电影放映机。众人哦了一声，似懂非懂地表示听明白了，但还是有人拍了拍电视机的机身，疑惑地问，真能放出电影？

邓正午对着那人狠狠地翻了一下白眼，潜台词似乎在说他怎么可以对他的话表示怀疑。他提高嗓音说他说了好多好听的话，他的一个城里亲戚才不得已把这台旧的电视机送给了他，怎么可能有错？在众人的注目下，邓正午抱出一堆长长短短的电线，爬高走低地一通忙活。他首先把一个叫天线的东西，高高地挂在堂屋前的一棵梨树上，然后牵着一根白白的线，插在电视机屁股后面的某个插孔里，再旋开电视机开关，电视屏幕上就真的出现了布满雪花点的人影，以及混杂不清的说话声。

那时，没几个电视台，有也没法接收到信号，你们村只能勉强收到县里电视转播站播放的电视剧，而且还很容易受到外部环境的影响，比如接收天线稍微错开一点点位置，电视屏幕就满屏雪花点。为了显示公平，每当电视接收状况不好时，那些去邓正午家看电视的村民们，就用猜拳或者轮流的方式，爬上屋外高高的梨树，用力转动天线来调整位置，以达到最佳的电视画面。通常，有人爬上树，好不容易调整到最佳状态，一滑下树，电视画面又满屏雪花点，于是又爬上去，重新摆弄。如此反复几次，村民们看电视的高涨兴趣，常常在来来回回的折腾中，消磨殆尽。只有那几个忠实拥趸，哪怕雪花点中只能见到闪烁的图像，也要不厌其烦地蹲守在电视机前，舍不得离开，秋思即是其中之一。有几次轮到秋思爬树，电视机同样出现了那种反复的情况，于是，她一个人干脆坐在树上，手握着支撑电视天线的木杆，一动不动地保持着同一姿势，为树下屋内看电视的人服务。即便只能听到电视机里，传来断断续续的说话声音，她也愿意，并心生欢喜。

很长一段时间，每到夜晚，电视机一打开，邓正午家就人满为患。刚开始，他宝贝一样地把电视机放在自己的卧室里，吝啬地舍不得和人分享。慢慢地，有人探头探脑地去他家闲聊，赖着不走。他的老婆热情，忙不迭地搬出凳子椅子，待客一样地接待他们。后来人渐渐多了起来，但是他们两口子，仍然可以悠闲地或躺或坐地在床上看，其他人则只能坐在床周围的凳子椅子上，或者双手拢袖于胸前，站着看。再后来，人多到差点儿挤爆他家的屋子，有人嬉笑着毫不避讳地溜进他的被窝，有人坐在床的栏杆上，手攀着床顶的横梁控制重心，还有人盘膝坐在他家装满稻谷的柜子上，总之一切能看到狭窄的电视机屏幕的角落，都或站或坐地塞满了人。直到他家的床终于不堪重负，压断了两端的栏杆差点儿砸中床上的人，并且他们两口子的生活作息完全被扰乱，他才不得不考虑把电视机挪到别的地方去。

在众人七嘴八舌的建议下，邓正午家的电视机，很快沦为公共财产，他们两口子，还得耐着性子做长时间的服务工作，搭上好多的茶水和笑脸。每天，天一擦黑，忙完农活的村民们，开始陆续向他家集中。先到的人中，有人负责催促白子服发电，有人则热情地跑去抬电视机，搬桌子摆凳子，很快就在邓正午家堂屋前的宽阔空地上，弄出一个开放式的观看场地。那场景那气势，堪比过去的一场小型打渔鼓。遇到下雨天，一群人又转移场地，挤满邓正午家的堂屋。

秋思对电视的沉迷，就是从那时候开始的，基本天天去，刮风下雨都很少间断。每天一放学，她匆匆地应付着写完家庭作业，几口扒拉掉碗里的饭菜，然后蹦跳着，三步并作两步走地赶去邓正午家的门前，以抢占最有利的前排位置。电视节目一开始，她的眼睛就很少离开电视屏幕，生怕错过任何一个镜头。每天晚上，只有看到电视屏幕上出现“再见”两个字，剩下一片雪花点和“滋滋滋滋”的电流声，秋思才会恋恋不舍地回家。

那时的电视剧，以港台时装剧或古装武侠剧为多，比如《难兄难弟》《上海滩》《绝代双骄》《新白娘子传奇》等，电视剧里女明星漂亮时尚的装扮，精致的妆容，以及纠结复杂的情感经历，最容易引起女人们的共鸣。她们也慢慢地开始模仿港台明星们的衣着打扮，说话的语气语调，以及行为方式等。

最好笑的是，乡村里的大部分女人，听不懂普通话也看不懂字幕，于是秋思和村另外几个女孩，就成了翻译员，轮流在一旁为她们听不懂的台词，做村言俚语的转换。有时，找不到合适的词语代替，她们还会在一起大声商讨，甚至面红耳赤地争论不休。当然，她们在一起讨论得最多的还是里面的男女之情。他们羡慕电视剧男女主角的生活方式，并憧憬着自己哪一天也能过上那样的生活。

也不知具体过了多久，各个乡镇里开始有了电视转播站，可以收看的电视频道，更加多了起来。尝到看电视好处的村民们，纷纷加入购买电视机的行列，于是，邓正午家门前不再有从前人影幢幢的观影盛况，村民们被自然地分流开来。因为兴趣点的不同，选择的余地大了，人们自然而然地形成不同的小团体，比如秋思肯定不愿意和一个满嘴口臭的抽烟大叔坐在一起，她更喜欢和一群女孩子，叽叽喳喳地讨论她们感兴趣的话题。

电视的受众越来越多，直接导致了另一个风尚的兴起——点播电视剧。具体价码如何，你不得而知，也懒得去了解，只知道从此后，你们被邀请出去打渔鼓的机会，更加少而又少。为了服务好顾客，在点播的电视剧播放之前，镇里电视转播站的工作人员，会念一段长长的贺词，并在电视屏幕上用蓝底白字显示出来，比如某某的儿子考上大学，某某大寿，然后就是一长串亲朋好友的名字。考上大学的人，或是某某大寿，往往不是重点，人们更关注那个念贺词的人。他浓重的乡土口音，念错后又重念的口误，撕扯得支离破碎的断句，反而成了人们茶余饭后的谈资和笑料。尤其是秋思，以及她的小姐妹们，时常被电视里那个不专业的播音员，逗笑得差点儿喘不过气来。

你家应该是邓家铺子最晚拥有电视机的，主要原因有二。一是大家长式的秋水，排斥一切新的娱乐方式，包括电影、电视，以及流行音乐。当然，你和白子服、秋先，对于她的决定，也是支持的。不可否认，你们对那些新鲜事物的出现，表示过一段时间的兴趣，但很快就不以为然，进而嗤之以鼻。相比电影电视剧，你还是喜欢传统的打渔鼓，没事唱上或拉上一小段，身心更加舒畅飞扬。

二是因为秋水说要督促秋思和白远航，不能让他们沉迷在学习以外的任何事情。但秋思痴迷电视剧，以及学习上的自由放任和不思进取，让她失望透顶。她苦口婆心地跟秋思摆事实、讲道理，说明读书的重要性。但秋水的话，对秋思不起任何作用，她该去看电视，还是去。

有时，她甚至一晚上都不归家，累了就跟她小姐妹们挤一挤，住在看电视人的家里，第二天又结伴直接去上学。对于秋水的担心，她表现得不以为然，她淡然地说该认得的字她全部都认识，更高一点的要求，她没法做到。她说等她混完三年初中，拿到身份证，她就外出打工，保证不给家里添乱。

秋水拿她没有一点办法，唯有把希望，寄托在白远航的身上。按她的话说，她要全力以赴地培养他，让他走出邓家铺子，只要他能行，哪怕砸锅卖铁也在所不惜。何况白远航的学习成绩尚算不错，这更增添了她的信心和希望。

顺便插叙一下，这个时间段里的秋思，宛如一朵含苞待放的花蕾。她正在上初三，早已不是过去豆芽菜般的模样，人出落得身材高挑，俊俏水灵。可能早熟的缘故，她的身体凹凸有致，看起来比邓家铺子所有的同龄姑娘，都要漂亮妩媚。只是，她的性格还是没有多少改变，仍然喜欢独处，一副孤独惆怅的模样。充满少女心事儿的秋思，你更加猜不透，捉摸不着。她的身体里似乎住着两个她，一个孤独寂寞的她，一个开朗明媚的她，而电视则是她的切换开关。只有在电视剧的媒介下，她才会自然地展露另一个她——你通常见不到的那个她。也许，从那时起，兴趣不同导致价值观的差异，已经使得你们走向了不同的人生道路，就像两条交叉后又分开的铁轨，再难重合在一起。

内心里，你希望她和你，能像她和白远航那样有说有笑，不需要无话不谈，至少不要有这么大的隔膜。但没有办法，你找不到合适的方式跟她沟通。敏感细腻的你们，像两个刺猬，稍微一触碰，就各自缩成一团，相互保持着某个安全距离。加上内心隐藏的那个秘密，你在她的面前，没有任何底气，常常莫名心虚。

对你这个哥哥，她偶尔也有亲昵的时候，但更多是尊敬有加。她的某些刻意的举止，不自然的神情，时常让你有种故意疏远的错觉，仿佛你们之间隔着一道深深的鸿沟。你知道，她之所以有意无意地避开你，是因为少女的羞涩，让她害怕面对村民们说你们是一对，是两口子的玩笑话。

这样的玩笑话，你们自小就听到，因为秋水从来没有向任何人隐瞒她的身世。从懂事起，她就知道自己是捡来的这一事实。小时候，她不懂两口子所代表的意思，听见那样的玩笑话，只是一脸懵懂地走开。日渐长大，她会满脸羞红，像一只被猎人击中的小羚羊，慌不择路地奔逃。而你的心态，跟她恰恰相反，小时候，你会恼怒地反唇相讥，仿佛受到莫大的侮辱，长大后，你反而渴望听到那样的玩笑话。你希望，在村民们不知不觉的调笑中，撮合下，你们的情感，产生质变，瞬间升华。

那夜，彻骨的冰凉，完全没有一点盛夏闷热的感觉。

天上，一弯洁白的半月，悠闲地穿行在如轻纱般薄透的白云里。田野中，蛙叫虫鸣，此起彼伏，喧闹着山村的夜。稻花的清香，伴着夜风吹拂而来，让人顿生怡然之情。

但这样迷人的夏夜，对那晚的你来说，无疑最为难熬。你感觉有种彻骨的冷，不时袭向四肢百骸，深入骨髓。你勉强站立在村旁溪畔那条灰白色的石子路上，一只手无聊地撕扯着一根芦秆上的枝叶。你散乱的目光，穿过绿色的田野，黛青色的群山，最终木然地聚焦在一片苍茫的夜色里。你的身旁，披头散发的芦苇丛，茂密的枝条随着凌厉的晚风，喧闹着摇动修长的身姿，飒飒作响。杂乱飞舞的芦花，一如此时你纷乱的心情。

刚刚过去的几分钟，就在你的新婚之夜，你冲动的一巴掌，扇跑了秋思。那一巴掌像铁扇公主的芭蕉扇，只一下，就把她扇出了你的世界之外。一切都恍如一场梦，梦起梦灭，只在一线之隔。

秋思初中毕业，并答应和你结婚，你做梦都没有想到。你不知道秋水用了什么方法，让她改变主意，并做出那样的决定。对于秋水的这个安排，你没有任何异议。甚至作为受益者，在听到秋水把这个消息告诉你时，你高兴得心狂跳，喜不自禁，只是心底不由自主地会升起一丝莫名的担忧和不安，就像突然而来的幸福，往往都让人感觉虚幻，无从把握。你知道，身份及情感的转变，是横亘在你和秋思之间，一道很深的鸿沟，需要你们携手去跨越。在这方面，你对自己有足够的信心，也做好了迎接挑战的心理准备。

在此之前，秋思一直憧憬着去南方城市打工，并闹着秋水早点给她办好身份证。对于她的催促，秋水答应得很爽快，说正在办。但秋水一再重申，说她必须先拿到初中毕业证，要不一切免谈。

秋思一门心思想要走出邓家铺子，走向山外的世界，你非常理解。你一度也产生过那样的念头，毕竟好男儿志在四方，小小的邓家铺子，实在只是一个井口那么大的一片天。在所有人的面前，秋思毫不掩饰自己对那些从外面打工回来的人的羡慕。她羡慕她们五光十色的生活经历，羡慕她们改变腔调的说话声音，羡慕她们谈论她不知道的各种新奇的事物，尤其羡慕她们新潮的穿着打扮。每年春节，在一堆从外面赶回来过年的光鲜靓丽的姐妹面前，她恨不得一把撕掉那些宽大丑陋的校服。外面世界的五彩斑斓，像一个巨大的黑洞，吞噬着她内心深处的各种美好想象。

在秋水的安排和陪同下，你和秋思，像两个提线木偶一样地，很快完成了以下两个动作，拍结婚照，登记结婚。拿到那个红色的结婚证，你长吁了一口气，先前的担心和不安，瞬间化为乌有。完成了人生最重要的一步，余下的事情，在你看来，似乎都不成问题。你憧憬着未来的美好生活。

所有的过程中，秋思一直低垂着头，双手害羞地揉搓着衣角，一副手足无措，又低眉顺眼的神情。毫无疑问，对婚姻，你们都缺乏应有的了解。从婚姻登记处出来时，她盯着结婚证上她的年龄，不可置信地质问秋水，怎么她的年龄大了三岁？秋水狡黠一笑，一脸不自然地说，不改大一点怎么登记得了？秋思赌气似的把结婚证一把甩在秋水的身上，狠狠地骂了一句，骗子。看着别扭尴尬的她们俩，你心中的那种熟悉的不安感觉，又涌了上来，并且越聚越多，最终缠绕成一个蚕茧一样的死结。

很多年以后，在南方城市里一个逼仄的出租屋里，你跟秋思的一次夜谈，才明白她当时的心态。她说她是抱着侥幸的心理，进入婚姻登记所的。她以为以她当时的年龄，是结不了婚的。她等着工作人员跟她说，年龄不够无法登记的话。哪知一路顺利地拿到了结婚证，她一点儿没有想到秋水，会在她的年龄上大做文章。她笑着承认说，她的那点小心思，怎么也斗不过社会经验那么丰富的秋水。当时，她之所以听从秋水的话，是因为她想先骗到身份证再说。

你和秋思的婚宴，在秋水随后的安排下，马不停蹄地举办了。似乎为了向所有人宣布她的喜悦，秋水在挑好日子不久后，开始广派喜帖，该派的派，不该派的她也派。她在喜帖中，一并强调不收礼，说人到礼到。在邓家铺子，你家的亲戚没几个，更多的是乡邻和朋友。爱面子的秋水，她不能落人口实，让人说她借机敛财。

为了以示隆重，秋水说你们的婚宴，必须按照本地的乡村礼俗，好好地办一场。又因为你和秋思是兄妹，娘家婆家是一家，没有办法迎合迎亲的礼俗。于是，秋水把以前尹苏住的院子打扫一新，让秋思过去住几天，并安排村里的几个同龄姑娘陪着她。等到婚礼的当天，你放着鞭炮去迎娶她。

一切都很顺利，秋思一点儿没有表现出此前那么大的逆反心理，她似乎接受了你们已经结婚的事实。毕竟，在村民们的眼中，打扮一新的你，是如此出众的新郎，跟她完全是天造地设的一对。那天，你穿着从镇上最出色的裁缝那里，定制的藏蓝色西装，打着鲜红的领带，头发全部往后梳，抹着厚厚的发胶，整个人看起来，堪比港台电视剧里走出来的翩翩绅士。穿着大红新娘服的秋思，落落大方地跟在你的身旁，按照乡村礼俗给秋先、白子服，以及秋水三人磕头，向前来参加婚宴的人们敬酒，并微笑着一一致谢。

即使在婚宴的最后流程——闹洞房，她也是全程配合，一脸堆笑着满足村民们的各种刁钻要求，比如和你抱在一起吃苹果，相互搂着跨过一条狭窄的过道，等等。她甚至大胆地在一片弥漫着呛人的烟雾中，主动亲了你一口。所有的一切，似乎有理由让你相信，她已经转变身份，做好了做你妻子的准备。

等所有人撤离，只剩下来你们俩时，她才开始流露出羞涩和不安的神情。她缓步走至窗前，推开窗户，深呼了一口气，并用手不停在鼻翼前扇动，驱赶着室内污浊的空气。站立了一会儿，忽然，她捂着嘴对你说她难受想呕吐，要去一趟厕所。说完，她推开门，脚步匆忙地往厕所的方向跑去。不多久，窗外的不远处，传来她阵阵的呕吐之声。

婚宴的过程中，她其实没喝几杯酒，所有向她敬的酒，都被你挡了下来。你的想法是，宁愿自己大醉一场，也不能让她经受醉酒的痛苦。你不知道她的酒量如何，你自认为她从未有过喝酒的经历。她跑去呕吐，你的心里反而升起一丝甜甜的喜悦，至少证明此前的挡酒行为是正确的。要不，以她这样的酒量，一顿喝下了，岂不是要醉倒当场。

经过一夜不停的折腾，歇下来，你才发觉你也有点醉了。你的脑袋，撕裂般疼痛，仿佛随时可能炸裂开来。在床前坐了一会儿，回想这如梦似幻的一天，你的心里，泛起丝丝柔情。你费力地摇了一下沉重的脑袋，踉跄着走出门外。

此时，月朗星稀，邓家铺子所有的房屋，稻田，树木，群山，在月光中清晰可见。清朗的晚风迎面吹来，吹走你满身的酒气，昏沉混沌的意识，似乎也一瞬间清醒了许多。你抬眼张望，目光越过青绿的菜园，穿过枝繁叶茂的梅树，扫过山前疯长的杂草，寻找着秋思的身影。她的久久不回，让你心生思念。对，唯有思念一词，方可表达你此时的心情，其他诸如担忧、担心一类的词，都不准确。

一处远离新房的阴暗树荫下，秋思如水蛭一样吸附在一个高大男子怀里的背影，让你倒吸了一口凉气，一些不好的联想，迅疾而来，如潮水般吞噬着你的理智。接着，气血上涌，你做出了一系列不受大脑控制的事情。那个高大的男子，在你咆哮般的怒吼下，吓得慌不择路地逃逸而去。秋思转身的瞬间，眼神里闪过一丝慌乱，随后，她很快平静下来，并试图跟你解释。一种背叛所带来的强烈受辱感觉，让你完全听不到她的话，你只相信眼前看到的事实。

你冲动地扇了秋思一巴掌，是因为她不仅护着他，还说出了一句让你倍感震惊的话。你至今依然记得她说话时的语气语调，用一个句子形容，那就是平静如水。但在你听来，却如平地响起的一个炸雷，直接炸掉了你本就不够清醒的理智。她说她之所以呕吐，是因为她怀上了他的孩子。呕吐是妊娠反应，根本不是什么所谓的喝醉酒。

秋思在受了你的巴掌后，显然蒙了，她想不到你会下手这么重。只是一瞬间，她调整好摇晃的身形，顾不得擦掉嘴角溢出的一丝鲜血，掉转头，一把推开挡在她面前的你，夺路飞奔。她跨过小溪的青石板，穿过邓家铺子的小街，走过溪畔的灰白色的石子小路，走上绕村而过的宽阔马路，一路以奔跑的姿势，跑向山外的世界，直至孤单的背影，一点一点地融入一片苍茫的夜色里。

一排排高压电线杆，高高低低地插在山头、田野和村庄，邓家铺子又迎来了一个全新的时代。层出不穷的新鲜事物，伴随全新的思想观念，不停地刷新和改造着村民们旧有的生活习惯和观念，并迅速成为一种生活常态。打渔鼓，作为一项泛着旧日时光落伍了的文娱活动，早已被人们无情抛弃，扫进了时代的垃圾桶。同时，连带着包括你在内的打渔鼓艺人，一起被扫入了时代的垃圾桶。

没有了渔鼓的白子服，仍然是一个闲不住的人。碾米房兼发电房，被彻底弃用之后，本该成为闲人的他，又被村民们投票推选，当上了村主任。原来的村主任邓正午，升任为村支书。于是，公正公平地处理村里一些鸡毛蒜皮的事情，成了白子服的工作内容之一，比如婆媳争吵，邻里打骂，以及各种细小的纠纷等。

其实，在打渔鼓受到冲击的前几年，白子服还是多次有机会，再次进入政府部门工作的，但都被他放弃了。他有一个放弃的理由，非常有意思。他说有一次去镇上看手相，算命先生算出他最近一段时间有牢狱之灾，而解除厄运的办法，就是哪里也不去。他的这番话，不是闲着无聊时的闲谈，而是当着很多人的面，对他的一个战友说的。

他的战友，是县政府宣传部门里，一个不大不小的官员。他从县城里开着车，兴冲冲地赶来邓家铺子，目的是要给白子服安排一份工作，并说不希望浪费这么好的人才，宣传部门的新闻工作，才是他最正确，也最广阔的舞台。当然，明眼人都看得出来，他主要是忘不了昔日那份浓浓的战友之情，想在白子服最困难的时候，帮扶他一把。听了白子服淡然说出的那番话，他的战友什么也没说，苦留不住，饭也不吃，开着车绝尘而去。

如果说白子服拒绝他的战友情有可原的话，那么他把秋水从镇卫生院拉回来，不让她做护士的工作，说家里没人做饭，就有点没有道理。因为秋水在照顾尹苏的那段时间学会了打针，故在镇卫生院招聘护士时，她被村主任邓正午推荐了上去。可是，秋水还没干满一个月，就被白子服强行拉了回来。

你经常听秋水抱怨这件事，笑骂他大男子主义，说如果不是他，她早就做上医生，并大有可能当上医院的领导。你也常常附和她的话，并一起指责白子服，憧憬说真那样的话，该有多好。秋水说他明明会做饭，却故意说不会。一开说刹不住车，她揶揄白子服，说他当年在部队，肯定不在报道组，而在炊事班。

你也不相信他的这个理由，于是，好奇地追问他内心的真正原因。白子服嘿嘿一笑，不好意思地说出了一个让人喷饭的理由。他说还有什么原因，他不希望她摸别的男人的屁股。原来，有一个周末的下午，他去镇卫生院接她下班。在走廊里等候时，他看到她正在忙碌着给一个中年男子打针。从侧面望过去，他看到那个中年男人，在秋水的手指揉他屁股的同时，露出一脸舒服的表情。他看不下去，当即一瘸一拐地冲上去，拉着她的手说，这工作不干了。秋水拧不过他，第二天真的再没去上班。

白子服的性格就是那样，直率中带点儿霸道，按秋水经常评价的话说，他就是一个猛子，蛮人，一根直肠子通到底。当然，他绝不是不讲道理，只是办事风格干脆利落，直指事物的核心。他在处理村里的某些事务中，通常就是如此。

某个清晨，村里一位年过八旬的老人，一手拄着拐棍，一手翻着下垂得遮住眼睛的眼皮，颤巍巍地找到白子服，向他哭诉说她的儿子不给她挑水喝。她说家里水缸几天前就没水了，几次叫儿子挑水，他就是推脱着不挑。白子服拉着她的手，安慰说这事一定帮她好好解决，保证他以后再不敢那样。

找到她的儿子时，他正在开心地打着牌，有说有笑，完全没有注意到白子服和他的母亲站在了他的身后。她的儿子，当然也不年轻，满头白发，一副苍老的模样。白子服一把抢过他手里的牌，说叔，我们谈谈。白子服说明来意，他不以为然地反问，说他都这么老了，他给她挑水，谁给他挑水？

一听这话，围观的村民们，一片哗然。他们都盯着白子服，看他怎么处理。很显然，白子服被他的话激怒了，只是一时气结，想要说的话，卡在了嘴边。停顿了一下，他狠狠地一把甩掉手中的牌，指着旁边的老人，骂他说她是不是他的妈？在她的面前，他有什么资格说老？老人的儿子自知理亏，一时诺着说不出话来，估计也从未有人对他说过这么重的话。白子服接着说他不挑水也可以，只是等到他老到没有力气的时候，他保证把这事儿告诉他的儿子女儿，让他们一滴水也不给他挑，渴死他。

原来，老人的儿子，跟她分开后，就没有照顾她的习惯。以前，挑水担柴这样的重活，不是她的孙子或孙女去做，就是他的老婆去做。随着他的儿子女儿一个个外出打工，他的老婆也因为婆媳关系闹翻而不去照顾，她成了一个儿孙众多，却没人照顾的孤独老人。他很懒，又沉迷于打牌，每次母亲找到他时，他不是说没空，就是骂骂咧咧地说一堆难听而恶毒的话。很多村里人反映说，他曾当面骂她老不死的，怎么不快点去死，等等之类的话。他的淡漠无情，仿佛她不是他的母亲，而是带给他无尽负担的某个陌生人。

无助的老人，只能找村里的领导干部出来主持公道。在白子服措辞强硬，声色俱厉的训斥下，他终于服软低头，不仅答应挑水，而且签字写保证书，说保证以后会好好照顾自己的母亲。在村民们的集体监督下，从那以后，他再也不敢在公众场合，说一些那样抱怨他母亲的愚蠢话。

处理这些令人啼笑皆非的小事，白子服很快驾轻就熟。但他的村干部履历中，有一个非常凶险的经历，更值得说一说。简单地讲，就是他在一次谈判的过程中，差点儿控制不了，发生群体械斗事件的局面。

那是某一年的夏天，天旱得厉害，邓家铺子接连几个月，都没有下过一滴雨。正值稻花盛开的季节，水渠、水坝、小溪，全部断流，稻田里到处张开着血盆大口一样的深深的裂缝。有条件的人家，每天发动着抽水机，抽着地下水来灌溉自家的稻田。而那些离水源地偏远的稻田，就只能眼巴巴地看着禾苗，由绿转黄，直至干燥成焦黄的枯草。

一场因为争水而引发的人命血案，就在某个闷热无风的中午，猝然上演。事情的经过非常简单，就是一个叫邓大春的中年男子，和一个叫张彩梅的中年妇女，为了争论谁先多抽一个小时的水，互不相让而导致了一场一发不可收拾的争吵。在争吵的过程中，先是各种街骂，相互“问候”对方的祖先、父母，然后过渡到相互诋毁对方的人格尊严之类，等等。在骂街这一方面，女人似乎有先天的优势。从对骂的形势来看，很明显，牙尖嘴利且声音高亢尖细的张彩梅，一直占据着上风，她嘴巴像机关枪一样“哒哒哒哒”地喷射着各种恶毒的语言。在气势上，一直受到压制的邓大春，气不过，也许是气疯了头。他突然做出了很出格的事情……

他的行为像一颗威力巨大的炸弹，一瞬间就夷平了对方的坚固堡垒。顿时，张彩梅哑了火。

白子服听说后赶来现场时，正看见邓大春光着屁股的无耻丑样。他一声断喝，大声骂他是个畜生，说以后还要不要做人。惊醒过来且羞愤难当的张彩梅，冲开混乱的人群，惨白着脸受辱般地掩面离去。

当着众人的面，白子服把邓大春臭骂了一顿，并让他必须去给张彩梅道歉。那天，白子服像一头发怒的雄狮，他骂完邓大春，又对围观的村民们一通怒吼。他骂他们冷血无情，只知道看热闹，早点把他们俩拉扯开，不就不会发生这么丢人现眼的争吵了。

更大的事情，还在后面。那天晚上，一时气不过想不通的张彩梅，在邓大春家的茅房里，喝了满满一大瓶农药，当场死在了里面。随后不久，尿急的邓大春，发现张彩梅歪倒在自家的茅房里，扭曲的五官，痛苦的表情，一副死不瞑目的模样，狭小的空间里弥漫着刺鼻的农药味。他吓得腿脚发软，当场坐在了地上，尿了自己一身。

张彩梅娘家的人，听说了这件事，立刻组织了两卡车拿着家伙的青壮年男人，凶神恶煞地连夜赶来邓家铺子讨说法。

车子打着刺眼的远光灯，一开到邓家铺子村外的马路上，邓大春顿时吓破了胆，像无头苍蝇一样地跑来，找白子服去帮忙应对。张彩梅的娘家人，在找不到邓大春人影的情况下，撒气似的把他家砸了个稀巴烂。

在一片狼藉中，白子服瘸着脚走了过去。他先是有礼有节地介绍了一番自己，在表示同样痛心的情况下，说非常理解他们的愤怒的心情，然后招呼张彩梅娘家的领头人，去另外清静的房间里商谈解决方案。与此同时，他安排几个人迅速买来当时最好的烟，一人一包地分发给同来的张彩梅娘家人，又吩咐秋水一干女人端茶倒水，搬出凳子椅子，热情地招呼他们落座，同他们闲聊，以安抚他们火山一样即将喷发的情绪。

谈判异常艰难，几次差点儿谈崩。张彩梅的娘家人，提出了许多不合理的要求，其中的一条是，要求邓大春像儿子一样地端着张彩梅的灵牌，给她送葬。在乡村的丧葬风俗里，成年男人给比自己年纪还小的人端灵牌，是最最屈辱的一件事情，谁那么做了，等于一辈子再也无法抬头做人。那样的条件，无论如何也不能答应。

几轮谈判之后，最终，在白子服一番软中带硬的话语中，他们达成了一致的解决方案。他说发生这样的事情，谁也不愿意看到。人死不能复生，现在只能商讨怎么处理张彩梅的后事，其他一切气头上或者违反法律的事情，尽量不要去做，以免造成更大的无法收场的局面。他说他们应该在合理合法的情况下，来商谈这件事情，要不，只能交由派出所处理。说完，他有意无意地向对方透露，派出所里一个他带枪的战友，正在赶来邓家铺子的路上。

张彩梅没有儿子，只有三个女儿。那时的乡村丧葬风俗里，出殡当天，必须要安排男性后人端着灵牌，在前面引路，那样逝去的人，才会顺利进入下一个轮回，否则永世不得安生。这也是为什么枉死的人，特别在意这一件事情的原因。张彩梅的娘家人，正是在这样一种思想的指导下，提出那样的一个不合理要求。

邓大春和张彩梅的老公邓小文，是不出五服的堂兄弟。最后一致商定，由邓大春不满十岁的儿子，充当端灵牌的人，才算圆满解决这一僵持不下问题。当然，其他一切丧葬费用，都由邓大春承担。

其实，在那晚的谈判中，白子服还准备了第二套方案。如果他发觉实在不能控制对方的情绪，要大打出手的话，他也不怕。在此之前，他让邓大春偷偷联系了邓家铺子所有的青壮年男人，全部在小溪边集合，只等他的一声命令。

真那样的话，后果不堪设想。

与白子服消防员一样到处扑火，时不时上气发怒的村主任工作相比，你和秋先做的石匠工作，却要安静平和得多，真可谓“这里的黎明静悄悄”。每天沉浸在专注的事情上，你的内心开始变得沉静如水。

沿着邓家铺子村外的马路，往把关口村的方向，走不到二里，就有一个不大的采石场。那里的石头，多为青麻石，硬度高韧性强，用来制作石桌、石凳、石磨、墓碑，以及水缸、砚台等，都是上佳材料。村里，有一位有名的石匠，叫邓夸来，他做出的石头制品，或新潮美观或古朴大气，颇受村民们的喜爱，并远销周边村落。

你和秋先，成为石匠，颇为偶然，后来想想，又是必然。当时，无事可做的你们，任何一件渔鼓以外的事情，都有可能让你们投入全部的精力。当然，也许可以这么解释，上帝向你关上一扇门，同时又向你打开了一扇窗。只是恰好，这扇窗外是一处青石岩岩的采石场，并且不远处还有一个老石匠，正在向你招着手。于是，你做了，如此而已。

邓夸来五十几岁，长相憨厚老实，人却粗犷威猛，身材健硕。他有两个人所尽知，却无论如何也学不来的生活习惯。一是他不喜欢穿鞋，脚板上那层厚厚的铁板一样的黄褐色老茧，就是他的鞋。上山砍柴、锤打石头，他都是赤脚而行，如履平地。那些尖锐的木刺、锋利的石头，对他来说，不值一提。二是他不怕冷，常年坚持冷水洗澡，就算数九寒冬，天空飘着雪花，他也要去户外的小溪里凿开冰块，下水游泳。

在石匠这个工作上，邓夸来唯一的不足，那就是在做需要大量刻字，诸如墓碑、石刻之类的作品时，对文字的理解和把握，不够到位。墓碑、石刻上的文字，多为文言文，没有一定的传统文化修养，稍不注意，就会出错，比如出现用词不当，或者一词多义的情况。邓夸来读书不多，且悟性不够，故容易在这方面出错，遭遇顾客拒绝收货的事情，常有发生。墓碑或石刻，一出错，则前功尽弃，必须重来，费工又费时。

顾客预订那些大件石刻作品时，为慎重起见，一般会事先拟好文字，请来书法高超的人书写好，然后交由邓夸来，做最后一步的刻字工作。如是做一些小件，且刻字不多的作品，顾客往往让邓夸来帮忙拟定文字。这对他来说，是一个颇为为难的事情。每次，按照顾客要求，好不容易拟定初稿，他仍不放心，还要拿来找秋先过过目，把把关。一来二去，他们成了要好的朋友。

采石场下的马路边，有一个邓夸来搭建，只靠四根圆木柱子支撑起来的茅草棚，周围的空地上，摆满他做好的各种样品，琳琅满目。每天，从清晨到日暮，他都在草棚里，敲打个不停。成为他的好朋友后，秋先有事没事跑去找他闲聊，以消磨空闲时间。邓夸来人豪爽且健谈，石匠的工作，本就枯燥乏味，他很是希望有人陪他说说话，哪怕坐在一旁不说话也行，于是，他养成了一心二用的本事。你最佩服他这一点，他可以一边忙着刻字，一边不停地和人聊天，且很少出错。

你喜欢在他和秋先闲聊的时候，蹲在一旁观看他手起锤落地刻字。他动作娴熟，如行云如流水，好似漫不经心，却又恰到好处。只见他左手握凿右手挥锤，乒里乓啷、轻重徐疾的一阵敲打，石粉纷飞中，不一会儿，一个银钩铁画般的字，就凿刻了出来。邓夸来凿刻出来的字，通常会给书写者大大加分，书法的气韵，更加生动自然，力道更加坚韧强劲，兼具骨骼的质感。

这是他厉害的地方，也是顾客喜欢找他刻字的重要原因。但他似乎并不自知，别人夸他好，并笑着让他分享凿刻的经验，他通常涨红着脸，憋不出几句话来。他就像一个拥有绝世武功的高手，却一点儿不知道自己的厉害之处，究竟在哪里。邓夸来看你对他观察得非常认真细致，很感兴趣的模样，鼓动着把凿刻工具递给你，说要不要试一试。哪知，这一试，直接让你试成了一个石匠，并且做得还不错。

你和秋先加入石匠的行列，对于邓夸来来说，无异于如虎添翼，你们仨的配合，相得益彰。秋先视力不佳，且双手有控制不住抖动的毛病，于是，他只能帮着做一些刻字以外的工作，比如放炮开山，切割石块做成各种待用的毛坯，以及拟定和修改文字等。你呢，主要跟着邓夸来，学着使用各种刻字工具，勤学苦练刻字技巧。

这种精雕细琢的工作，需要全身心的专注投入，只有做到心手合一，才能刻好每一个字。这一点，在你握着凿子锤子的第一天，费尽所有心力却刻出来一个歪歪扭扭，深浅不一且带着锯齿毛边的字，就领悟到了。从那一天开始，你对邓夸来的刻字水平，有了更为真切的认识，你知道那不是一朝一夕之功，需要长时间不停的刻苦磨炼，才能达到。简单地说，他在你的面前，就是一座耸入云霄的高山，需要抬头仰望。

偶尔，擅长各种书法字体的白子服，也会凑过来小露一手。一天上午，一个外地定做牌楼石刻的顾客，前呼后拥着恭恭敬敬地请来了一位某县城里号称著名的书法家，前来书写石刻上的文字。那个书法家，六十岁左右，鼻梁上架着厚厚的老花眼镜，穿着一身干净的亚麻色唐装，整个人看起来儒雅斯文，一副饱学之士的模样。等邓夸来把一块宽大的石板搬出来，小心地倾斜着摆在他的面前，他随即眼前一亮，用手抚摸了一下光滑如镜的石板，竖起大拇指夸赞说不错不错。一会儿，他抖抖手，卷起衣袖，接过一个小伙子递给他已经打开的工具箱，从里面拿出一个墨斗，然后俯下身子，开始在平整的石板上，弹出一条条纵横交错的墨线。他在做书写前的准备工作，画米字格。良久，一通忙活，额头上冒出细密汗珠的书法家，终于画好了米字格。

当时，白子服也在一旁拢着袖子，冷眼旁观。从书法家拿出墨斗打米字格开始，他的眉头就越蹙越紧，神情也越发淡漠。如果此时恰好某个蚊子，一不小心飞进他蹙起的眉头形成的沟壑里，一定会被活活夹死。

那书法家，右手再次接过助手递上来的毛笔，蘸了蘸砚台里调好的红漆，左手顺势托住宽大的右手衣袖，然后从容地俯下身，开始抬笔写字。顺便说一下，抬笔写字，其实非常困难，手腕处在一个极不舒服的别扭位置，运笔大大不如正常的坐姿那么顺畅自然，没有这样书写经验的人，稍不留神，写出的字就会大打折扣。很显然，从书法家不断扭曲变换的身姿来看，他很不适应这样的写字姿势。好一会儿，在石板右起的第一个位置，满头大汗的他，终于用汉隶写出了第一个“中”字，然后退后数步，观察了一下，微微颔首，似乎对自己的书写颇为满意，脸上露出满意的笑容。接着，他又开始随后的创作，慢慢地，宽大的石板上，布满了汉字。

在众人围观书法家创作的过程中，一时技痒的白子服，从地上捡了一根小木棍，照着石板上的字，在一片砾石遍布的沙地上，随手划拉了起来。没一会儿，他默不作声地写完了整段文字，看了看，不甚满意，连忙用脚扫掉，然后潇洒地一扔手中的小木棍，背负着双手施施然离开众人而去。

那天下午，正当邓夸来拿出工具，准备凿刻时，上午的顾客行色匆匆地赶了回来，他制止住邓夸来，说别忙。歇了一会儿，平息了一下着急的神情，他问邓夸来，能不能帮他找到上午在沙地上写字的人。邓夸来一时茫然，听不懂他话里的意思。一旁的你，知道他要找白子服，于是高声回应说没问题。

白子服仿佛知道会回来找他一样，一听那人说明来意，立马爽快地答应了他帮忙书写石刻的要求。再次走到那块石板前，他拿出一把宽大的刷子，蘸上黑色的油漆，三下五除二不到一分钟就完全涂掉了那书法家写的字。等油漆干透，他看了一遍石刻文本，然后拿起毛笔，蹲下身子，俯身向前，刷刷刷地在石板上写了起来。一通眼花缭乱的忙活，十分钟不到，白子服站起来，放下手中的毛笔，从容地问那人，这样可以吗？那人激动地拍手大赞说，大好，白先生真是一手好字。

公正地说，书法家的字，也是挺好，一笔一画教科书般标准，但整体看起来死板，了无生气，更看不出个人特色，而白子服的书法，虽然偶有几笔不那么标准，却气韵生动，一气呵成，自成一体。

在邓夸来精心的凿刻下，白子服的字，更加生动立体，在众多的墓碑、石刻中，显得鹤立鸡群，尤为突出。那顾客拿货当天，送了一大堆礼物给白子服，千恩万谢地说了一大通好听的话，并客气地尊称他为老师，说以后有机会希望不吝赐予其墨宝。随后，他小心翼翼地带领众人把石刻搬上车，垫足防震的泡沫，然后带着满意的神情，愉快而去。

一不留心露了一手的白子服，让他一下名声大噪，找他写字的人，渐渐多了起来。很多时候，他还在处理村民间鸡毛蒜皮的小矛盾，有不认识的人，走过去站在一旁，静静地等着他，一见他闲下来，则立刻上前，恭敬地递着最好的烟，一通介绍和恭维后，再说明想请他写字的请求。通常，白子服都会爽快地答应对方的请求，如果实在忙不过来，他会反请对方多等待片刻。

找白子服的人一多，你有些不解地问他，说为什么平时都不见他写几个字，怎么突然像被王羲之附体了一样，那么会写？他哈哈一笑，先是谦逊一番，然后满怀深情地说，这些都是童子功，全是你祖母尹苏的功劳，没有她从小严苛的要求，培养他对书法的热爱，他怎么可能写得好。随后，他又感怀说，小时候的基础，加上在部队空闲时毫不间断地对各种字帖的临摹，他才有了现在的水平。最后他又总结性地发言说，书法一途，博大精深，一辈子都钻研不透，比起那些书法大家，他这样的水平，简直不值一提。如果这么一点点成就感，他就满足了自大了，那只能说明，他是坐在井底下的那只无知的青蛙。

秋思的女儿白雪，一路摇晃着冲过来抱住你的大腿时，你正专注地一手叉腰，一手拿着一把火钳夹着一根烧得通红的凿子，一点一点地往水里淬火。你头也不回，语气轻松地问是谁啊。这时，一个奶声奶气的声音，从背后响起，不停地叫你舅舅舅舅。本来平静得泛不起一丝波澜的心境，突然浪高千尺，你拿不稳手中的火钳。通红的凿子，连同火钳，一起掉进水里，龇牙咧嘴地一通乱响，同时整个水池里，升腾起一团水雾。

不得不叹服基因的强大，你看了一眼白雪，就确定她一定是秋思的女儿。她那宽阔而凸出的前额，大而黑的眼睛，长长的眼睫毛，无一不像小时候的秋思，简直是同一个模子里印出来的两块砖头。你和仰起头盯着你看的白雪对视，你的意识竟然有些恍惚，好似时间一下退到了多年前，你背着书包放学回家的那个下午。

一个身材曼妙的金发女郎，微笑着款款向你走来。怎么描述她呢，可以说，她当时的穿着打扮，用新潮时尚，还不足以形容。她的身上，似乎还带着一种欲拒还迎的致命诱惑，绝对可以让某些好色之徒，产生各种非分之想。逆着太阳光的她，穿着一件胸部敞得很开的白色休闲衬衣，内里的一切若隐若现。一条粉红色的内衣肩带，飘浮在她雪白的肌肤上，一路向上延伸，并迅速隐进那一蓬金发里。白色衬衣的下摆，被她随意地束在一条黑色的皮质包臀裙里，整个人看起来，凹凸有致，峰峦叠嶂。一个黑色的精致小巧的坤包，斜斜挎在她的右肩，更添风情。

走到你身前时，她用一口浓重的卷舌音，介绍说她是刘小艳。你脑袋短路了一样，一时反应不过来。你的生活中，似乎并不存在一个叫刘小艳的人。见你一脸迷惑，她伸出染得血红的指甲，指着你脸上竖立的那条抓痕，说她就是那个曾经抓破你脸的人。你扭过头，快速而惊慌地躲过她伸过来的手指，同时想起了那个满脸雀斑的肥胖女孩。

你假装认真地上下打量了她一会儿，带着报复的心态，恶作剧地问，你脸上曾经那么多的雀斑，现在怎么都不见了？她一顿足，一脸娇嗔地笑骂你，说你这人怎么这么记仇，多年前的事情还记着。你微微一笑，拿起水里的火钳，对她说只要她答应，让你在她脸上戳一个疤，那件小时候的事情，就算扯平。她笑盈盈地把一张涂得白里透红的脸，凑到你的面前，说好啊，今天正好两清，再不相欠。闻着她身上飘过来的浓浓香水味，你尴尬得一时不知道拿她怎么办。她完全不是小时候那个鲁莽蛮横的胖女孩。

说笑了一阵，她向站在一旁正好奇地四处张望的白雪，努了努嘴说她是受秋思之托带她回来的。同时，她打开小坤包，从里面拿出一封薄薄的信，交给你，并快速地说秋思一切都在信里写得很清楚，你自己看。说完，她一摇一晃地踩着高跟鞋，优雅地转身，跨上一个同样留着长长黄色头发的小伙子的摩托车，轰隆着飞一般离去。

你抱着一脸茫然的白雪回到家中，把她和信一起交给了秋水，然后一个人疲惫地蒙头就睡。关于秋思的一切信息，你都不想知道。现在的她，是一个和你的生活毫无关系的陌生人，你再也不想她介入你的生活，哪怕是一条关于她的信息。

可能真是“不是一家人不进一家门”，白雪来到邓家铺子，表现得一点都不认生，且有着超强的适应能力。不过几天，她就融入了你们的乡村生活。她不停地追着叫你和白远航，舅舅舅舅。她奶声奶气的童音，每每让你莫名其妙地心情好起来。

不知为何，她尤其喜欢黏你，一天到晚追着你跑，你去哪里，她跟着去哪里。你爬山，她一声不吭地跟在你的后面，努力地迈着步子追赶你。摔倒了，她也不哭闹，一骨碌爬起来，继续向前。你在墓碑上凿字，她蹲在一旁，目不转睛地盯着看，表现出大大超越同龄人的耐心和韧性。这一点，跟她的母亲秋思，倒是极其相似。你吹开墓碑上覆盖着的重重石粉，显现出刻好的每一个字，她立刻拍手叫好，仿佛你在变一个好玩的魔术，并毋庸置疑地认为那是一件多么神奇的事情。

你让她去找秋水或白子服玩，她嘟着嘴说不，并坦言，说她不喜欢外公外婆，她只喜欢你。你赶她，她哭得梨花带雨，惨兮兮地叫你舅舅舅舅，说不要不带她玩儿。每次听到她哭着叫你舅舅，你内心的坚冰，迅速融化成一摊春水。你只能无条件地缴械投降。你不时止不住心中的哀叹，她这黏人的性格，怎么一点儿都不像她那孤独冷漠的妈。在你做的所有事情中，她特别喜欢看你拿着烧得通红的各种规格的凿子淬火，然后看你挥着锤子不停锤打。看着水里咕噜咕噜冒起的白色气泡，以及升腾起的迷蒙水雾，她高兴得咯咯直笑，似乎那是一件无与伦比的好玩游戏。

由于使用频繁，凿字的凿子，很容易变钝变秃。你不得不每隔一段时间锤打一次，把凿子重新锤打得锋利耐用。这是一个技术活，你在邓夸来的指导下，锤打了好几次，才掌握其中的诀窍。那时，你们所使用的凿子，一端扁平而锋利，另一端则是一个蘑菇头一样的铁帽，使用时，用一把大小趁手的锤子，敲打铁帽，另一端则如老黄牛犁田那样，犁去笔画下的石块即可。铁锤敲打力度的大小，控制着笔画的深浅。凿子，通常所使用的材料是铁棍，根据需要，石匠们截取一根根大小不一、长短不一的铁棍，经过火炉的高温熔化，铁锤不停地锤打，反复不断地淬火，然后一把凿子就制作成功了。

一般来说，根据所要凿字笔画的粗细，就要制作相应的，大致相同宽度的凿子。当然，如果能达到邓夸来那样高超的凿刻水平，就算用一根宽而大的凿子，也能在墓碑上凿出窄而细的笔画。很多时候，合适宽度的凿子变钝，而他又不想那么快重新起炉锤打，于是，他会侧着宽而大的凿子，只用凿子宽度的一部分，同样也能达到小凿子的凿刻效果。而水平如你，就只能根据字的笔画粗细，来选择相应大小的凿子，反之则不行。不得不说，那是一道你暂时无法逾越的鸿沟。

因为白雪经常毫无规律的掺和、乱入，你的工作时间，往往被她的干扰，撕扯得支离破碎。比如你本来想一气呵成地刻出一个字，因为她在一旁不断地问这问那，你无法达到平常那样的心手合一，同时，你还要担心她乱跑，担心她的安危，采石场上方经常有因为放炮开山而滚落下来的小石子。

而她最喜欢瞎掺和的，是在你打磨凿子的时候。每当在淬火几次都不成功时，你有强烈想要扇她一耳光的冲动，还好理智及时拉住了你。你拉风箱，她跑过来帮忙，说她会拉，可是龟速拉动的风箱杆，每次都让火炉里的煤块，差点儿熄灭。你用火钳夹出通红的凿子，放在一个铁台上锤打时，她最喜欢凑过来，说要用手接住飞溅的铁花，并在你锤打的过程中溅出的铁花里，旋转着，说要跳舞给你看。你淬火时，她用手伸入水里，说要抓住逐渐变黑变硬的凿子，并说红红的柔软得像拉长的糖条一样的凿子才好看。她的每一步异想天开的行动，都要吓得你手忙脚乱一番，迅捷地制止住她，生怕她因此而受到伤害。有时，满头大汗的你，假装满腹委屈地指着她的小脑袋，说她这个鬼灵精，是不是觉得你好欺负。她怎么不去烦白远航。她咯咯笑出声，说小舅舅是个书呆子，一点儿也不好玩。

记得一个深秋的下午，空气里透着丝丝寒意，你俯着身子呈匍匐状态，低低地凑在一块石板上专注地刻着字。一旁的白雪，说她冷，然后不由分说地快速爬上你躬起的背，冰凉的小手搂着你的脖子。那天，她穿得像一个毛茸茸的线团，厚厚的堆在你宽阔的背上。从远处看，你像一个趴在地上，长着厚厚龟甲的乌龟。

白雪在你的背上手舞足蹈地喊叫着，似乎很高兴开辟出了一个新的游戏场地。最开始，你反抗了一下，严厉地呵斥她下去，但毫无用处，她依旧赖在你的背上。不久后，你渐渐有了一种心安的感觉，心想在背上更好，至少不用分心担忧她。于是，你不再阻止她的这种行为。但一会儿，新鲜感一过，白雪又无聊起来。跟你说了几句话后，她干脆舒服地睡在了你的背上，偶尔还会响起轻微的鼾声。

你害怕她受凉感冒，于是反手把她抱下来，并脱下自己宽大的外套，把她包裹住，像裹一个粽子。你笑着摇了摇头，抱着她，想要把她放在一块避风的墓碑后面。刚放下，你想了想，又抱起她，反手把她重新背在了背上。你抄起外套的两个衣袖，在腰间打了个死结，这样她就能牢靠地固定在你的背上。

每年的三月，尤其临近清明节的日子，是石匠们最忙的时候。你和邓夸来，不得不延后其他订单，全力以赴地赶制墓碑，每天忙得都直不起腰来。为了不让白雪打扰你，你用一块废弃的绿色尼龙网，加上一根木棍、几根铁丝，做成了一个带手柄的网兜，然后让她拿着去附近开得一片金黄的油菜地里，捕捉漫天飞舞的各色蝴蝶。

一会儿，远远地，你就能听见她欢快的喊叫声。被她的欢乐感染，你时不时忙里偷闲地停下来瞄几眼。只见和煦的阳光下，绿水青山间，她披着一头长长的黑发，穿着一条白色连衣裙，一手举着绿色的网兜，在油菜地的田垄间穿行，偶尔又隐入一片金黄之中。几只白色的蝴蝶，盘旋在她的头顶，随着她的奔跑，若即若离。白雪奔跑的身姿，飘起的黑发，以及欢快的笑声，组合起来，就是一帧帧唯美的电影画面。你欣赏着，陶醉着，身体的疲累，似乎刹那间一扫而去。

她偷偷爬上你的背时，你正在聚精会神地刻一个字。你微蹙了一下眉头，稍稍调整了一下身躯，然后稳如磐石地保持着原来的姿势。多次突然袭击后，你已经习惯了她的这种不按常理出牌。你刚要放下工具批评她几句，一股淡淡的花香袭来，一个明艳的黄色花环，套在了你的头上，同时听到背上某个人奶声奶气地说，舅舅舅舅，你真像一个青蛙王子。你回头，看见白子服也戴着同样的一个黄色花环，微笑着歪着身子，站在你的身边。他看你投去不解的眼神，忙不迭地解释说他看白雪一个人在油菜地里玩，于是过去陪她玩耍了一会儿，累了坐下来休息的时候，顺便编了三个花环。他又笑着说不是白雪说一定要给你也编一个，按他的想法，他是不会给你编的。在白雪的带动下，身为外公的他，也变得童心大起。

你一边俯身凿着字，一边和白子服有一搭没一搭地聊着天，白雪则在你的背上，又开始呼呼大睡起来。估计跑累了，人一静下来，困倦感随即而来，她很快就睡着了。你苦笑着在心里说，她倒是找到了一个睡觉的好出处。听着她轻微而有节奏的呼吸声，伴着清风吹拂下的阵阵花香，你渐渐进入了忘我之境，就连一旁的白子服高声夸赞你进步了之类的话，都听得没那么仔细。

就在你即将完成整块墓碑的所有刻字时，你突然感觉一股强大的力量，一把抓起你和背上的白雪，然后再横着向外推出了好几米。不容你做出任何反应，你和白雪被扔了出去，在空中分开，然后落向各自的落点，在一片尖锐锋利的砾石上翻了好几个滚，才止住翻滚的动作，停了下来。

你顾不得身上的伤痛，一骨碌爬起来，搞不清楚究竟发生了什么，脑袋蒙蒙的，以为在做一个飞翔的梦，但全身的疼痛告诉你，事情并不仅仅如此。白雪则从梦中惊醒，惊惶地坐在地上，茫然地大哭起来。这时，你看见白子服瘸着腿冲出草棚，快速地向你所在的方向奔来，但他的速度明显快不过一个从采石场上方，滚下来的一块巨大的圆形石块。那石块呼啸着一路发疯似的碾过草棚的棚顶，碾过白子服的身体，滚过马路，最终砸进一片金黄色的油菜地里。

你跑过去，抄起地上软趴趴的白子服，慌张地冲上马路，然后埋着头往镇上医院的方向一路疾奔。你的脑袋只有一个念头，尽快把他送进镇上医院，他需要立即抢救。白子服的手耷拉着，悬垂在空中，泉涌般止不住的鲜血，顺着他惨白如纸的脸，滴向空中，滴在马路上，随着你仓皇的步伐，在地上画出一条歪歪扭扭的红色虚线。

邓正午开着他的那辆破旧的拖拉机，停下来吼着嗓子叫你坐上去时，你抱着白子服已经冲出了好远。外界的一切声响，你似乎完全听不见，天地一片灰白，静默寂然。他跳下拖拉机气喘吁吁地追上你，然后从你手里小心地接过白子服，并安排你坐在脏乱的车厢里。

白子服的头枕在你的大腿上，双眼紧闭，虽然一脸血污稍显恐怖，但他的神情，却是平和淡然的，像正在进行一个疲累之后的午后小憩。那个花环，仍然牢固地套在他的头上，明亮的黄色油菜花，映照着他毫无血色的脸。在镇上医院简单处理一下，吊上一瓶点滴后，医生说必须马上转去县城医院。于是，一辆急救车搭着他和你，一路鸣叫着快速地往县城的方向开去。

看着白子服，被一群医生护士，忙中有序地推进手术室，你像卸下一副千斤重担一样，软着身子头靠墙壁，无力地坐在长长走廊的地上。你盯着手术室门上红色的指示灯，着急担心的神情，溢于言表。你紧绷的神经，仍像一张拉满的弓。

一个中年女医生，一身白衣白帽，胸前挂着长长听诊器，从走廊的另一头匆匆跑来，脚步慌乱虚浮。走得近了，她蹲下来，轻轻拍了一下你的肩膀，拉回你散乱的思绪，然后没头没脑地问你，他是不是白子服？你木然地点了点头，目光仍旧聚焦在那个红色的指示灯上。她对你的反应，毫不在意，在得到确切的答案后，她焦灼的眼神，瞬间涌起一抹凄然，眼里有泪，盈盈欲滴。耐心地听完你断断续续的讲述后，知道了前因后果的她，长叹一声，用力搂了一下你的肩膀，然后哑着嗓子安慰你说一定会没事的，但是她眼里的泪，还是在她转身的瞬间，终于无声地夺眶而出，肆意横流。

没多久，她又走过来递给你一个饭盒，说趁热吃点，填下肚子吧。你说了句谢谢，接过饭盒，然后直接放在了旁边的地上，你实在没什么胃口。她摇了摇头，知道任何安慰的话，都苍白无力，于是，她什么劝说的话也没说，只在你身边的空地上，来回踱着步，并时不时瞟一眼墙上亮着的指示灯。你不知道她是谁，也不知道她为何如此担心白子服，你没有更多的心思去猜测远在你想象之外的事情。

也不知过了多久，手术室的大门终于打开，白子服被推了出来，他依旧紧闭着双眼，呼吸微弱，身上缠满白色的绷带，一根胶管里极其缓慢地滴着红色的血液。他身体僵硬，四肢摊开，整个人看起来，就像田野间竖立的一个稻草人。白子服被推进重症监护室后，一个满头大汗的医生叫住了你，并把你带进一个安静的办公室里。他擦了一把额头的汗，然后委婉地向你表达他们已经尽了最大的努力，并劝你节哀之类的话。你再也听不进他随后的话。你冲出他的办公室，像只无头苍蝇，穿过医院的走廊、大堂，擦过拥挤的人群，踩进一片无人的草地，终于忍不住泪如雨下，忘我地大哭出声。

再次回到病房门口时，你看到一个白色的身影，趴在白子服的床前，双肩耸动，正在哭泣。你从她边哭边说的话语中，听出了她的忏悔之意。她述说的大意是，她说她后悔当年的自己气量太狭小，她不该找人去戏台上调戏秋水。要不，他不会摔断腿，也就不会跑不过一块石头。她说都是她的错，不是前面种下的因，哪有后面的果。她拉着白子服苍白的手，说她一直爱着他，虽然她知道他不爱她，也不可能和他在一起，但她衷心希望他一辈子幸福。她说从知道他摔断腿的那一天开始，她就一直处在愧疚的状态中，良心时常不安。她曾想过找机会向他和秋水道歉，但高傲的个性，怯懦的内心，让她一直放不下道歉的身段。她痴痴地望着白子服，深情地说快点好起来。她又憧憬着说，到时她一定去给他和秋水赔礼道歉。他和秋水怎么样对她都行，只要能解气。

留意到你走进病房时，她抬起头，慌乱地擦了擦眼泪，整了整揉皱的白大褂，然后从容地对你说，有什么需要帮忙的，尽管找她。她说她叫李薇。你摇了摇头，说谢谢，暂时没什么需要帮忙的。

那天晚上的后半夜，白子服停止了呼吸。当时，医院寂静无声，像一个荒凉孤寂的坟场。你拔掉他身上的针头，整理了一下他的衣服，给他穿上你的鞋，然后把他搬到背上，同时平静对他说，我们回家。你背着他，避开偶尔出现的某个医生或护士，拖着长长的身影，穿过医院大门，来到人稀灯暗的大街上。

你招手拦下一辆的士，那司机停下来看了一眼你和你背上的白子服，顿时脸色大变，然后骂骂咧咧地猛踩油门，狂飙而去。看着惊慌失措的司机，你突然有种想笑的心情。你自言自语地说都是人，有那么可怕吗？正低头走路，一辆双排座的面包车，停在了你的面前，李薇从里面探出头，大声说，赶紧上车。

回去的路，依旧坑坑洼洼，车子颠簸起伏。可能触景生情，李薇好几次在你的面前，痛哭失声。她不得不停下来，歇一会儿再走。走走停停，直到天刚麻麻亮的时候，李薇终于把车开到了邓家铺子。你背起白子服，轻声地对他说，到家了。

走到你家门口，正在各处忙碌的人群，停下手里的活计，围过来。穿着一身道服的邓川，走在人群的最前面。他满眼通红，一副感同身受的哀伤表情。他伸出手，想要帮忙接过你背上的白子服。你侧身避开，同时，突然失控似的冲他狂吼，滚开，这里不需要他。不要让你看到他。变态。

最后两个字，你简直是咬牙切齿地喊出来的，带着满腔的怒气和鄙夷。

像被孙悟空的定身法定住了一样，邓川顿时怔立当场，保持着张手倾身的姿势。

他又像一具突然现身人间的僵尸。

事情比你预想的还要严重。在那次开山炸石中，秋先更为惨烈。他不仅当场丢掉性命，而且还被炸得血肉模糊，面目全非。他的一时大意，酿出了一幕人间惨剧。确切地说，邓夸来也有一定的责任，因为是他坚持要用那些有点潮湿的炸药。

那天，他们俩像往常一样，在一块连着山体的青麻石上，凿了一个深深的洞，然后依次填入炸药、雷管和引信，准备一举把它炸开。秋先打开打火机，点燃长长的引信，然后和邓夸来两人，快速向两侧闪开，分别躲进一个足够安全距离的小山坳里。以他们的经验，爆破随后即将发生。但那天，过了很长一段时间，还是一片平静，没有任何响动。他们知道，这次哑炮了。以前也有过这样的情况，重新放一次即可。秋先从山坳里走出来，冲着对面的邓夸来喊话，并埋怨说炸药那么湿，怎么可能炸得了。

秋先叼起一根烟，负着手，在山间的石块上跳跃，没几下就来到埋放炸药的地方。他俯身观察，燃烧完的引信残渣，在石块上留下了一条黑黑的印痕，一直绵延到洞的入口，远远看，像是引信完全没有点着的样子。他用手戳了一下洞里的雷管和炸药，凉凉的，似乎没有燃烧过的迹象。他更加确定炸药是因为潮湿的缘故，没有引爆。他从口袋里拿出另一根引信，准备重新插进洞里，再来炸一次。就在他躬身弯腰的瞬间，灾难发生了，只听一声巨响，一股强大的冲击力，把他高高抛起，然后再重重地把他甩在不远处的一堆乱石之中，像丢弃一团破败不堪的棉絮。邓夸来叼着烟，悠闲地赶来。来不及发出一声惊呼，或者说出一句警示下方人员的话，他也被飞来的小石块砸中，鼻青脸肿。一块巨大的石头，呼啸着飞过他的头顶，他只能抱着头眼睁睁地看着它一路往山下滚去，束手无策。等一切停息，他才知道老友秋先，以及白子服，都因为这次爆炸，付出了生命代价。

在为秋先和白子服同时举办葬礼期间，白雪似乎体会到了你的悲伤。你在某个角落忍不住哭泣时，她找到你，默默地擦掉你的眼泪，然后坐在你的身旁，用她那柔软细嫩的小手握着你的手，奶声奶气地安慰说舅舅不哭。那几天，你控制不住地心烦，思绪如乱麻般交织纠缠，看谁都不顺眼。你粗鲁地吼她，让她自己去玩。

一个晚上，你躲过杂乱奔忙的人群，疲惫不堪地缩进卧室里，打算小憩一会儿。几天没眯眼，你有种支持不住的心力交瘁，困倦得眼皮都抬不起来。白雪蹦跳着，从外面走进来，手里拿着一个大大的油菜花花环。就在她往你头上戴花环的瞬间，你发怒狂飙，抢过花环，狠狠地扔在地上，然后一把推开她，在花环上踩了几脚，并用足尖大力地一顿蹂躏，恨不得把它们碾成粉末。想来逗你开心的她，吓坏了，以致被你推倒在地上时，都忘了哭泣。她仰着头，眼里蓄着泪，一脸无辜地望着近似癫狂的你。你不理她，气呼呼地爬上床，蒙头就睡，任她一个人坐在地上发呆。她默默地坐了一会儿，然后尴尬地爬起来，带着那个破碎不堪的花环，噘着嘴带着委屈，一声不响地离开了你的卧室。

你知道你刚才的做法确实有点过分，她那么小那么单纯，对世事的看法纯净得如一张白纸、一泓秋水，她哪里理解得了大人们复杂的心思。为什么要冲一个小孩子发泄情绪，你为自己的行为感到羞愧。本来想立刻起床找她，安慰她一顿，但一阵蒙眬的意识袭来，你很快陷入了梦乡里，暂时切断了与现实世界的联系。

不知道白雪天生少一根筋儿，还是善忘，当你再次出现在她的面前时，她好像什么事儿都没有发生一样，依旧甜甜地叫你舅舅舅舅，依旧没心没肺地围着你转，对你做的任何事情，都露出崇拜的眼神。对她的这个转背就忘的性格特点，你甚至有点叹服，因为你完全做不到。你记得小时候，有一次和秋水吵架，她没来由地打了你一顿，你至少一个礼拜没有理她，一直生着气。秋水也和你一样，性格倔强，好多天，她都没有向你主动和解的意图和想法，可能她以为自己是母亲，是长辈，她在等着你向她低头、认错，甚至道歉。现在想想，确实有点好笑，但少年心性，你认为自己没有错，为什么要先低头先道歉，你倔强地维持着自己的立场。也不知具体多少天，你和秋水一直那样僵持着，即使在同一个屋檐下碰面，也相互当对方为空气，视而不见。

你们达成彼此的和解，是在你放学后的一个冬日下午。饥肠辘辘的你，打开碗柜，上下搜索，寻找可以果腹的食物。这时，秋水走过来，从一个铁锅里端出一碗热气腾腾炖好的鸡肉，微笑着放到你的面前。你本来想拒绝不吃，但抵挡不住鸡肉的诱惑。你默默地一顿风卷残云，很快把一碗鸡肉啃得只剩一堆骨头。食毕，你用衣袖一抹嘴巴，一边往外冲一边红着脸对秋水说，老妈，记得把碗洗了。秋水在你的身后，愉快地回应，说知道的，别玩得太疯，记得早点回家。

秋先和白子服出殡的那一天，天空瓦蓝瓦蓝的，白云丝丝，阳光出奇地好，油菜花开得更加热烈奔放，到处一派春日融融的景象。你打着赤脚，一身孝服，弯腰躬身，端着秋先和白子服的灵牌，走在最前面。白雪也穿上了孝服，像一个雪白的糯米团子，她走上来，牵着你的衣角，说要陪着你一起走。你让她穿上鞋，说免得被山上的树枝或荆棘划破。她坚决地说不，舅舅不穿，她也不穿。你拿她没有办法，加上心思烦乱，也就随便她了。她天真烂漫，对葬礼上的一切充满好奇，似乎在看一幕乡村实景剧，觉得每个人都像在演戏。有人给她披上孝服时，她高兴得像一个化好妆即将登台的小演员，一脸雀跃。她嘻嘻哈哈地笑着，在混乱的人群中，不时摆弄她头上宽大的白色孝帽下长长拖头，使之迎风招展。她高兴自己又找到了一个好玩的游戏项目。只有来到你的身边，看你露出哀伤的神情，她才会收敛起开心的表情，嘟着嘴，停止一切欢快而夸张的举动。她只在乎你的一举一动，只关注你的喜怒哀乐，并为之感同身受。

长长的白色送葬队伍，从邓家铺子的那头，穿过小街，一直延伸到这头，足有几里长。你和白雪，像牵引一条白色带子那样，牵引着送葬队伍，沿着一条田间小道，往对面山顶白家祖坟的方向走去。每经过一户人家的屋前，那家主人出来，放一挂鞭炮，你就按照乡村礼俗给他磕头。下跪的时候，整个送葬队伍不得不停住，那家主人赶紧跑过来，扶起你并说一些劝你节哀的话。然后，告别那家主人，你又带着送葬队伍，继续向前走。遇上另一家，又重复一趟前面的动作，再来一次。刚开始白雪不懂这些，好几次被突如其来的鞭炮声吓到，直往你的背后躲。后来，知道是一种礼俗，她也跟着你一起，跪跪拜拜，似乎在玩一个好玩的游戏。

看着秋先和白子服的棺材，缓缓地落进坟茔里，你知道他们真的离你而去了，顿时泪水鼻涕，止不住地往下汹涌而出。你跪在他们的坟前，久久不愿离去。送葬的队伍渐渐散去，白雪依然站在你的身旁，和着你的节奏抽泣着，脸上挂着两行长长的泪，一副惨兮兮的模样。你转头看她，又见几只白色的蝴蝶，盘旋在了她的头顶。融融春阳的映照下，穿着白色衣裳的她，虽然脚上腿上有多处血色划痕，但她整个人看起来，有种不真实的晶莹剔透感，像来自另外星球的一个精灵。

日子缓缓流淌，那些远去的悲伤画面，定格在脑海，你时不时拿出来晾晒一番，然后感慨一阵。不经意间，春天即将过去，油菜地里灿烂的油菜花，日渐稀少，一根根葱绿的枝头上，慢慢结出了一排排细密的油菜籽。

为了忘却那些纠缠着打成死结一样的往事，你只有用不停的劳作，精神的专注，以及身体的疲累，来加以对抗。只剩下你和邓夸来的石匠工作，你仍旧坚持着去做，甚至比以往更加勤奋。你把自己当成一头套上鞍的毛驴，只顾低着头，沿着某个固定的生活套路，不停地转着圈。

这天上午，阳光灿烂，暖风轻吹。白雪又拿着她的绿色网兜，在远处的油菜地里，奔跑着，嬉笑着，一个人玩得不亦乐乎。你低着头凿字，并不时抬头看一看远处的她，心里突然有了一种幸福的感觉，充盈着，仿佛所有的忧愁，一下子被压进了时间的垃圾箱，消失殆尽。难道她真是上苍派过来，安慰你孤寂灵魂的某个精灵？你为自己无聊的想法，吓了一跳。你摇头笑了笑，然后又默默地拿起工具，低头凿字。

一只白色的蝴蝶，停在你面前墓碑的空白处，你伸手赶开它，又继续凿字。没多久，更多的蝴蝶停了过来，停在了你的手上，身上，头上，墓碑上，石刻上，到处都是。你抬头望远处看去，不知道什么时候，空中也到处飞翔着白色的蝴蝶，一只只闪着金黄色的光晕。你往油菜地的方向望去，不见了白雪欢快的身影，铺天盖地的白色蝴蝶，从远处飞来，厚厚地堆积着，似乎要去赶赴一场盛会。

你不知道为什么突然多了这么多的白色蝴蝶，一种心慌的感觉，涌上心头。你高声呼喊着白雪的名字，大踏步地跑去油菜地，慌张地寻找着她的身影，此时你特别希望她从油菜地的某一处探出头，嬉笑着对你说我在这里。你用手驱赶着浓得化不开的白色蝴蝶，迈着艰难的步子，在田垄间拼命搜索，寻找。

在油菜地的偏僻一隅，一个废弃的水井边，你用一根长长的棍子，殴打驱逐着堆积成雪山的白色蝴蝶，心中不好的预感，愈发浓烈。白色蝴蝶渐次飞开，水井下金黄色的水波里，露出白雪面笑靥如花的脸，长长的头发在水面上铺展开，像一丛青幽的不停招摇的水草，她胖乎乎的小手，仍然紧紧地握着那个绿色的尼龙网兜。

人生的际遇，有时就那么奇怪，一些你以为不可能有过多交集的人，却在你人生的某一段时期里，频繁出现，仿佛冥冥中自有定数，比如刘小艳。此时的她，坐在你的面前，慵懒而随意。她跟上次送白雪回邓家铺子时的样子，大为不同，风格迥异。

那是在南方陌城的一个夏日午后，没有一丝风，晴空万里，太阳像火球，炙烤着大地，空气温度三十八摄氏度，地表温度五十五摄氏度。街道两旁，栽种的高可参天的棕榈树，本来树荫蔽日，但现在都无力地垂着，耷拉着脑袋。走在树荫下，树叶间漏下的阳光洒在身上，有灼烧的刺痛感觉。

而在一个高档小区，刘小艳的家里，却是另一番清凉景象。那天，她穿着一袭真丝印花睡袍，裸着一双脚趾甲涂得黝黑透亮的脚，窝在一个宽大的米色真皮沙发里。她胭脂薄施，脸上的雀斑，毫无遮拦地暴露在你的面前，却因为她足够自信，反而散发出别样的迷人风情。她半侧着身子，一头细密的黑发，从肩头丝丝滑落，如瀑布般倾泻。她礼貌地招呼你喝茶，然后目光柔和地望着怀里的那只纯白色的波斯猫，并不时用手摩挲一下。

她一脸抱歉地说，她真不知道秋思现在在哪里。她说她们已经好久没有联系了。她说话的态度，真诚无比，似乎任何人都不应该对她的话产生怀疑。但是凭直觉，你知道她一定知道，只是因为某个你不知道的原因，而向你撒谎。你突兀地说了一句，白雪死了。她不可置信地脱口而出，说你别乱讲。看着你严肃而哀伤的表情，她意识到你说的是真的，于是眼神开始黯淡下来，眼泪止不住地簌簌而下。一会儿，她哽咽着感慨说，白雪真的是一个命苦的孩子。

她说她本来不认识秋思，因为和她的老公是初中同学，她们才在一次老乡的聚会上相互认识，并成为要好的朋友。她看了你一眼，似乎意识到了什么，然后立刻含糊地改口说，是因为她的朋友王小树才认识的。其实，你并不在乎她那么说，毕竟，你从来没有真正拥有过秋思，虽然你和她，至今仍然是法律上的合法夫妻。

刘小艳接着说，刚来陌城打工时，她们在不同的服装厂，但因为相隔不远，故常有走动。后来，秋思和王小树离开服装厂，去了陌城别的厂别的区，他们的联系就渐渐少了起来。一段时间后，等他们有了白雪，她刚好又搬到了他们租住地附近的小区，也就是现在的这个房子，她和他们偶然又碰上了。那天，在一个公园里散步时，她看到秋思牵着白雪，正在做行走训练。见到她时，秋思有点尴尬，似乎不太愿意见到任何熟人，要强如她，肯定不愿意向别人展示她的艰辛和窘迫。但无论如何，她们断掉的联系，又续了起来。

白雪出生六个月时，被医院检查出来，有早期脑瘫症状。医生说必须立刻接受治疗，要不然她以后的生活，恐怕都要在轮椅上度过。刘小艳说她不清楚他们是如何挺过最开始的那段岁月的，但其中的艰辛，可以想象。王小树每天上班，基本不管女儿，所有的一切，全凭秋思一个人坚持着在医院间辗转奔波。她说她在公园里见到她们母女时，白雪的脑瘫，基本上已经得到了有效的控制，但还是要长期配合医生做一些物理和作业治疗，比如帮助白雪如何控制肌肉和保持平衡、牵拉肌肉抑制痉挛、训练她咀嚼、说话，以及笑的能力，等等。这些都需要秋思付出大量的时间、毅力和耐心。

刘小艳提出要去她家看看时，秋思诺诺着说不方便，婉转地拒绝了她。后来，来往得多了，秋思终于犹豫着答应，请她去家里坐坐。刘小艳第一次走进秋思逼仄而混乱的出租屋时，吓了一跳，从那一天起，她才真正了解到她艰辛的生活状况。那是在陌城最大的城中村里，到达秋思的租住地，要经过一条狭窄得只容一个人侧身才能通过的过道，稍微胖一点的人，估计会被两边的墙壁，蹭出一身的灰。她跟着秋思和白雪，摸索着走过过道，借着楼梯间昏黄的灯光爬上三楼，然后进入一间白天都需要打开电灯的房间里，同时，一股难以形容的混杂各种气味的霉腐味道，扑面而来，直冲鼻翼。她环顾了一下房间，简陋而凌乱，一张不大的床上堆满换洗的衣服，其中夹杂着一些小孩用品——诸如玩具、儿童书之类，床的对面靠墙边放着两个打开的大皮箱，挨着厨房门的地上，摆满了各种厨具，以及一些不知道买了多久的蔫蔫的青菜。

就在刘小艳惊讶到合不拢嘴的当下，秋思突然匆忙把白雪抱上床，按住她忍不住抽搐的身体，然后牵拉住她的一条正在痉挛的腿。白雪疼得哇哇大哭，声音尖厉凄惨，但秋思无论如何不能松手，她只能狠心坚持着。要不然，白雪的腿会像医生说的那样，一直往畸形的方向发展，最后变成终生残疾。那肯定不是她希望看到的。不一会儿，秋思累得满头大汗。看明白了怎么回事儿，刘小艳赶紧走上前，帮着按住乱动的白雪。等白雪终于安静下来，秋思一脸疲惫又无奈地对刘小艳说看到了吧，这就是她现在生活的全部。刘小艳搂了一下秋思的肩膀，安慰说一切都会好起来的。停顿了一会儿，她又补充说，以后有需要，尽管找她。她一定会想办法帮助她。

从那以后，刘小艳经常带一些吃的用的去她家，一来二去，她和白雪结下了深厚的友谊。她们一起玩耍，一起说笑，有时还一起去外面开阔的空地嬉闹奔跑，玩得一身臭汗。白雪在秋思无微不至的照顾下，身体的各项机能都得到了矫正，她渐渐发育得和正常的小孩一样，并擅长奔跑，尤其喜欢笑。可以说，如果白雪撒开脚丫全力奔跑，秋思或刘小艳，都没有办法追上她。有一次，在陌城的大海边，白雪和海浪玩起了你进我退的游戏，玩得不亦乐乎。而跟在她身后的秋思和刘小艳，一点儿也跟不上她的节奏，每次都被惊心动魄的瞬间吓得尖叫惊呼，生怕一个不留心，她就被汹涌咆哮的海浪，卷进大海。白雪满不在乎，她总能抓住恰当时机前进或后退，似乎和大海达成了某种默契。每一次成功进退，她都要高兴得咯咯地笑个不停。玩腻了和海浪的嬉戏，她又在沙滩上奔跑、建沙子城堡、用沙子把自己埋起来，一刻不见消停，似乎有用不完的精力。

一天上午，刘小艳提着一大袋白雪喜欢吃的食物，挤过狭窄的过道，摸着黑走向秋思家的门前。这次，她没有像往常那样顺利敲开秋思家的门，却听见了房内传来白雪低低的抽泣声。她低头一看，一把大锁把门锁上了，门缝里透着昏黄的灯光。很显然，屋内只剩白雪一人。她直觉认为秋思可能有事，需要赶着单独出去一段时间。于是，她在门外大声安慰白雪，说不要怕，妈妈一会儿就回来。听出是常来阿姨的声音，白雪止住哭声，走到门边，奶声奶气地和她聊起了天。刘小艳不时从门缝里塞进一些小块的食物给她吃，她开心地说谢谢。可能饿了的缘故，她吃得很急，一阵窸窸窣窣。刘小艳能想象白雪狼吞虎咽的样子，她在门外提醒说，别急，慢慢吃，还多着呢。

那天，她和白雪就那样隔着门，一起聊了几个小时，直到秋思背着包，气喘吁吁地赶回来。刘小艳埋怨她说怎么能把白雪一个人留在家里这么久。白雪见刘小艳因为自己责怪妈妈，赶忙插话，说她喜欢一个人待在家里，那是跟妈妈商量好的。秋思眼圈一红，摸了摸她的头，平静而小声地说，她能怎么办，王小树撂挑子走人了。她得养活她们娘俩。秋思说她在附近一家超市里当收银员，中午有一个半小时的休息时间，她可以赶回来陪陪白雪。刘小艳气不顺，狠狠地骂了一句，王八蛋，王小树真不是个男人。他怎么能在最需要他的时候，抛弃她们娘俩。她撸起袖子，说她要去找他理论理论。秋思淡然一笑说，去哪里找他，她都不知道他在哪儿。一会儿她又说，没用的，让他走吧。她不会求他。

刘小艳拉着白雪的手说，今天阿姨带你去游乐园玩吧。白雪仰着头满脸期望地看着秋思，她在等着被批准。秋思说别乱走，别跑得让阿姨找不着她。白雪雀跃着跳了起来，高高兴兴地跟着刘小艳向外走去，像一只关在笼子里的小鸟，渴望着外面的世界。那个下午，白雪玩得特别高兴，各种游乐设施都体验了一把。在游玩的过程中，刘小艳发现，小小年纪的白雪，懂事得让人心疼，她细腻敏感，而又善解人意。别人施与她一点点善意，她都能开心好一阵子，并时刻记着别人的好。

后来，虽然刘小艳偶尔能过来帮着搭把手，但是秋思实在没有办法兼顾好工作和照顾白雪，分身乏术。于是，在刘小艳的建议和帮忙下，把白雪送回了邓家铺子。秋思说她一定要尽快赚够钱，到时再把白雪接回陌城，让她过幸福快乐的生活。

刘小艳说，刚回到邓家铺子时，白雪远远地看着你，退缩着不愿意走近。她说你板着脸，严肃得可怕。白雪特别喜欢看变魔术，于是，刘小艳跟她说你是魔术师，会变好多好玩的魔术。她指着你手里拿着的那根烧红的凿子，对她说，那是一根魔法棒。她还骗她说，只要叫你舅舅，你就能带她玩，变好看的魔术。

听完刘小艳的讲述，你涕泪横流。

陌城的夜，骄奢又浮华，夜风吹来喧嚣与浮躁。

你跟着一身休闲却经过精心装扮的刘小艳，横穿几条街区，一直往陌湖方向走去。陌湖位于陌城的西北角，湖面宽广碧波荡漾，景色秀丽四时各异，尤其是一处绝佳的夏日消暑之地。走在陌湖岸边，一股清凉的风自湖面吹拂而来，顿时，身上黏稠滞重的不通透感觉，一扫而光，有种久病痊愈后的神清气爽。

刘小艳施施然地走在你的前面，对于你提出的任何心有疑虑的问题，始终三缄其口，只说跟着她走就行，到时自会明白。行至一座黑魆魆的小山前，道路戛然而止。不远处，一条不宽的石级，蜿蜒而上，直至黑暗深处。你刚想再次发问，刘小艳在山前一处灯光昏暗、林木茂密，非常不显眼的地方，一头扎进一条只有狭窄入口的地下通道。你谨记着她的叮嘱，把所有的疑惑不解吞进肚子里，一声不响地紧跟着她。

不久，你们进入一条山体裸露，足有两人高的幽深通道。你四下张望，步步向前。凭直觉，或者从抗战题材电影里得来的经验，你感觉这个地下通道，有点像战争时期遗留下来的防空洞或地下掩体。为了防止上方的泥土掉落，有人特意用细密的黑色尼龙网格，对地下通道进行了加固，同时，又起到了美观的效果。再往前走几步，一阵阵低沉浑厚的咚咚声，传至你的耳际，像来自地心的战栗。继续向前，声音越来越大，经过一个高大制服帅哥把守的入口，眼前豁然开朗，一个硕大的舞厅兼酒吧，展现在了你的面前。

整个空间大致维持着防空洞时的原貌，有种粗犷狂野之美，但它同时又是现代的，滚动着的熠熠生辉的激光灯、炫目的舞台、挂满玻璃杯的高高吧台、高脚凳、用贵重缎子做成的餐巾，彬彬有礼的侍应生，以及群魔乱舞的优雅男女，无一不显示，这是一个纸醉金迷的高档消费场所。这场景，这气氛，你以前只在电影或电视荧幕上见过，突然置身现场，让你有种入坠梦境的不真实感。

你跟着刘小艳，在面对舞台的一个角落，找了个位置坐了下来。她熟稔地挥手招来一个侍应生，然后对着他的耳朵，大声地说了几句话。没多久，两杯高高的像鲜血一样黏稠的红酒，几碟精致的小吃，摆上了桌面。刘小艳端起面前的杯子，向你示意一下，然后优雅地喝了一口。尽管她的视线低于你，你却莫名其妙地有种她比你高，正在俯视你的错觉。看来，一个人的气势或气场，有时候会提升一个人的心态和形象。

直到此时，你依然不知道她带你来这里有何目的，但她又不愿意明说，神秘兮兮的。从她的表情推测，你隐隐觉得可能和秋思有关，也许在这样的场合里，你能碰到她。同时，你又否定自己的猜想，按照刘小艳前几天的描述，秋思似乎没有到这样的场合来消费的能力。也许，她只是让你体验一下陌城丰富多彩的夜生活。

寻找到秋思，是你此行的目的。因为白雪的死，你对秋思的情感，变得复杂起来。先前，你潜意识里有种受害者的思维，虽然表面上装作无所谓的样子，但内心里却在屏蔽她，并试图忘掉那件事情，以阻止它对你的生活，产生后续影响。现在，你是因为心怀愧疚，而不敢见她。虽然白雪是她硬塞回来的，但她毕竟是一个活生生的人，岂能以常理视之，那不是你推卸责任的理由。你和秋思，有再多的怨怼，都和白雪无关，她是无辜的。你不知道该如何告诉秋思事情的真相，听了刘小艳的讲述，你知道她目前生活的动力，很大一部分来自白雪。你有种想要逃避，却退无可退的窘迫，像走进了一个死胡同，前无去路。你哀声长叹，白雪之死，可能是你和秋思之间，一个永世无法打开的死结。

确切地说，对于外面的世界，你没有像邓家铺子的其他年轻人那样狂热地向往。他们恨不得一辈子逃离那个穷山沟，不再回来的心态，你完全无法理解。传统文化的熏陶，让你养成了沉稳且守旧的性格特点，你更愿意沉浸在过往的那种舒卷的慢节奏生活里。都说城里的生活丰富多彩，你却无法感知，内心里时不时反而升腾起一种疏离感，更无法像众多农村人那样快速融入。

也是现实的逼迫，在这个垮塌掉一半、大厦将倾的家庭中，你不得不勇敢地承担起房梁的作用。秋先和白子服在世时，你不用过多地考虑家庭的收入支出，你只要做好自己该做的事情即可，甚至可以适当偷懒、躲避。他们去世后，你才知道，要维持一个家庭的正常运转，并不是那么容易。比如白远航在县城读书的学杂费，还有生活费，加起来就是一项需要穷尽家庭所有收入的支出，有时还必须适当借贷。

对于白远航求学路上的前景，秋水有着坚定的信心。她像打了鸡血一样，一天到晚似乎有使不完的劲儿，满满的激情。为了消除白远航可能因为没钱而辍学的后顾之忧，没有渔鼓可打的她，承包了十几亩农田，全部种上水稻，同时，她把离小溪不远处的一块荒草地，弄得平整，然后买来砖瓦，建起了一个硕大的猪棚，养了二十几头猪。为了伺候好那些猪，她每天扯猪草、剁猪草、煮猪食、喂猪，循环往复，忙得像个不停旋转的陀螺，但她并不觉得苦，内心里充满希望。还有让你想不透的一点，她从不怀疑白远航的话，问她要钱，她立刻给。有时，即使手头上拿不出那么多，她也会东借西挪，想着法子给他筹来。她说绝不能因为钱，让他在学习上分心。

有一天，白远航从学校打电话到村支书邓正午家，说没钱了，又冠冕堂皇地说因为上课没空回家来拿，并说让村里跟他同在一个学校的某某某，帮忙带去。听了邓正午的转述，你主动向秋水请缨，说你去送钱。白远航要的钱，比平时多出不少，你有点怀疑他是否在认真学习。他现在是在复读，上半年刚参加过高考。让你疑惑的是，他连高考成绩都不愿意跟家人透露，哭丧着脸说只差那么一点点儿分数，同时保证说再复读一年，肯定没有问题。秋水把他的话，奉为圣旨，一个劲儿地安慰他低落的情绪，说没事，考场上发挥不好也是常有的事儿。再复读一年吧，明年争取考个更好的大学。

后来证实，你的想法是正确的。你到他的班级找他，他不在。他的同学热心地告诉你，说他不住校，在外面租房子单住。在他同学的带领下，七拐八拐，终于在远离学校的一个闹市区，你找到了他租住的房间。敲门敲了很久，白远航才穿着大裤衩裸着上半身，顶着一头乱糟糟的像鸡窝一样的头发，迷迷糊糊地打开半扇房门，他大声地冲他同学问，什么事儿。当时，已接近中午，外面街道上，喧闹嘈杂，各种吆喝声，此起彼伏。

白远航瞥见板着脸的你，脸色刷地一下白了，连忙慌张地想要把门立刻关上。见到你，他像老鼠见到了猫，本能地要逃。你一把推开门，然后大踏步地冲进房内，说哥送钱来了，他难道还不欢迎？话刚落音，一声尖叫响起，一个白花花的裸体女人，在你的眼前一闪而过，然后快速地缩进了被窝，盖得严严实实。你吓了一跳，赶紧退出房，脑袋短路了一样，搞不清楚那是怎样的一种状况。你瞥了一眼房间，一张宽大而又舒适的双人床占了一角，床头有一张小桌，一把扶手椅，还有画板、画笔、颜料，以及时尚杂志之类的东西，好一处休闲舒适之所，怎么看都不像一个可以读书的地方。

等他们穿好衣服，再次打开房门后，白远航向你坦白了他的学习情况。他说他的学习成绩，并没有像秋水以为的那么好，属于中下水平，考一个普通的大学，他都完全没有把握。他说他第一次参加高考的成绩，离分数线差了一百多分。他又说，如果参加职业高考，比如美术专业，那么他的文化课成绩，就是个大优势，因为大部分艺术专业的学生，文化课成绩都不好。他说他从小就爱好美术，平时有事没事也画一画。当然，只是随手画画，不成体系，小时候美术老师还曾经夸他画得不错，说有天赋。于是，为了尽快提高画画的专业技巧，他报名参加了美术速学培训班。

你努了一下嘴，问他和旁边的女人，是怎么一回事儿。白远航低下头犹豫着说，他们是在培训班上认识的，她是一个人体模特。你上下打量了一下那个女人，她看起来有些年纪，不像仍在读书的小女孩。按照当时人们的审美，她绝对称不上漂亮，但身材好，容貌有特色，颧骨高耸，嘴唇细薄，小眼睛单眼皮，一笑眯成一条缝。但她无疑是有气质的，同时又充满自信，对于大众的审美，估计她也未必认同。她在你的面前，表现得沉稳从容落落大方，她甜甜地跟着白远航叫你哥，招呼你落座，给你倒水，俨然这个屋里的女主人。

白远航接过你手里的钱时，嬉笑着保证，说他一定会努力学习。不用为他担心，他懂得分寸。送你出门后，在一个嘈杂的街道边，他攀着你的肩膀，对着你的耳朵小声地央求说他们在一起，也就玩玩而已。千万别告诉老妈，拜托拜托。他一副哀求的模样，但仍然让你感觉到他骨子里的玩世不恭。他长得高大帅气，几乎综合了白子服和秋水的所有优点，只是性格，不知像谁。

音乐停歇，幽暗的灯光亮起，舞池中扭动的人群，纷纷散开，各自隐进四周昏暗的卡座里。不一会儿，舞厅内灯光全部熄灭，同时一束追光亮起，打在T型舞台的最深处，一根钢管和一位身材火辣的比基尼女郎，从地底缓缓升起。那女郎，脸上带着一个精致镂空的黑色面罩，你看不清她的面容。她一手扶着钢管，一手叉腰，身体扭曲成一个大写的S，大腿白皙而修长，脚踩“恨天高”，性感中透着神秘。钢管上升完毕，周围顿时爆发出热烈的掌声，有人甚至吹起了尖厉的口哨。

在众人的欢呼声中，她一纵身，手脚并用，几下爬到钢管的最顶端，如走平地。她用脚盘绕住钢管稳定重心，然后突然一松手，整个人头下脚上地迅疾坠落，就像一支离弦的箭。舞厅里，所有人的心，都提到了嗓子眼，生怕她一个控制不住，直接脑杵地，那就惨了。好在，人们的担心是多余的，她在头发将将扫到地面的同时，骤然停住，然后利落地翻身站起。这时，浪漫舒缓的小提琴曲《梁祝》响起，她像一只黑色的蝴蝶，在钢管上、舞台上，翩跹起舞。她的舞姿轻盈曼妙，在钢管上爬高走低，似乎完全不需要凭借任何人体的力量。你从未看过这样精彩的表演，顿时陶醉其中，你想不到一个现代舞蹈，一个古典旋律，却能如此完美地融合在一起。

而接下来的互动，却是你不想看到的。表演完毕，她赤着脚，从T台深处，风情万种地款款走来。拥挤在T台两边的男人们，举着手里钱，纷纷往她薄透的比基尼里塞。塞完钱，他们兴奋地尖叫着，有种摸到了赚到了的强烈快感。没多久，她的身上各处，胸罩间的乳沟里、内裤腰带里，都塞满了钱。她全程微笑着，对于男人们的咸猪手，能避开则巧妙闪开，实在避不过，只能自认吃亏。

就在躬身谢幕，黑色面罩不小心歪掉的瞬间，你看清楚了她的面容。

她是秋思。

陌湖边，一棵吊垂着大大小小树根，独木成林的粗大老榕树下，你追上了正匆匆赶路的秋思。见到你时，她热情地叫你哥，并夸张地给了你一个大大的拥抱。但她僵硬的身体、略显冷漠的眼神，你还是读出了她曾经的芥蒂。

这时，刘小艳冲着不远处一个丑陋的老男人挥了挥手，然后转身对你和秋思说，她有事，必须先走。你看她小跑着走过去，挽起那个谢顶且大腹便便老男人的胳膊，亲热地把头靠在他的肩膀上，然后说笑着上了路边一辆黑色的豪车。

收回飘忽不定的目光，你搓着手，不停变换着双脚站立的重心，不知道要如何开始与秋思的对话。你恨不得像廉颇那样，背着荆条，向她请罪。秋思热切地问你家里的情况，你机械地回答着，并忧伤地叙说了秋先和白子服去世的所有过程。顿时，秋思泪如雨下，她说她错了，不该任性固执，不该那么久不和家里联系。你含着泪，陪着她难过了好一阵子，过去的那些岁月，又如轻烟般，飘进心田。你看她伤心难过，不想再雪上加霜。你把已到嘴边有关白雪的话，咽进了心里。你想过几天，等她心态平和再告诉她不迟，你怕她经受不住连番的情感打击。

好一会儿，秋思擦干脸上的泪痕，抬手看了看手表，说她必须要赶着去下一个表演场地。她快速地从包里拿出纸笔，撕下一张便签，唰唰写下几行字，递给你说，那是她租住地的地址和电话，并让你有空一定去找她。同时，她又补充说，她以后一定会多跟家里联系的，不管什么方式，写信或电话。

不得不说一下，秋水也有一些怪癖，她排斥一切现代化的通信工具，尤其是电话。她说不见人只听见声音，说起话来没感觉。她不喜欢那样的交流方式。你出来时，她一再跟你强调说她不爱听电话，有什么事情跟她写信最好。她喜欢文字相信文字，并说见字如面。你记得有一次打电话到邓正午家，一直没挂，等着她来接电话。良久，她气喘吁吁地赶到邓正午的家里，拿起电话大声地问，有什么事吗？你本来没什么事，只是在外久了，牵挂她，想跟她聊聊家长里短而已。于是，你淡然地接话说，没什么事儿。哪知那头的她，快速而爽朗地说，没事啊，那挂了。你刚想出声阻止，她啪的一声，挂断了电话。你久久地站在电话亭里，哑然失笑，你能想象她挂断电话时的厌烦表情，像扔掉一个烫手的山芋。

后来，不是有急事，你不给她电话，一般只写信，详细地书写着你在外的所思所想。她很少会写回信，不是她不愿意，而是你经常变换地址，居无定所。常年在外游走的你，习惯了报喜不报忧，而且通常不会把自己所在的地址，署在信封上。跟秋水写信，大多时候，你都要隐瞒自己的真实状况，大大地粉饰一番，免得她过于担忧。

陌城打你的第一记响亮的耳光，是在你见到秋思不久后的某一天，你不仅没有找到工作，还把从家里带去的钱，被人骗得所剩无几。一天上午，你在陌城最大的人才市场里转悠，一个摊位一个摊位地读着招工要求，一看有合适的，则立马恭敬地投上简历。到了大城市里，你才知道，学历对于找工作，是多么的重要。只有拿不出手的小学学历，又没有任何工作经历的你，毫无疑问地被绝大部分招工单位，拦在了门外。一圈下来，你手里的简历，只送出了可怜的几份。某些招工人员，不耐烦或轻视的表情，让你大为沮丧，有种被歧视的强烈挫败感。你甚至看到一个招工人员，在你转身的瞬间，直接把你的简历，丢进了身旁的垃圾桶。眼角余光看到这个细节，你顿时有种受辱的感觉，仿佛自己被人轻描淡写地塞进了一个垃圾桶。你本来想走回去，把简历从垃圾桶里捡出来再递回去。但那又怎么样，你想你只会受到更多的鄙视。

那天的阳光，依旧毒辣，中午休息时，你蹲在外面一个阴凉处吃了一份快餐，然后靠着墙壁闭目养神，等着下午再去附近一个小的人才市场里碰碰运气。这时，一个戴着眼镜，穿着一身正装，面相斯文的中年男子，拍了一下你的肩膀，热情地问你是否正在找工作。你点了一下头，正面回应了他，眼里散发着期待的眼神。他递给你一张名片，说他是一个超大型电子工厂的人事主管。他介绍说他们工厂正在大量招聘工人，新熟手都可以，并说反正入职前，会对所有新员工进行系统的岗位培训。同时，他又不动声色地说了一番他们工厂如何如何好，包括各种员工福利，以及员工上升阶梯等，向你描述了一幅前途不可限量的远景。似乎只要去了他们公司，每个人都能大展宏图，必有一番作为。同时，他还夸赞你说他一看见你，就知道你诚实可靠。他说他们不怕新员工什么都不会，他们喜欢那些肯学，有上进心，能沉下心来学习的员工。他说他相信自己的眼光，说你肯定没有问题。

你被他夸得眉开眼笑，内心有种自己这个千里马，终于遇到了伯乐的心花怒放。顿时，你一扫上午求职遇阻的颓唐，变得开心起来。你想不管这个工作怎么样，至少能解决目前的现实问题，暂时在陌城安顿下来。他又说他可以带你去他们人事经理处面试，过了他那一关，基本上就没什么问题了。在去的路上，他还耐心地教了你一些面试技巧，并向你保证说他一定会在经理面前强烈推荐你，帮你说好话。

穿过几条狭窄的小街，你跟着他来到陌城大道，然后直接走进了路边一个装修得富丽堂皇的宾馆里。他跟你解释说，因为他们工厂在陌城的另一头，所以临时在这个宾馆里，设置了一个办事处，主要是为了灵活处理招聘员工中存在的问题，省却大家来回奔波的面试时间。这样即使双方不合适，也能尽快给出答复，不耽误大家继续找工作的时间。他又开玩笑说现在什么最贵，当然是时间最贵。对于工厂来说，节约招工时间，就是增加生产力。他对时间的解读，让你感觉新鲜有趣，心中顿时升腾起敬佩和信赖之情。

登上电梯，来到十三楼，迎面竖立的一幅某某工厂欢迎你的指示牌，更增加了你的信赖感。来到他所说的经理办事处，你看到房门上贴着用红纸黑字写的“面试处”三字。门口处，站了四个拿着简历，正着急等待面试的年轻人，三男一女，后面两位明显是一对情侣，交头接耳的样子，颇为亲密。他让你站到队伍后面等待面试，然后小声地对你说他先进去汇报一下，跟经理事先说说你的情况。说完他微笑着举了举握紧的拳头，做了一个加油的动作。他在门上轻轻敲了几下，然后推开虚掩的门，闪了进去。

你静静地站在他们的身后，等待前面四人的面试。不一会儿，门开了，一个女孩冲出来，她非常开心，红扑扑的脸上，挂满笑容。一定是通过面试了吧，你想，还真是羡慕她。同时，一种无形的压力从心底升腾起来。你既渴望尽快面试，又害怕面对不好的结果。就在你患得患失之际，前面几个人已经面试出来，有笑容满面的，有垂头丧气的，还有一个人看不出表情，一脸严肃地匆匆离去。你回头看时，又有好几个人，站在了你的身后。马上轮到你了，你有些激动，这是你人生第一次求职面试。你的心脏怦怦直跳，那么剧烈，感觉大有跳出来的可能。

走进房间，一张宽大的棕色办公桌，横在你的面前，一个穿着蓝色职业装盘着好看发髻的女人坐在桌后，她的鼻梁上架着一副白色框架眼镜，正埋头写着什么。意识到有人进来，她抬起头看了你一眼，然后露出职业的笑容，并友好地伸手示意你坐在她对面的一把蓝色的塑胶椅上。她说她刚刚听了某某主管有关你的介绍，并表示通过她自己这会儿的观察，非常认同他的话。你一听有戏，赶紧顺杆而上地推销自己，说你吃苦耐劳，学习能力强，一定有信心做好未来的工作。她点点头接过你的话，说这一点在见到你的一眼她就相信。她爽快地拿出一张入职表递给你，说填一下表格，去医院做个常规体检，就能去工厂报到。这么顺利，这是你没有想到的，你拿着表，认真地填了起来。

你填好表，交给她。她大致看了一下，然后用商量着的口吻跟你说，他们工厂规定所有员工在入职前，必须做一个常规体检，主要是排查有没有乙肝之类的传染疾病。看你露出不解的神色，她解释说他们那么大的工厂那么多人，吃住在一起，如果有人得了传染病，很容易引起交叉感染的，那样岂不麻烦。你恍然。

她又接着说他们会组织这几天的新员工统一去医院体检，但要先交费，加上随后的培训费、押金等其他费用，一共八百块，并强调说这些钱入职后一个月内，跟第一个月的工资一起全额返还。你从邓家铺子来陌城，只带了一千多块，除去路费、吃饭等花销，目前只剩下了不到九百块。你犹豫着，思索着是否要说出你的困窘，询问是否可以少交一部分，但一想到是统一规定，而且马上可以进入工厂，以后再没有别的什么需要花费，于是，你爽快地把八百块钱交给了她。

收到钱后，她谨慎地锁进抽屉，并麻利地给你开具了一个收据。她把收据递给你时，开玩笑说好好保留别弄丢了，要不到时别人领了你的钱，那就麻烦了。随后她给了你一张名片，说大概后天给她打电话，她会安排你去体检、入职，以及住宿等。她握着你的手，真诚地说以后大家就是同事了，有什么不懂的、需要帮忙的，尽管找她。

你微笑着和房间里所有人，一一握手道别，带着愉快的心情和对未来的无限憧憬。抑制不住兴奋之情，当天晚上，你还特意犒劳了一下自己，在路边的一个大排档里，吃了一顿不错的饭食。

沿海地区的热带风暴，你还是头一次见识到。那天，尚在大中午，刚刚的蓝天白云，不到一刻间，就被迅疾而来的乌云替代，就像川剧变脸，瞬间显现出另一副面孔，整个天空形如一个浓黑的大铁锅。高楼林立的陌城，顿时开启了黑夜模式，人们不得不提前亮起了灯，楼房的照明灯、街上的路灯，以及涉水行走的各种车辆的车灯。街道上，到处可见匆忙行走的尴尬路人，有人手中的雨伞，被吹得反了过去，有人被身旁呼啸而过的车辆，溅得一身的泥水，还有人拿不稳手中东西，被吹得四散飞舞。人们的生活节奏，失去了以往的井然有序，完全被突如其来的风暴搅乱。你坐在穿城而过的陌江边的一座大桥底下，内心也如眼前的狂风暴雨，无序肆掠。

与你坐立不安的神情相比，不远处一个看不清面容的男子，则要安然自在得多。他衣衫邋遢，躺在齐腰深的草丛里，鼾声阵阵，任凭外面狂风暴雨，雷声轰鸣。就在过去半天里，你拿起寄存在刘小艳家的行李，开心地和她告别，并感谢她的热情招待和热心帮助。你准备按照人事经理提供的公交线路，坐车去某医院体检，然后顺路跟她一起工厂报到。后面的这句话，是你打电话时，人事经理语气温柔地对你说的。

到达医院时，你没有见到说要等你的人事经理，于是你找了个座位，耐心地等待着。十几分钟后，仍不见人，你按捺不住，开始有点着急，心里想着千万别错过了体检时间。你四处寻找、询问，并拿出入职表给医院大堂里的导诊姑娘看。她忙里偷闲地斜着眼睛瞄了一下，漫不经心地说不知道。你刚要离开，她突然叫住你，说再给她看看。她拿着你的入职表，从上到下仔细地看了一遍，然后用肯定的语气说你被骗了。她说这两天有好几个人，拿着同样的入职表来这里体检，其实那个工厂根本不存在，是有人打着幌子在招摇撞骗。你不信，本能地回应说怎么可能。那导诊姑娘，翻了一下白眼，不置可否地说，要不你再打电话问一下。

你拿出名片，走到医院大堂里一个插卡电话机前，手指颤抖着拨通了那人事经理的电话，没人接，再打，依然没人接。你不死心地接连拨了十几次，然后一个甜甜的女声响起，说你拨打的电话已停机。你抱着侥幸的心理想，也许她的电话刚好欠费呢，不能着急，不能自乱阵脚。你站在原地，差不多等了一个小时，四处张望着，期待她的出现。你再次打过去，依旧是停机的提示音。你执拗的脾气，这时也腾地一下上来了。你背着行李，登上公交车。你对自己说，宾馆的办事处肯定还在吧，去那里找他们。

一路辗转，等你进入宾馆的电梯时，你发现显示板上根本没有十三楼。你逐层逐层地寻找，找遍了宾馆所有的楼层，依然没有发现曾经作为办事处的那间房。你满头大汗地去宾馆前台询问，一个身着制服瘦瘦高高的小伙子，彬彬有礼地对你说，这个宾馆因为是涉外宾馆，所以不设十三楼。你跟他说有个某某工厂，前几天还在这里招工，云云。他睁着惊奇的眼睛，不可置信地摇头说，他不知道，宾馆一般不会管房客的事情。有公司或工厂，来这里开会或聚会，是常有的事。你还待继续絮叨下去，他礼貌地打断你说，没别的事，他要去忙了，不好意思。

毒辣的阳光，加上内心的沮丧，你无精打采地走在大街上。你的背全是汗水，黏黏地贴着皮肤，半天前的雄心壮志，似乎立刻被这高温天气蒸发殆尽。你的脑袋似乎软化成了一摊糨糊，思维凝滞，运转不开。意识里只有一个声音，在固执地提醒你，再找不到工作，就要忍饥挨饿了。

大街上因为堵车排成长龙的车辆，让你异常烦躁。光鲜靓丽的陌城，在你的眼里，完全丧失了生气，没有一点可爱之处。此时，你的心情，如果用一个数学函数来形容的话，那一定是分段函数，从早上的上限一百，一下跳到无限接近零，也像你打铁时一个烧红的滚烫凿子，突然被丢进水里淬火，快速降温，瞬间冷却。你无心欣赏陌城的高楼大厦，以及繁花似锦的街道布景，只一个劲儿地沿着一条大道，一直向前，漫无目的地穿过无数条街道和十字路口。一个鼓胀的红色塑料袋，从你的眼前呼啦啦飞过，你才注意到你走在一座大桥上，并且天气也发生了逆转，狂风大作，乌云密布。

就在陌江大桥的桥底，你认识了唐三皮——那个躺在草丛里呼呼大睡的邋遢男子，并因为他的帮助，你度过了在陌城最初的艰难时期。他翻身坐起时，潇洒地丢给你一支烟，说哥们儿，刚来陌城吧。刚刚被骗，你本能地保持着警惕，尽量简短地回答着他的问话。他不羁的形象，邪魅的笑容，以及浑身散发的痞子习性，让你不自觉地产生强烈的抵触情绪，并主观地认为你和他不会是同一类人。他的年纪身高，都和你差不多，却见多识广思想成熟，说起话来一套一套的，语气口吻像极一个闯荡江湖多年的老大哥。

你那些在村子周边打渔鼓得来的社会经验，在他的面前，简直不值一提。他说在大城市里找工作，没有学历的农民工，哪里称得上人才，根本不用去什么人才市场找工作，直接去陌城的工业区走一圈就能搞定，大把工厂在门口贴着招聘公告。他又说工厂的工作没一点意思，每天重复一样的事情，最主要是管得死没自由，简直比坐牢还难受。他最后爽快地总结说既然咱们有缘相识，他可以带你去附近的一个建筑工地干活，保证比工厂赚得多。他看你露出迟疑的表情，马上笑着说不要押金不要体检，只要你能坚持做下去就没问题。

唐三皮善谈，从递出的第一根烟起，他的嘴就没有停过，像关不紧的水龙头，一直滴答滴答地流泻着。你一边听他说话，一边欣赏着陌城上空的风云变幻，从台风过境，彤云密布，到华灯初上，再到车少人稀，直至整个陌城，陷入沉睡。基本上，你一夜无眠，有时刚闭上眼，成群的长脚蚊又呼啸而来，把你咬醒。唐三皮跟你不同，他能说也能睡。到最后，说到实在是无话可说时，他把头往后一仰，头枕青草，立刻鼾声大作，蚊子叮还是虫子咬什么的，对他一点儿不起作用。

不过后来，你也慢慢习惯了蚊叮虫咬，因为所处的环境，不容你有过多的讲究，除非不睡觉。人的适应能力，其实挺强的，就像一根弹簧，伸缩自如。住在建筑工地的前几个夜晚，你与蚊子搏斗着，硬抗着顶过去，但有一夜，你终于斗不过疲累的自己，在一栋没有完工堆满各种杂物的楼房里，呼呼睡去，像一头死猪。第二天醒来，你麻痒难当，满身满脸都是红点，就像一个战场上被打成筛子的烈士。唐三皮从他的包里拿出一盒清凉油，远远地丢给你，同时取笑说没见过你这么细皮嫩肉的，唐僧肉吧。

唐三皮说他皮糙肉厚，蚊子咬个包算个球，第二天准好，他说要达到他那样的境界，必须以毒攻毒。为了证明他说的方法有效，他经常拉着你随便找个地方就睡，有时在臭气熏天的垃圾场边，有时在鼠蚁横行的桥洞里，甚至有时在堆满枯枝败叶的坟场。只是，你终究没有成为像他那样的体格，反而每次都弄得一身的包，然后花大量时间去痊愈。同时，你也得出一个结论，随时随地都能睡着，是唐三皮的天赋异禀，你学不来。

唐三皮是一个精力充沛的人，也经得起折腾。每天，你跟他一样，把沙和碎石铲到搅拌器里，再把拌好的混凝土，接到一个吊桶里，再通过钢索吊往楼顶。这样的工作，除去中午短暂的吃饭时间，一直要不停地持续十一二个小时。你累得不堪负荷，腰酸背痛，真想直接趴在地上。他却没事儿一样，一收工，四处找人聚众抽烟。在烟雾缭绕中吹牛，说些不着边际的话，是他的一大嗜好。你听他讲了几次以后，得出的结论。基本上他说的话，你能信个十之一二即可，其他全是水分。有时找不到一起抽烟的人，他还去附近工厂女工宿舍的楼下闲逛，见到某个入眼的女孩，他就吹起口哨，高声喊靓女靓女。

也许擅说的缘故，好些年轻单纯的女孩，敌不过他的甜言蜜语或迷魂汤，前赴后继地跟他上床。他对自己的魅力，颇为自信，并不时在你的面前，自夸一番。偶尔，他见你无聊，想要拉你一起去找女人，你严词拒绝，说不感兴趣。每次，他都粗鄙地嘲笑你，说你假正经或性冷淡，然后丢下一脸愤怒的你，吹着口哨扬长而去。

记得有一段时间，你和他赖着住在一个即将完工，一室一厅格局的工厂宿舍楼里，他住房间，你住客厅。好几个晚上，他都带不同的女孩回来过夜。毕竟年轻人，半夜忍不住，他们弄出很大的声响，常常惊醒你浮浅的梦。他们在房间里的肆无忌惮以及酣畅淋漓，让躺在客厅地铺上醒来的你，听得脸通红心狂跳，眼前不时浮现出各种想象的画面。你不得不用棉球堵住耳朵，收敛心神，才能勉强入睡。

建筑工地打零工的日子，你老是有一种无处安定的漂泊感，吃不好，也睡不安。

你喜欢安稳平静的生活，对外界快速变化的感知，更是慢人好几个节拍。唐三皮跟你不同，他喜欢刺激冒险，喜欢不受约束的自由自在，打零工对他来说，正合他意，并且对于未来不可预知的生活，他总是充满着乐观的期望。

你认为的那些枯燥乏味的打工日子，唐三皮却能过得花样百出，活色生香。他经常攻击你，说你虚伪，不能正视自己的欲望和性需求。他说男人找女人，很正常，就像穿衣吃饭一样普通，不必抱守那些过时的传统观念。他还说这个社会没有所谓的坚贞爱情，梁山伯与祝英台那都是骗人的。对于他的这些论调，你偶尔反驳一下表达不同的观点，但每次都被他有理有据的猛烈回击，说得哑口无言。在诡辩方面，他有着压倒性的优势，你不是他的对手，只是你嘴上承认他对，心里却未必那么想。

陌城的城市发展非常迅猛，一块地前不久还是杂草丛生的荒地，在建筑工人们夜以继日的努力下，似乎没几天就变成了一个庞大的工业区。随后，潮水一样地涌来各种人员，并很快衍生出人来人往的热闹街市，各种消费场所，比如小超市、溜冰场、发廊、饭馆、桌球馆，等等，也随之而来。

有一段时间，唐三皮特别喜欢洗头、剪发，有事没事，就往建筑工地外不远处的几个发廊里钻。刚剪过没几天的头发，他不是嫌脏，就说太长了，恨不得每天泡在发廊里。每次洗头或剪发回来，他都精神焕发，仿佛换了一个人。他洋洋得意地和你分享发廊里的见闻，说某某洗头妹清纯可爱，某某女理发师身材性感、眼神魅惑，等等。同时，他不无遗憾地感慨说，如果能把她们俩人的优点，组合到同一个人身上，那就更完美了。他的这种感慨，是男人们常有的秉性，希望女人既清纯又狂野，对立又融合。不过人性就是如此，人是矛盾的综合体，唐三皮也一样，概莫能外。

工作以外的生活，确实也无聊。除了吃饭、睡觉，你做得最多的事情，就是坐在那些还没有完工的建筑物楼顶，看着陌城的天空发呆，想着心事，或是拿一份报纸，逐字逐句地看，直到日暮笼罩看不清报纸上的字，才作罢。还有，在唐三皮的熏陶和蛊惑下，你学会了抽烟。他经常在你的面前潇洒地吐着烟圈，还厚颜无耻地说，既然躲避不了抽二手烟，你还不如直接抽一手烟。你想想也对，于是开始抽起烟来。很快，在烟雾升腾中看报纸，成了你休闲时光的标准配置。

你所在的工业区，只有一个报刊亭，还离得挺远。不过，你完全不介意，收工后，你正好可以利用不知道如何打发的下班时间，踱着步走过去，然后再慢慢地走回来。陌城的街道，到处栽种榕树，宽大的树冠散开，可以遮盖整个人行道，吊垂的细须，迎风摇摆。走在树荫下，陌江清凉的风，从远处吹来，一天的疲累似乎也在晚风的吹拂下，消散而去。你享受这样随性而惬意的休闲时刻。

不知道从什么时候起，每到日暮降临，榕树下，隔不多远，就能见到一个打扮得或清纯飘逸或花枝招展或性感暴露的女人。有男人经过时，羞涩一点的，她会一直盯着人看，媚眼如钩。稍微大胆一点的，她会神秘兮兮地招手，甜糯地叫帅哥帅哥。而更加放荡的，她会直接冲上来拉着人的手，说帅哥，要不要玩一下。每次买报纸往回走，你都要被她们逐个儿骚扰一番，有时也能见到她们在跟人打情骂俏，嬉笑着讨价还价。谈好价钱后，他们就像一对亲密的情侣那样，勾肩搭背地消失在夜幕里。

有一天，唐三皮无聊，说要跟你一起去买报纸，顺便散散步。虽然你们在某些方面没有共同语言，但大部分时候，还是能聊到一起。加上年纪差不多，他更愿意和你聊天。建筑工地上另外的农民工，都是些年纪偏大的男人，他们要么拖家带口，要么木讷呆板，按唐三皮的话说，都是些就算被踩着了也放不出一个屁来的闷葫芦。跟他们交流无疑是困难的，他没有那么多的耐心和精力。

那次，你和唐三皮一边抽着烟一边闲聊，目光不时瞟向路旁榕树下站着的女人。见到稍微漂亮的，你们就头碰着头，小声地品头论足。突然，他停住脚步，被路边一个穿鹅黄色连衣裙的女人，吸引住了。他对你说了一句对不起了兄弟，然后迈着轻快的步子，一摇一晃地走了过去。走路时身子左右轻微摇晃，是他认为最拽也最帅的姿势，理由是，电影里他最崇拜的偶像演员，也那么走路。

那女人披着一头长长的海藻一样的黑发，长相清秀，目光纯净，一点儿看不出是做这一行的女人。你直觉认为，她可能是被逼无奈，或者，她根本不是，谁规定站在树下就一定是呢。美好的事物，总让人心生怜惜。

你在心里浮想联翩，完全忘了唐三皮重色轻友这一回事儿。这时，一声清脆的耳光声传来，你看见那女人，正一脸愤怒地冲着唐三皮骂，臭流氓。骂完，她整了整连衣裙，抓紧肩上的包，从容地登上了一辆刚好停下来的公交车。唐三皮捂着脸，沮丧地回到你的身边，带着无限回味又满是遗憾的语气说，那女人真漂亮，就是脾气大了点儿。你抑制不住地哈哈大笑，比听到任何好笑的笑话，都开心。

榕树下的乌龙事件后，唐三皮再也不敢随便和女人搭讪谈交易。每次你取笑他时，他为自己的行为狡辩，说他的眼光就是好，一眼就能从众多女人中找到最出色的那一位。而且，他并不认为被女人打一记耳光，是什么丢脸的事情。他说追女人，这么点代价算不了什么，那些漂亮的女人，就算让他在众人面前放下自尊，他都没有问题。他说只有那些他眼里的美丽女人，才值得花时间、花精力去追求。

他永远有一套自认为正确的爱情理论。

对于情与欲，他说他永远在追逐的路上。他认为满足眼前的肉欲，比谈那些虚无缥缈的情感，来得更为重要。他说他是坚定的肉欲派，完全接受不了所谓的柏拉图式的精神恋爱。他的行为，也在践行着他的这一观点。每到一个建筑工地，附近哪里有这样的特殊消费场所，他很快就能嗅出来，比狗鼻子还灵敏。

有一天，他指着街对面的一个发廊，对你说那个店肯定有问题暗藏着特殊服务。你不懂，反问他怎么看出来的，不是很平常的一个理发店吗？他说你看，坐在透明玻璃门后的女人，打扮得时尚性感，她什么也没做，只坐在一把高脚凳上。一看到有男人从门前走过，她就嗲声嗲气地喊，帅哥帅哥，来洗头呀。你不解地问，说来洗头，不是很正常的一句话吗？唐三皮白了你一眼，说你怎么还这么单纯，该好好进修一下。然后，他话锋一转，说要不哥带你去玩玩，实地考察一下。你被他一激，脖子一硬，说玩玩就玩玩，有什么了不起的。

你跟着唐三皮，走进了那家店。一个女人笑着迎了上来，他指着你大大咧咧地对她说，我这哥们第一次来，找个靓点的女孩给他洗洗头。那女人看了你一眼，暧昧地摸了一下你的手，说真帅一小伙，并问你她帮你洗头咋样。你看着她浓妆艳抹得看不清年龄的脸，本能地说能不能换一个。她笑着啐骂了你一句，说谁说的他不懂，猴精着呢。说完，她安排你俩上楼进了相邻的两个包房，然后说帅哥等会儿，靓女马上来。

所谓的包房，不过是一间几平米的小隔间。房内灯光昏黄朦胧，刚进去时，一下适应不过来，你几乎什么都看不见。你摸索着坐在一张只比一人宽不了多少的皮质小床上，搓着手，傻傻地干等着。隔音效果不好的缘故，隔壁的唐三皮已经和一个女人开始打情骂俏了，女人吃吃地笑，淫荡地说些挑逗的含混语句，他则宝贝、心肝、亲爱的一通乱叫，随后又传来他们接吻和喘息的声音。你醍醐灌顶似的，一下明白了洗头的隐晦含义，难怪房间里，什么都没有，只有一张小床，根本就不是平常人们所说的洗发剪发的场所。这时，隔壁已经进入鏖战状态，地动山摇。

你刚想起身要走，一个穿着爆乳装的年轻女孩，走了进来，她娇滴滴地向你鞠躬道歉，说帅哥久等了。她一边说一边坐在你的身旁一只手顺势伸向了你的大腿根部。她见你不动，身体还有轻微的战栗，于是紧贴着你，在你的耳边轻声问，第一次吗？你身体僵硬，像一根木棍，直戳戳地挺着，紧张到完全不知道怎么办。她拿起你的手，放到她的胸脯上，同时用一个过来人的口吻轻松说没事，她教你。

你奋力抽出手，一把推开她，慌不择路地逃离了发廊。

包工头胡斌是一个面相憨厚，瘦得像一根麻秆一样的中年男人。他眼窝深陷，颧骨突出，瘦长的脑袋两侧，挂着一对大大的招风耳，跟相声大师马三立颇为形似。只是，他可没人家相声大师那么有幽默感。他从不说笑，一天到晚板着个苦瓜脸，好像所有人都欠他钱似的。现实却调了个头，反而是他，经常拖欠工人们的工资。

刚进建筑工地时，你还能看到胡斌没事叉着腰，站在一旁指挥你们干活，一副意气风发，指点江山的模样。后来，他很少关注工地的施工现场，你经常看到他低着头，夹着包拿着一串钥匙，愁眉苦脸地钻进他的那辆破旧的二手车里，然后打火启动，往市中心开去。直到傍晚，在大伙儿收工吃完饭的时候，他又风尘仆仆地回来，依旧板着看不出表情的苦瓜脸。

他走进建筑工地边，用木板搭起来的简易厨房里，拿起碗筷，随便舀一碗铁桶里剩下的汤，在菜盆里捞一点肉片菜叶，然后蹲在路边呼哧呼哧地埋头吃下一大碗米饭。做饭的阿姨，放下正在洗的碗，甩了一下手中的泡沫，走过去一脸歉疚地跟他说，如果提前说一声回来吃饭，她会给他预留一份。他端起碗喝了几口汤，咕噜咕噜地咽下，含混着说没事没事，这样挺好。她又说煎几个鸡蛋吧。胡斌连忙阻止，说不用不用，都快吃饱了。

唐三皮跟胡斌是老乡，还是沾亲带故的亲戚。他能从他微弱的表情变化里，看出预示的内涵。你偶尔听见他跟他说表叔，不能跟那帮人讲什么诚信、契约之类的废话，他们就是一帮欺软怕硬的人。胡斌笑笑说他还年轻，有些事情不是表面看到的那么简单。随后他又说，他会尽快处理好的，工资拖不了多久。

对于工资拖欠的问题，工人们似乎已经习以为常，迟发半月一月，都能接受。他们大多都是胡斌的老乡，从老家跟来陌城打工，对他无条件信任。胡斌之所以取得大家的信任，跟他几年前的一次玩命行为大有关系。那是他带着一帮土得掉渣的老乡，接到的第一个工地项目，他自己也垫进去不少钱，但到结款时，比他大一级的包工头，却推三阻四，躲着他面都不见。他东挪西借，硬撑着又坚持了一个多月，后来实在不行，想不出别的办法，并且马上就要断粮断炊。他想一大帮老乡跟着他拼死拼活地工作，不仅钱没赚到还搭进去好几个月时间，他不能再一味忍让下去。于是，他果断地停掉工地的工作，一天到晚跟踪大包工头，记录他经常出入的场地。掐准时间地点后，他开着一辆泥头车，拉着一大帮老乡，手持各种工具，在一个娱乐城的门口，截住了大包工头。

大包工头一见他们的架势，知道打哈哈混不过去，于是发誓赌咒地保证说这两天一定给结款，并说他现在有客户要陪，让胡斌带着大伙儿先回去，明后天他让财务结清欠款直接送过去。大伙儿已经听不进他的话，他的信誉早已破产，不起任何作用。他们纷纷表示必须立刻给钱，要不然他走不了。他见所有人一副义愤填膺的模样，于是也板起面孔，威胁胡斌说还想不想继续做生意。胡斌冲上去一把抓起他的衣领，怒气冲冲地说，你都不让人活了，还做什么生意！

大伙儿齐心合力地把胖得像一头猪一样的大包工头，抬上泥头车，说让他给财务打电话，立刻送钱过来，要不他也别回去了。大包工头吼叫着，说他们在做违法的事情，还虚张声势地说要报警。胡斌看了他一眼，平静地说如果不是他把人逼到山穷水尽的地步，他们怎么可能出此下策。他开着泥头车，把大包工头拉到陌江大桥下一个偏僻的地方，十几个人拿着器械围着他，默不作声。大包工头心里阵阵发虚，寒毛直竖，他以为他们要干杀人灭口的事情，于是赶忙打电话催钱，声音颤抖。

很快，拖欠工资的问题得到了解决。胡斌在工人们心中的威信，也就在那时候形成的，并且听说那件事情的圈内大佬们，再也不敢刁难他，不敢把他当软柿子捏。当然，他还是以和气生财为准则，不到逼不得已，谁也不愿意做那种游离在法律边缘的事情。他喜欢大家都讲诚信、重契约，按照事先的约定办事就行。由于他所带的团队，施工质量过硬、工期有保证，还是有很多建筑工地，愿意跟他合作。

在所有工人中，只有唐三皮一人，受不了工资拖欠。他开销大，额外支出多，常常寅吃卯粮。一到月底，他就嚷嚷着说穷死了，等着发工资填补空缺，同时到处嬉皮笑脸地这个借点，那个蹭点。他之所以跟你关系铁，其中最重要的一个原因是，他向你借钱时，你很少拒绝，并且从不催他还钱，并且你买的烟或是其他生活用品，都是随便他使用。当然，他也懂得把握尺度，知道有借有还，再借不难的道理。你那时候没什么别的额外消费，除了买点报纸杂志，偶尔买几本实在喜欢到不行的书。一发工资，你大部分钱都寄回去给了秋水，只留很少一部分零用。所以，通常也没有多少钱可以借给他。他有时候觉得很奇怪，说你是不是在家养了老婆孩子，要不怎么那么老实，既不谈女朋友又不花钱。

你不愿意跟他讲你过去的事情，感觉他理解不了，或者说你不善于向人倾诉内心的隐秘。他倒是喜欢跟你讲他的过往，喋喋不休，不听都不行。你记得他说得最多的一次，是在一个人声嘈杂的夜晚。你们俩光着膀子，坐在宿舍楼顶，望着陌城见不到多少星光的夜空，就着几包零食，一边抽烟一边喝着廉价的啤酒。

喝得微醺后，他谈性大起，像一列失控的火车，完全刹不住车。他说他有一段不堪回首的灰暗童年。他说如果可以，他宁愿没有童年时期的记忆，为什么要让他记得那个时间段的事情？但说完，沉默了一会儿后，他又自我安慰地说，唉，如果真的没有了那段记忆，他更像一个无根的浮萍，他怎么向别人描述他的母亲呢？不管怎么样，她也是一个生下他，给他生命的人，虽然她带给他的尽是一些辛酸的记忆。

他说从记事起，他就感觉自己生活在别人的指指点点中，尤其让他受伤的是村里同龄小伙伴们的嘲笑，因为他有一个痴傻的母亲。他的母亲从哪里来，没有人知道，村里人问她，她也说不明白。她虽然是个白痴，呆呆傻傻，但人长得还算周正，村里的单身汉们有事没事就去找她嬉戏调笑。在好心人的救济下，她住进了村里一个废弃的烤烟房里，每天这家给一顿吃的，那家送点用的。她不知道冷热，对外界温度变化没有感知，夏天穿很厚的破旧棉衣，冬天又打着赤脚在雪地里乱走，饿了就去垃圾堆里翻找能吃的。村里人都怜悯她，尽量让她活得有尊严点，谁也不知道她哪一天就会死去。

但让村里人瞠目结舌的是，有一天，她被有经验的老太太发现怀孕了。这个消息在村里炸开了锅，人们纷纷猜测她肚子里的孩子究竟是谁的，但没有一个人出来承认他就是肇事者。他的亲生父亲是谁，至今在他们村里都是个谜，也许是村里的某个单身汉，迫于舆论压力不敢承认，也许只是某个过路客，有过一晚后，就再也没有返回。众说纷纭。

她不知道自己的肚子为何越来越大，反而觉得很好玩，每天露着肚皮，挺着身子，在村里走来走去。村里的女人看她实在可怜，就轮流着帮助她，让她不时能吃点好的，补充营养。她吃完也不知道感激，有时莫名发脾气，把碗摔掉，然后骂骂咧咧地扬长而去。村里人知道她的情况，也只能苦笑着摇头叹息，有心软的人还会抹眼泪，担心她生下孩子时，会不会把小孩摔死。

她的生产过程非常顺利，在接生婆的帮助下，她在狗窝一样的床上，生下了他。也没有发生像村里人担心会摔死小孩的情况，反而，她像一个刚下过蛋的母鸡，死死地守护着自己的小孩，她把他轻轻地抱进自己的怀里，生怕别人抢走，脸上还洋溢着开心的笑。看着她恢复正常的模样，接生婆还以为生孩子的过程治好了她的病。由于村里大部分人都姓唐，于是有人帮他取了个名字叫唐三皮。

村里有人试着抱走他，但没有一个人能做到。她只要一看到不熟悉的人靠近，就会又打又闹，甚至用口咬，在看护孩子这件事情上，她表现出了少有的耐心和专注。而且她还能分辨谁对她好谁对她有企图，感觉非常敏锐，她把自己全副武装了起来。

村里有一对姓唐的夫妻，因为无法生育，人到中年了还没有小孩，他们非常喜欢唐三皮，于是唐家妻子就经常去帮着照顾，把他当成自己的小孩，尽心尽力。在村里人的帮助下，唐三皮没有离开自己的母亲，且慢慢地长大了。

从唐三皮有记忆以来，大概四岁开始，他每天都要去村里的田间地头，或是某个垃圾堆旁去找自己的母亲，然后把她牵回家。而只要一看到自己的儿子，她就会停下正在做的事，讨好似的跟着他乖乖回家。她只听他的话，只要他说这件事不能做，她就真的再也不去做。小的时候，唐三皮感觉不到村里人对他们母子的异样目光，也不知道那种目光背后的含义。随着年龄的渐渐增大，他知道了母亲是一个痴傻人的事实，也理解了别人为何取笑他的原因，他的内心开始发生变化，有了自尊心。他慢慢地开始对母亲心生厌恶。

他说他跟小伙伴们一起戏弄自己的母亲，用小石子打她，逗得她发怒，让她追着他们跑。他清楚地记得他们用小石子打她的那天晚上，他看见她的额头上有一个大大的青色的包，上面还有黑色的凝固的血。她看见他回家，咧开嘴笑，完全忘了刚才的疼痛和愤怒。同时，她也感觉到了他对她的疏远，怯怯地不敢靠近，生怕惹怒他。小时候的他，叛逆顽劣，他用暴力反抗着别人的攻击，以为那样就能保护自己免受伤害。

他的母亲是在一个寒冷的冬天去世的，那一年他十岁。她静静地躺在床上，脸色惨白，嘴角微微上扬，似乎带着开心的笑，但是她再也不能冲着他傻乐了。村里人叹息着告诉他，说他母亲不知道为什么，这么冷的大冬天硬要去摘池塘中央的一朵枯死的荷叶。她赤脚踩过冰面，摘下荷叶，往回走时不小心掉进了冰窟里，她湿漉漉地爬上来，没多久就被冻死了。看着丢弃在地上的一朵枯荷，他再也忍不住，失声痛哭起来。他知道她为什么要去摘那朵枯荷，那是因为前一天晚上他跟她说，他想吃荷叶包饭。他其实也不知道饭还有那样一种吃法，是他前几天在别人家看电视时，看到电视上的有关介绍才知道的。回到家，他一时心血来潮地说了那么一句话。想不到，她记住，还去做了，并丢掉了自己的性命。一天后，他的母亲被村里人草草掩埋。他后来想，她的脑袋那么糊涂，怎么还知道池塘中央枯死的就是荷叶？就算再痴傻，她还是知道他是她的儿，并对他付出了全部的母爱。

成了孤儿后，唐家夫妇正式收养了他，并把他当儿子一样细心呵护。他在他们家生活了六七年，由于对读书没有多大兴趣，也看不到读书改变前途的希望，他就辍学了，跟着村里的人来到陌城，开始了他的打工生涯。

在陌城落下脚，稍微稳定一点后，你去见过一次秋思。你想你必须告诉她有关白雪的事情。

那是一个傍晚，夕阳西垂，天空像着火了一样，红彤彤一片。秋思背对着你在厨房里炒菜，阳光透过窗户，打在她的身上，留下或浅或深的光晕，让人有种虚幻的错觉。她穿着浅色薄透的纱衣，黑色的内衣若隐若现，挑染成黄色的头发随意地挽成一个发髻盘在头顶，露出修长白皙的脖子，现在的她多了一种成熟少妇才有的迷人韵味。

她没有住在刘小艳所描述的黑乎乎的出租屋里，而是住在了另一处宽敞明亮的房子里。你很高兴，她摆脱了过去的窘境。吃饭时，你期期艾艾地谈起白雪，想把话题引向你见她的目的。她似乎知道你想说什么，平静地接话说，前段时间她打电话给秋水，然后特意回了一趟邓家铺子，全都知道了。她长叹一声，说她不怪秋水，在那么大的打击下，她一时疏忽照顾不过来跑得飞快的白雪，也是没有办法的事情。她说她没有任何责怪她的理由。她说一切都是命，如果她不把白雪送回邓家铺子，岂不是什么事儿都不会发生。她说她自己也有错，不该赌着气，好几年不和家里联系。她以为人生很长，以为很多事情可以留待时间来慢慢消融化解，哪知人生如此无常。

听了秋思的话，你一脸震惊。很显然，她了解到的不是事情的真相。秋水又向秋思撒了谎，她兜住了白雪之死的所有责任。你能理解她的苦心，她不希望你和秋思之间的裂痕，越来越大。她对你，还是心存偏袒。她宁愿秋思恨她，而不是恨你。

秋思说她承认以前对秋水是有怨恨的，尤其是她逼着她和你结婚这件事情。她说她从小到大，只把你当哥哥，虽然村里经常有人取笑你们俩，但她也只当他们开玩笑，从未往深处想，更别说对你产生男女之情。那时她一心向往外面的世界，只想快点离开邓家铺子那个落后的小山村。她假装答应和你结婚，主要目的也是为了能弄到身份证。她说她以为她还没到法定结婚年龄，一定结不了婚，哪知秋水想办法改大了她的年龄。她说她本来还天真地想在新婚之夜和你商量，让你给她身份证。她说她那时把一切问题都想得非常简单，完全小孩子心态，以为婚姻就像过家家，玩玩而已。她又强调说，那时她并没有和任何人谈恋爱，只是和王小树彼此有好感，他们当时连手都没有牵过。她说不管你相不相信，她和王小树的缘分，源于一次搭脉。

她说她仍然清晰地记得她第一次见到王小树时的感觉。那是一个大冬天，天空中飘着鹅毛大雪，地冻天寒。她因为感冒，搓着冰冷的双手去学校附近一家中药店买药。那天刚好王小树值班，他帮着打理家里的药店。一开始，他们没什么交流，目光都没有碰到过一起。她站在柜台前，默默地等待着忙碌的王小树处理前面顾客的配药。只见他，飞快地抓药、称重、打包，所有动作，一气呵成。一会儿，他处理完所有顾客，微笑着问她需要买一些什么药。她说她也不知道感冒鼻塞该买什么药。他伸过手来，说让他给她搭搭脉。就在他的手指接触她的那一刻，一股异样的感觉，在她的心里，荡漾开来。

这时，眼角余光中，她看到王小树面前柜台上的一盆小小的植物盆栽，光秃秃的枝干上，正以惊人的速度冒出嫩绿的新芽。一眨眼的工夫，嫩芽变成了宽大的绿色树叶。她睁大眼睛，不相信眼前发生的一切。就在她迟疑间，她的四周，墙壁上、地上、玻璃上、柜台上、凳子上，以及秤盘上，到处都长满了绿莹莹的藤类植物，仿佛突然有人在这间房子里，施展了一个奇妙的魔法，让她置身在童话的世界里。空气里飘荡着浓郁的生命气息，充盈着蓬勃向上的力量，她深吸了一口气，感觉前所未有的舒畅，如在春天。

离开中药店后，一切又回复到了原来的酷寒模样，瘦水寒山。她嘲笑自己，说那只不过是一时的幻觉，怎么可以当真？第二天，鬼使神差地，她又忍不住专程赶去中药店试了一次。那天，王小树工作的柜台前，排起了一条长长的队伍，等了很久才轮到她。在此之前，什么都没有发生。当王小树伸出手，再次搭上她的脉时，前一天的场景又重现了。她想，这必定是冥冥中的暗示。她想她喜欢上了他。不过他后来说，他根本不会什么搭脉，只是做做样子，并且，他对传统中医没什么兴趣。他说搭脉是个幌子，因为在他们目光对视的那一刻，他有种强烈想要和她搭讪的冲动。

她要和你结婚的消息，她不知道他是怎么知道的，也许是她的某个同学或是其他人透露的，反正她没有主动告诉他。在他们相互认识没多久，秋水就开始筹划结婚的事宜，根本没有时间让他们去展开一段恋情。那一夜，他说他只是来为他们之间的朦胧情愫，画上一个圆满的句号，没有别的企图。她抱住他时，情绪复杂，有情不自禁，也有依依不舍，但更多是一种道别。你的一巴掌，打醒了她，也让她看清了自己。她觉得，你只能是她的哥，她没有办法跟你发展亲情之外的情感。她说她的逃避，是内心本能的选择。

她说那天夜里，没走多远，她就追上了正低头走路的王小树。她牵着他的手，感觉前所未有的幸福。她说她知道你和秋水，正到处寻找她。他们躲进山林里，不出声，等你们走得看不见了，他们才趁着夜色，紧张地逃遁，像两只瑟瑟缩缩的鼹鼠。

她说后面发生的事情，你差不多都知道了，也没什么好说的。她说前几年，她之所以不想和家里联系，是真的怨恨秋水。没有她的逼迫，她不会那么混乱地对待情感和婚姻。她只想做她自己，做什么样的选择，必须发乎于心，不想受人控制。对你，她说她反而感激你给她的那一巴掌，虽然当时心里非常不好受。她说因为你也知道，她从未挨过任何人的巴掌，第一次经历一些事情的反应，总会有些过度。你问她现在过得怎么样，她回答说她又和王小树在一起了。她说前段时间，他回来找她，她原谅了他，并一起租了现在的房子。她说她对别的男人，产生不了那么炽热的爱。只有他，她才知道她还有爱的能力。

在穿好鞋，抬头出门的一刹那，你看到玄关的柜台上，摆放着一张装帧精美的他们的合照。照片里，金黄色的夕照，如洗的碧空，天边棉絮般堆积的彩霞，湛蓝的海浪，雪白的细沙，奔跑的人们，这些构成了照片呼之欲出的流动背景。近处，她和一男子，手拉着手，相对盘膝坐在一大片青草地里。他侧着脸，眺望着远方。夕阳的逆光斜照下，他刀削斧砍的侧影，雕塑般完美。她凝望着他，眼神专注，似乎周围的世界不复存在。微风吹拂，她长长的发丝，无声轻摇。一切都那么和谐美好。

你带着黯然的心情，离开了她的家。

再次见到秋思，是在那年的年底，一个细雨悠长的冬日上午。

陌城靠海，属于亚热带气候，即使在冬季，也不会像你的家乡那样寒风凌厉。那天唐三皮开着胡斌那辆破旧的二手车载着你，跟在一辆黑色高档轿车的身后，像一块甩不掉的牛皮糖。你和唐三皮在跟踪一个叫李豪的包工头。他拖欠了你们工程队的工资，两个月了，依旧不见发钱的迹象。唐三皮着急，跟胡斌说没钱了，生活不下去了。胡斌说他跟李豪关系很好，估计也是周转困难，过年放假前，他一定会来想办法解决的。唐三皮说表叔太容易相信人，知人知面不知心，那个李豪一看就不是什么善类。两个月了，他肯定是故意拖着不给的。他说那个李豪现在指不定在某个地方潇洒快活呢，他那肾虚的样子，一看就纵欲过度。胡斌闷声闷气地说，人家私生活，我们管不了。唐三皮说他最恨那些不守信用，搅乱行业规则，为富不仁的暴发户。一通议论后，他自告奋勇地说，他去催款。

李豪的车穿过川流不息的陌城大道，一直沿着滨海路往前开。不一会儿，他拐进一条林荫大道，都市的喧嚣像一个知趣的仆人，瞬间隐退，了无踪迹。天地间，水雾弥漫，你仿佛进入了另一个时空，静谧空蒙。

在海边一座依山而建，绿树掩映的建筑物前，李豪开进一个巨大的停车场，并停了下来。那座建筑物颇有特色，它用草棚做顶，装修看似随意凌乱，实则透着古朴雅致的韵味。下车前，李豪对着车子的观后镜，仔细地抹了抹油光发亮的头发，然后迈着轻快的步伐，走进那座建筑物里。李豪的长相普通，五短身材，脖子上挂着一根粗大的金项链，手上戴着一个镶有绿色宝石的金戒指，但这些还不足以引人注目，陌城的大街小巷上随处可见他这样打扮的人。他给人印象最为深刻的是，他有两个大大的眼袋，饱满充盈晶莹透亮，远远望去，像两个注水的猪尿泡。

在一个穿着长长红色旗袍的年轻女孩的引导下，你和唐三皮穿过一条迂回曲折的走廊，进入一个硕大的摆满迷宫似的盆栽，美丽而雅致的院子里。绕过一扇带有浓郁古典气息的屏风，进入一个大厅，你一下被震撼了，一个面积超大的茶馆，呈现在了你的眼前。茶馆里，上百张古色古香的桌子，错落有致地摆放着，大气而典雅。茶馆的顶棚，是一块巨大的人工天幕，上面画满各种飞天图案，加上灯光的营造，美不胜收。

茶馆里，几乎座无虚席，人们正在一边喝茶，一边高谈阔论。大厅的最前端，有一个雕工考究画满细腻花纹图案的戏台。戏台的背景墙，是一面刺绣，仅仅刺有一朵大大的鲜艳欲滴的牡丹，寓意花开富贵。戏台上摆有一张八仙桌，两把太师椅，整个布置，简朴典雅夺人眼目，同时又显得那么的别具一格。欣赏着这戏台，这布置，你一下有种时光穿越的感觉，进而产生无限的亲近，似乎过去的那些峥嵘岁月，又如轻烟般氤氲而来，挥之不去。穿过嘈杂的人群，你和唐三皮看见李豪，正坐在靠近戏台入口处的一个桌子旁。于是，为了更好地接近他，你们选了一个离他不远的桌子，坐了下来，并点了一壶普洱茶，几碟精致小吃，一盘盐水青菜。

看样子，李豪的心情很好，他一个人悠闲地喝着茶吃着小吃，双脚不时轻轻抖动，随意而放松。同时，他又是焦虑的，间或抬腕看看手表，间或眼神瞟向戏台，似乎正在期待某件事情的发生。你从未到过这样的场合，就像刘姥姥进了大观园，目光四处乱扫，茶馆里的每一样事物，都让你觉得新奇有趣。

你喝了一口红浓剔透的普洱茶，顿时先前干渴的喉咙，得到了润泽，绷紧的神经似乎也在茶水的浸泡下，放松舒展开来。你一只手漫不经心地挂在椅子后背上，微笑着问唐三皮，接下来该怎么办？总不会冲上去拉住他要钱吧。唐三皮露出一副不怀好意的桀骜表情，说等等再说，让他先吃饱喝足。你一看他那模样，知道他肯定没什么好的办法，估计也就喝完茶，等会儿打道回府。

左顾右盼间，一个打扮得花哨轻浮的小伙子，笑盈盈地出现在戏台上。站定后，他拿起手中的话筒开始说话，声音尖细，锐利如刀。也许是他说话的声音频率太高，又带着浓浓的南方口音，他说的大部分内容，你听不清，也没听懂。你只听懂了他最后的一句话，下面有请思思小姐。

话音刚落，你看见秋思出现在了戏台上，她踩着高跟鞋，露出一双修长白皙的大腿。她穿着一条超短的白色真丝改良旗袍，旗袍的正面绣有一只栩栩如生的凤凰，把她本就性感的身材，修饰得更加玲珑有致。她海藻似的长长黑发，三七开地披散着，映衬得她冷艳又神秘。她画着烈焰红唇，一路冷冽着脸，缓步走到八仙桌前，然后优雅地站着不动，一手拿碟一手拿筷。一个满头银发、背微微有点儿驼的老年女人，跟随在秋思的身后。她穿着一身亚麻色的斜襟长袍，微塌的鼻梁上，架着一副镶着笨重黑框的老式眼镜。她慢慢悠悠地走来，手里随意地提着一把古朴雅致的二胡。她在靠右的一把太师椅上撩衣坐好，然后竖起二胡，摆开架势，准备开拉。

你看着秋思严阵以待的神情，心想她要打渔鼓吗？这对她来说，可不是一件容易的事情。她跳钢管舞或是干其他任何时下流行的事情，你都不觉得稀奇，因为那在你了解她的范围之外。但说到要打渔鼓，你突然咧嘴一笑，想起了她曾经深恶痛绝的模样。

你知道，在国内所有的戏曲类别中，用筷子敲击碟子来配乐和打节奏，唯有打渔鼓这么做，且只有女主唱才使用。用筷子敲击碟子，看似简单单调，实则难学且花样百出，而要做到像秋水那样运用自如，没有长时间的训练和无数次的登台经验，无论如何也没有办法玩得漂亮出彩。筷子敲击碟子前后的不同部位，会发出或清脆或沉闷的声音，同时敲击力度的轻重徐疾，会组合出不一样的节奏。还有拿着碟子的手指部位不同，也会产生不一样的打击效果，这完全要靠对舞台经验的把握。

秋思小的时候，秋水有心教她学打渔鼓，并给了她一个碟子和一根筷子。记得有一天，秋思拿着碟筷，在屋外的草地上认真练习敲打时，一旁的白远航和小伙伴，不停地取笑她笨手笨脚，说她的手跟脚一样。听得多了，不耐烦的她，愤怒地一把扔掉手中的碟和筷，并发誓说再也不学这破玩意儿。

看着地上摔得粉碎的碟子，秋水没有批评她。她看出她节奏感比较差，并且双手实在不太灵活，完全无法好好配合，甚至连最基本的分解动作都做不好。同时，她也知道她志不在此，学习时总是一副心不在焉的表情。于是，她也就不再逼迫她学习打渔鼓。当然，也有一种可能，秋水缺乏一个老师该有的方法和耐心。那时的她，戏约不断，每天都要吊嗓子，苦练舞台动作和技巧。她没有时间和精力，耗在一个天赋不高的学生身上。只是后来，你不时听到秋水抱怨说碗柜里的碟子，怎么越来越少。碟子是她时常要用的物件，来不及仔细追查原因，她不得不又迅速地添置了一些。

戏台上，秋思的表现，确实超乎你的意料之外。在二胡声漫起的那一刻，她立刻像川剧变脸一样迅速地切换成了另一个人。只见她，脸含春风，身段变得柔软，曲折起伏。她伸出纤细玉葱，柔柔地交合，使得碟筷轻轻相敲，眼神里闪烁着勾人的娇媚。同时，配合着二胡的音乐，她开始跳着幅度不大的舞蹈——似是而非的打渔鼓动作。渐入佳境，她敲击的节奏，越来越快，双手交错翻飞，像两只翩跹起舞的白色蝴蝶。从你专业的角度来看，她虽然比不上秋水那么娴熟流畅花样频出，但已经算是难能可贵了，估计最近没少练习。

她一开口，你傻眼了。她根本不是在打渔鼓，而是在唱港台流行歌曲，只是混搭了一些打渔鼓的节奏和元素。她是借着戏曲的壳，在包装流行音乐。她甜美轻柔的声音，颇有点邓丽君的神韵，但又有她自己的个性和特点，再加上那些古典的舞蹈动作，整个戏台顿时显得与众不同。古典和现代的融合，在她的演绎下，虽然有点不伦不类，但又是那么的别具一格，吸引眼球。你皱了皱眉头，不是很满意她的这种尝试。你虽然自诩传统，但并不是一个不愿接受改变的人。只是这样的碰撞交流，实在是对打渔鼓有百害而无一利，变成了一种只见形式不见内容的空壳。

但整个茶馆的男人们，却不这么想，他们停下正在聊天的话题，一个个盯着戏台上的秋思，眼神里闪烁着肉欲的光芒。你身边的唐三皮，更是如此。他身体僵硬地坐着，目光呆滞，就像被《聊斋志异》里的某个狐妖吸干了魂魄。你拍了他几下肩膀，伸手在他的眼前扬了几次，他都视而不见，依旧保持着原来的姿势，一动不动。

正思考着要怎么恶搞一下唐三皮，这时，你看见李豪对着一个女服务员说了几句什么话。然后，只见她小跑着走到戏台后的某处，一手拿了两个插满假花的花篮折返，并送上戏台，一一摆放在秋思的面前。秋思没有停止歌唱，只是冲着台下的李豪，微笑着点头致谢。过了一会儿，你身后不远处的一个男子，也跟一个服务员说了几句。此时，秋思的面前又摆上了更多的花篮。于是，秋思又冲着他点头致谢。目光收回的瞬间，她看到了你。

很明显，她慌乱了，音调颤抖。她估计想不到，会在这样的地方碰见你。她的细微出错，完全不影响戏台下两个男人的争斗。李豪似乎和他杠上了，他们不停地轮番送上花篮，累得几个服务员，气喘吁吁地跑上跑下。原来，这个茶馆有这样的规矩，当有人觉得戏台上的演唱人员表演得好的话，可以给他们献花，一个小花篮二百块，还有更大的各种规格的花篮，价位不等。为了循环利用花篮，茶馆主人非常聪明地想到，用假花代替真花。反正演唱人员也没有必要真的把花拿回家，只要拿走钱就行。

直到茶馆里的所有大小花篮，都摆放上了戏台，他们才不得不停止争斗。远远望去，整个戏台都是高高低低的花篮，秋思被围在了一片花海之中。最后清点的结果是，李豪以微弱的优势，赢取了这场众目睽睽之下的较量。他像一个得胜将军那样，高傲地抬起头，顶着他两个猪尿泡一样的眼睛，一路轻快地跑上戏台。

秋思微笑着，伸手跟他相握，以示感谢。哪知此时已经得意忘形的李豪，飞快地把秋思往怀里一拉，紧紧抱住，另一只手迅速地摸在了她的屁股上。你一下气血上涌，忽地一下站起来，作势就要往台上冲。你要保护她。你不能让任何男人在你的面前欺负她，真是岂有此理。戏台下，一片喧哗，有人说笑，有人吹起口哨，有人还在高声喊亲一个亲一个，似乎在看一场正戏之外的有趣花絮。

秋思比你冷静得多，她稳住身形之后，一抬右腿，膝盖使劲儿顶中了李豪的要害部位。在他吃痛，撒手后退的同时，她狠狠的一巴掌，响亮地扇在了他的脸上。李豪弯着腰哀号着，脸白如纸，估计伤得不轻。你害怕李豪会因为丢不起面子而疯狂反扑。你几步冲着跳上戏台，挡在秋思的面前。可是你的担心，似乎有点多余。她丝毫没有让步，眼里冒着怒火，倔强地站着，手里不知何时多了一双尖刀一样的高跟鞋。

钱，像一个越箍越紧的枷锁，套上你，是在白远航考上京城某一所学校的那一年。他高昂的学费、生活费，以及各种额外开支，常常让你有种承担不了的无力感。那年一个酷热的夏日午后，秋水罕见地接听了你的电话，并喋喋不休地说个不停，语气里带着扬眉吐气般的开心与自豪。她说白远航考上了京城一所学校的表演专业，将来要做大明星，登报纸上电视那是家常便饭。你眉头一皱，脱口而出地问道，他不是在学绘画吗？怎么又考上了表演专业？秋水没有听出你的疑惑，仍然得意地说白远航是被学校特招的，表演专业才不是任何人都能考上的，他的好多同学在第一关——相貌就通不过。

这些话，你一听，就知道肯定是白远航灌输给她的。她已经被他成功洗脑。他说的任何话，她都不加分辨地一股脑儿接受。许久没有见过或联系过白远航，你对他的近况不甚了解，也就不好凭空多做判断。他鬼点子多，人也活络，说不定能在社会上混出一点儿名堂来。总不能在他起步远航的时候，一棍子打死他的梦想。对这个不断变化的社会的了解，你自认不如他。许多事情，以你的判断，未必就能得出正确无误的结论。

你还想问得更仔细一些，秋水一口长长的叹气，堵住了你悬在喉咙里的问话，她无奈地说就是学费贵了点。她说今年邓家铺子发了一次大洪水，所有的稻田在开花的时节，被浸泡了好几天，大大影响了产量。她还说她建在小溪边的猪棚，被冲塌了半边，十几头即将出栏的猪，全部不见了踪影。你听出了秋水的话外之音，知道她是让你想办法筹钱的意思。于是你在安慰她的同时，问她还差多少钱。她说她拿上家里所有的钱，前几天找人借了点，还差两万五千块。你长吐了一口气，艰难地说过几天吧，并以不那么肯定的语气说你去想想办法。挂电话的最后时刻，秋水补充说她还没有告诉秋思。她让你顺便把喜讯转达一下，说反正你们在同一个城市。

自从那次茶馆事件后，你再没见过秋思。你和她，处在一个既不像兄妹，也不像恋人的尴尬位置。面对她，你总找不准自己的身份定位，于是也就不想见她，估计她也存着同样的心思。虽然同在一个城市，你们见面的次数，寥寥可数。

那天，从茶馆出来，送走秋思，唐三皮似乎忘了此行的目的，你问他要不要继续跟踪李豪。他没头没脑地说他要跟李豪合作，向他学习做生意。你摸了一下他的头，说没发烧啊。他挡开你的手，说他要赚很多钱。他说他不想看到秋思为了钱受人欺负。他说他要在李豪最引以为自豪的生意场上，重挫他，简单地打他一顿，不足以击败他，还容易授人以柄。你完全没理解他的思维逻辑，于是露出一脸惊愕的表情。

唐三皮看了你一眼，像个怀春的少男那样羞涩地说，他喜欢秋思，从第一眼见到她，就喜欢上了。他说他要追求她。你哈哈一笑，揶揄说你的喜欢，能持续几天，说不定明天看上另一个女人，又把今天喜欢的忘到了爪哇国。他一脸严肃，认真地发誓说再也不会，他以后只喜欢秋思。他说秋思是他心中的完美女神，无论从哪方面看都是。他说他现在严重怀疑自己以前的审美，什么胭脂俗粉都觉得漂亮，简直俗不可耐。突然，他双手放开方向盘，大声宣告说，他要和过去的自己告别。你懒得理他的疯言疯语，干脆别过头，看着车窗外迷蒙一片的街景。

自那天以后，唐三皮真的像变了一个人，他不再乱花钱，不再乱抛媚眼，开始修身养性，偶尔还煞有介事地拿张报纸或一本书看一看。他说他首先要证明给他的大舅子，也就是你看，以洗刷他曾经在你心目中的所有负面形象。你很少理他这样的玩笑话，也不告诉他有关秋思的情况，一直冷眼旁观着。同时，你也非常好奇他究竟能坚持几天，以他三脚猫的个性，你断定他很难对一件事情投入旷日持久的热情，正所谓江山易改本性难移。

随后，唐三皮有计划地减少了工地的体力活。他跟胡斌说就算目前钱少一点也没关系，他要学着了解这个行业的规则，无论明规则还是潜规则。他让胡斌教他怎么做生意怎么谈判，说多带他认识行业内的各种人士，以积累人脉。每天，他像个小跟班一样，屁颠儿屁颠儿地跟在胡斌的背后，说要做他的保镖兼秘书、兼职司机。胡斌看他改变了过去的一些坏毛病，加上擅说，人又机灵，他也乐得多一个帮手。他别的没说，只是警告他，说话要看场合，别乱插话，做事别冲动别蛮干，多动脑筋思考。

唐三皮说他从心底里讨厌李豪，但他一定要和他做朋友。后来没多久，在胡斌的介绍下，他和李豪真的成了表面上看起来很好的朋友，因为他们有共同的爱好，比如泡妞。每次应酬回来，他都要向你汇报说，李豪真变态，有受虐倾向。唐三皮说他在宾馆里亲眼见到三四个穿着皮衣皮裤的性感女人，拿着皮鞭抽李豪。他双手捆绑着，赤身裸体躺在床上，却一副享受的表情。唐三皮看你一副不怀好意的眼神盯着他，马上投降似的举着双手，撇清关系说，他从来没有参与过，每次和李豪去那样的地方，他都提前退场。

你说不过他，只是坚决不告诉他有关秋思的信息，同时说就算找到她也没有用，他不是她喜欢的类型。你说秋思喜欢有才华的男人，有思想有内涵，而不是空有一副好皮囊。一说到这些，他立马萎掉，像一朵枯死的狗尾巴花。

不过，他后来还是通过别的方式，跟秋思联系上了，并打着跟你是好朋友的名义认识了她。但是没用，在感情这个问题上，他依旧碰了一鼻子的灰。有时，人可能就是那样，越是得不到的东西，越是愿意付出巨大的热情，如飞蛾扑火。秋思跟你一样，是个死心眼的人，要不以她的条件，她有太多的选择，怎么可能又回到王小树的身边。

你跟唐三皮说借钱的事，他耸了耸肩，一脸遗憾地说本来大舅子的事情是义不容辞的，但他最近跟着胡斌投资做了点小生意，手头上基本没有多余的钱。后来，他看你实在想不出别的办法，又从别人那里借了三千块钱给你，他说哥们，再多就无能为力了。你理解他的苦衷，在向他表示感谢的同时，说尽快还钱给他。那段时间，说尽快还钱，是你说得最多的一句话。那一句话，语意模糊，不表明具体时间，但一听让人感觉你借了钱不会耍赖，并会积极想办法还钱。这当然是你求人借钱一方的想法，被借的一方究竟怎么想，有些什么样的内心活动，你无从得知。

在向周围认识的人，老乡或同事借了一圈之后，你才知道借钱可不是一件轻松的事情，不亚于一场心理战。你做不到像唐三皮借钱时表面看起来的那么轻松自在，你承受着巨大的心理压力。你觉得找一个人借钱，比干一天的体力活儿，还要累。比如，在借钱之前，你得评估对方和你关系的亲疏，借多少钱是合适的，有多少把握能借到钱，借不到钱时怎么说话才能不伤彼此情感，等等。这些都让你头疼。你发现自己的脸皮是如此之薄，以致每次张口之前，你都要鼓足勇气，自我激励一番。

小的时候，你很少有向人借钱的经验，倒是因为家里稍显宽裕，时常借钱给别人。记得初二上半期开学那一年，你把要交的学杂费，草率地统统借给了一个不是很熟的同学，差点儿因为没有按时上缴学费而被老师赶出教室。那同学比你大了好几岁，高你一头，一副成熟而世故的模样。原来，他跟社会上的小青年赌博，输了一百多块钱，正在被人追债。那时十元以上，都是大数目。他找到你，轻松地说，他只挪用一下你的钱，两三天就还，并保证说一定不耽误你的事。他拍着胸脯，又赌咒又发誓，表情无比真诚。你被他的话说动，心想反正就两三天，帮别人周转一下也算做一件好事，何况还是同班同学。于是，你莫名地升出一股侠义之情，毫不犹豫地把钱全部借给了他。

哪知，从第二天开始，那位同学再也没有出现在教室里，听老师说他不读书了。你一下慌了，不知道该怎么办。后来，经过多方打听，在李泽权和王铁军的陪同下，你们仨找到了他的家。他的父亲说，他儿子不在家，也不读书了，前几天刚刚去了外地打工。他说他儿子在外面欠的任何账目，他都管不了，也没法管。他说最近找来要账的人太多了，就算要了他的老命、把房屋拆了，他也拿不出那么多的钱。你无功而返，最终还是找到秋水，来为自己的草率行为买单。

那次血本无归的借钱经历，让你知道，借钱双方的相互了解，是多么的重要，随便借钱，大有风险。所以，在你向朋友或老乡开口借钱时，别人投来的目光，你总会有一种被审视、评估的焦灼感受，仿佛自己就是拍卖行里聚光灯下的一件古董。你理解别人的拒绝，那也是其中的结果之一，因为易地而处，也许你也会犹豫、猜度，甚至观望。

临近开学，你依然没有凑足白远航的学费，秋思成了你最后的希望。你想她自小和白远航亲密无间，为他的前途出一点点力，估计没有多大问题。

再次见到秋思时，你吓了一跳。她蓬着一头乱糟糟的长发，憔悴不堪，脸上挂着熊猫一样的黑眼圈。她弯着腰，有气无力地为你开门。眼前的她，跟平时的形象气质完全不符，判若两人。她没有开灯，房间里的光线，昏暗朦胧，空气中散发着一种空气不畅通后的陈腐气味。估计有一段时间没有收拾了，客厅里凌乱不堪，凳子、椅子打翻在地，男、女式拖鞋，电视遥控器，健身用的呼啦圈，各种食品包装袋、揉成一团的餐巾纸，以及那副装帧精美的照片，丢得到处都是。见到你时，她一脸木然，嗓子嘶哑着跟你打了一声招呼，然后又蜷缩着身子，窝进了沙发里，像一只受到惊吓的小生灵。你坐到她的身边，怜惜地轻轻拍了拍她的肩膀，柔声地问怎么了。她蜷缩的身影，孤独寂寞，犹如一头困在牢笼里暗自舔伤的小麋鹿，跟她小的时候一模一样。看着她，你忽然有种时空穿越的错觉，仿佛又回到了多年前那个靠山面溪的小屋里。

突然，她猛一转身，一把搂住你的脖子，整个人投进了你的怀里。她迷茫的眼神里闪过一丝亮光，就像大海上一艘失去航向的小舟，终于看见了灯塔。

她的头趴在你的肩膀上，大哭起来，声嘶力竭。

良久，秋思终于平静下来，她从你的怀抱里挣脱开来，轻声说她饿。一句话说得你差点儿眼泪又涌上来，你站起来摸了一下她的头，说等会儿，哥做饭给她吃。你从她厨房的冰箱里搜刮出两枚鸡蛋，一个西红柿，几片菜叶，手脚麻利地下了一碗面条。

看着她风卷残云狼吞虎咽的模样，你轻笑着提醒她慢点，同时心中在想，她最近究竟遭遇了什么，让她变得这么颓废。秋思是一个把心思掩藏得很深的人，从小如此。她不愿意向你倾诉的话，你怎么问，她也不会说。她孤独的内心，很少向人敞开。你只能从她的一些外在表现，去揣摩她可能的内心活动。

那毕竟有偏差。

吃完面条，她把碗一推，说她想睡觉。说完，她像一棵松了绑，叶片舒展开来的大白菜，放松地在沙发上躺成一个“大”字。不一会儿，客厅里，就响起了她轻微的鼾声。你拉上窗纱，旋开吊挂在天花板上的风扇，让房间变得稍微阴凉一点，然后忙碌着收拾了一番。她的住所确实够乱的，你哀叹，她怎么可以把生活过成这样？她不是应该好好地一直幸福下去吗？

打扫完毕，你把秋思伸到沙发下的腿抬了上去，又下楼去附近的超市买了一堆食物和日用品回来，并煲了一锅乌鸡汤。随着暮色渐至，陌城的上空变成淡红色，华灯初上，秋思才从沉睡中苏醒，像一条刚刚结束冬眠的蛇。她舒服地伸着懒腰，使劲儿吸了一下鼻子，然后夸张地说哇，好香。

吃完晚饭，她洗了个澡，换了一身宽松的衣服，整个人变得清爽纯净，一扫刚见面时的颓唐。你见她心情好了许多，于是试着和她闲聊，一会儿聊有共同记忆的小时候，一会儿聊各自的近况，并尽量不让她看出你心中的意图。你知道她极为敏感，只要一触及她心中某个无形的边界，她就会自动抵御，进而关上对话、沟通的大门。你尽量使得谈话的过程显得轻松自在，不带任何压迫性，也不对她的生活经历以及情感的选择，做任何主观上的臆测和评判，只把她讲述的内容，当成是一个客观呈现。

她说她之所以不愿意向你透露她和王小树来到陌城后的生活，主要是她过得并不如意，一切都不像她曾经憧憬的那样。她说她以前看港台电视剧，以为外面的世界，到处充满了激情与美好，实际上却并不是那样，而是相反。她说工厂流水线上的工作，枯燥乏味，固定机械的动作，紧张到呆滞的面部表情，就如一尊尊从秦始皇陵里复活的兵马俑。穿上看不出性别的深蓝色工作服，更是让她深恶痛绝。她想象中都市人的穿着，应该是多姿多彩而富于变化的，绝不是那么单调和统一。当她有机会接触工厂以外的人时，她才知道，要想融入都市人的生活，横在她面前的是一条天堑似的鸿沟。她感觉自己，就像一个被镶嵌进了一架庞大机器的螺丝钉，完全无法挣脱，只能惯性向前。现实的种种，无情地击碎了她曾经的所有梦想和憧憬。那不是她想要的和追求的生活。

她说幸好，乏味的工作之余，还有爱情，要不然人生真是无聊无趣得很。她认为她和王小树的爱情，足以让他们抵御一切来自外部的考验和诱惑。她全身心地爱他，为他做任何事她都甘之如饴。她认为相互宠爱、相互包容，是爱情的最好状态。她愿意为他做任何改变，只要让他开心。比如，在邓家铺子做女儿时，她从不下厨，并深以为鄙，认为那是无法独立的女人，才去干的活儿。她不要依附任何男人。但跟他在一起后，她轻而易举地推翻了她以前的这个观念，并认为理所当然。为了满足他挑剔的胃，她买来烹饪书，很快学会了做各种菜系，煎炸烹煮样样拿手。

他在外面跟别的女人打情骂俏，她也只把那当成是他有魅力的一种表现，并深以为傲。她无条件地相信他，也相信自己。她轻笑一声，像是自嘲又像是总结，说爱总是使人盲目。她说不知从什么时候开始，她感觉不到他的爱，他开始变得没有担当，并在最艰难的那段时间里，离她和白雪而去。

她感叹说，也许是时间吧，消磨了他的激情，让他产生了厌倦心理。她说这也是可以理解的，毕竟现代社会诱惑太多，如果事事计较，没几对恋人能坚持走下去。她坚持等他，他后来的迷途知返，也证明她是对的。她认为他还是爱她的，时间空间的拉开，让他看清了自己的内心。她说她一定会过得幸福，并让你别为她担心。她说她最近的表现，只是一时的负面情绪，过去了就好了。她说你也知道，她容易把一些细小的问题无限夸大，并深陷其中。事后回头看，那其实只不过是女人的一点小纠结，并会随着时间的流逝，自行化解。时间，是解决一切问题的良药。她说她希望你不要被她一时的情绪所蒙骗，从而影响你对她生活质量的误判。

她说她过得很好，也会一直好下去。

你从身前茶几的一个抽屉里拿出一个注射器、几根吸管和一小袋白色粉末状的东西，放在茶几上，问她这些是什么。你平静地说这是你在收拾房间时，不小心在一个垃圾篓里发现的。她一见，脸色大变，惊恐不安的神情，就像白素贞突然被罩在了法海的降妖钵里，无所遁形。仿佛所有的伪装，一下被撕掉，她颓然委顿。在你流露出的担忧目光中，她沉默了好一会儿，然后仿佛下定了决心一样，举起双手做投降状，虚弱地说好吧，她全都告诉你。她说她心中累积的负面情绪，已经压抑到了火山爆发的临界点，再不适时宣泄，大有可能在某个时刻不可抑制地喷发，她亦会随之一同毁灭。她平复了一下心情，说那些东西不是她的，是王小树和他朋友的东西。同时，她又为他辩护一样地说他吸毒，是因为生活压力所致，她也有责任。

她说他人变得消瘦，多疑而敏感，动不动发怒烦躁，是在白雪出生后不久。她还以为他之所以变成那样，是因为担心女儿的病，加上工作的压力所造成的。因为专注在女儿病情的康复上，她承认疏于对他的照顾，尤其是精神上。很长一段时间，她和他交流的内容都是白雪的病情，以及充斥在生活中的各种鸡毛蒜皮的事情，他们情感上的沟通，暂时搁置在了一边。他常常早出晚归，回家时不是酒气熏天，就是低垂着头不说话。问他原因或是表示一下关心，他就冲她咆哮，说她不信任他。他说一回到家就压抑沉闷，呼吸不畅，就像一条离开水的鱼，简直要窒息而死。

她跟刘小艳说他撂挑子走人了，是因为不想告诉她实际情况，毕竟那不是一件多么光彩的事情。实际上，他是因为和朋友聚众赌博，外加吸毒，被抓了起来。劳教两年后，他回来找她，并乞求她的原谅，说一定好好和她一起过日子。他说他是因为压力大到无法排解，在一个朋友的诱惑下，去他的家里吸了第一次毒。他说那种飘飘欲仙，忘却一切忧愁的幻觉，让他迷醉。他欲罢不能，最终越陷越深。他说在监狱的两年，他想通了，并发誓保证说再也不和毒品沾边。他见她露出迟疑和不信任的眼神，立刻操起一把菜刀，说要砍掉一个手指来证明其决心。她慌了，所有的故作镇定，瞬间瓦解，她抱着他说她信。

她接受了他，连同他欠的十几万元钱。她相信没有过不去的坎，并努力承担两人在一起生活的重任。有一段时间，他非常颓废，对生活失去了信心。她尽力给他安慰，她坚信她的爱，一定能让他重新振作起来。为了还清欠款，她辞掉了超市的收银员工作，在一个熟人的介绍下，开始连轴转地在各种娱乐场所表演钢管舞，后来业务项目逐渐增多，又加入了唱歌。

从小耳濡目染，她还是有点儿天赋，很多时下流行的歌曲或舞蹈，她一学就会，并能迅速形成自己的独特风格。所以，她很快在陌城的娱乐场所里小有名气，获得了许多人的喜爱和追捧。只用了一年多，她就还清了他所欠的债务。她鼓励他，让他试着去做生意，并从银行贷款提供给了他一笔启动资金。

刚开始，他时常捷报频传，每次都兴奋地告诉她说赚了多少多少钱，并不时在她的耳边畅想一番未来的生活。他说他跟朋友一起合伙做煤炭运输生意，来回一趟内蒙古，就能赚好几万。好几次，他拿着一叠钱递给她，说要她存起来，并说以后只会越来越多。她开心地接过去，笑嘻嘻地说，但愿如此。

前天深夜，她拖着疲惫的身子回到住所时，看见楼下停着几辆闪烁着刺眼灯光的警车。一会儿，十几名警察押着几个光着膀子耷拉着脑袋的男人，从楼上浩浩荡荡地下来，并很快登上了警车。她透过黑压压围观人群的缝隙，看见他走在被押人员的最后。在警车慢慢开过她的身旁时，她看见一双满怀愧疚的眼，凝视着她，渐行渐远。

白远航的高昂学费，最终在刘小艳的帮助下，得到了解决。她递给你钱时，一脸嗔怪地说，你这人真是不够朋友，怎么总是最后才想到她。你尴尬地挠了一下头，连声表示感谢后，在飘在你背后她的一句“以后不许这样啊”的甜腻话语中，傻笑着离开。她说话的语气语调，柔媚慵懒中带着丝丝暧昧，她说你不用急着还，反正又不缺那一点儿钱。她看你时的灼灼眼神，让你不安，如芒刺在背。你走出很远，拐过几条街道，那种感觉，才终于如强弩之末，跌入无形的虚空里。

你从来没有欠过这么多钱，突然有种扛着一座大山的感觉，沉甸甸的。朋友或老乡的信任理解，虽然是一种动力，同时也是一种压力。你有种生怕辜负了别人的急迫感。你得向他们证明，你是值得被继续信任和理解的。于是，在干好建筑工工作的同时，你又见缝插针地在附近的一家餐馆里，找到了一份服务员的工作，偶尔还兼职干点儿别的。虽然累，但你没有更好的赚钱的办法，只能做一些底层的体力活。

有时候，你也去帮秋思的忙。跟她合作的女琴师，偶尔生病，你就顶替而上。

那段时间，她精神状况不好，老是走神、唱错歌词。她让你代她唱，说这样的小场合，对你来说，小菜一碟。但你不会唱流行歌曲，也不愿意像她那样改变打渔鼓表演形式的原貌，你试着一边拉二胡伴奏，一边用家乡方言唱了一小段渔鼓唱词。效果跟你预想的一样，一点都不好，完全被无视，就像空气。你看见台下众多的食客，大多无动于衷，该吃吃该喝喝，喧闹依旧。偶尔有人瞟了你几眼，立时露出嫌恶的表情。那感觉那表情，有点像他走在街头，突然遭遇了一个拉着二胡的乞丐，死缠烂打着向他乞讨时的唯恐避之不及。而当秋思再次登场时，他们立刻停箸抬头，眼神里精光流溢，像一个吃货见到了一碗香喷喷的红烧肉。后来，你再也不愿意登台献唱，只是默默地帮秋思拉二胡伴奏。你知道，陌城或其他任何地方，都不是你的舞台，你的舞台，在邓家铺子那摇曳着远去的旧日时光里。

秋思确实够忙，她每天除了拼命赚钱外，还得投入时间精力，密切关注王小树的案情进展。你基本上帮不上什么忙，只能眼看着她疲于奔命，每天像个不停旋转的陀螺一样地四处奔波。自从那次详谈后，你们又回到了最初的沟通状态，她很少主动跟你说起她的事情，偶尔透露只言片语，也总是语焉不详。可能她知道你也帮不上什么具体的忙，瞎担心更是没有必要。碰到事情了，她只能硬着头皮去解决，没有别的更好的办法，喋喋不休地诉说，不是她为人处世的风格。

你陪她去了一趟关押王小树的看守所，但被告知，说案件尚在进行当中，亲属不能探视。同时，又有小道消息传出，说王小树被同伙检举是这个团伙的主谋，很有可能被判死刑。王小树的父亲，听说了这件事，立刻贱卖了家中经营了几十年的药铺，带着二十几万元钱，匆匆赶来陌城。他找到秋思，说要她去找人打点一下，尽量争取不要被判死刑。他说不管怎么样，只要他的儿子不被马上枪毙，就还有点盼头。王小树是他的独子，他说他不要白发人送黑发人。他只求能保住他儿子的命，钱财没有了，可以再挣。满头白发的他，说得凄切黯然，听得人忍不住泪水盈眶。

秋思能有什么办法，她也是整天一脸愁容。每天一大早，她就带着礼物或现金，像只无头苍蝇一样，到处找人托人。只要有一点点希望，哪怕再渺茫，她都要去试试，去哀求，送礼花钱，都在所不惜。她的心里只有一个念头，她要救王小树，她觉得他罪不至死。她不相信他会是主谋，直觉他是被诬陷的。对于王小树贩毒，她知道他罪有应得，但也希望他得到法律的公正裁决，而不是误判。在秋思的多方努力和奔走下，持续了大半年的贩毒案件，终于宣判了下来。王小树获刑十五年，并立刻被关押到了邻省的某个监狱里。

得知确切的宣判消息后，秋思大病了一场，去医院打针挂吊瓶，然后又整整睡了一天一夜，才慢慢恢复了点精神。你去她家，悉心照顾了她几天。直到她的脸色好转，心情变得明朗，你才放心地离去。

日子又回到正常的轨道，无声地运转。

有一段时间，白远航经常给你打电话，说他在学校的一些事情。他说他喜欢表演专业，也学得不错，经常受到老师的夸赞，等等。他说他们学校经常有大牌明星去登台授课，他跟好多明星都有合影，比如周润发、刘德华等。他说他和很多制片人、导演、编剧等，都有比较好的私人关系，他希望毕业后，能很快参与到影视剧制作当中去。说完这些天马行空的畅想后，他又抱怨说京城什么都好，就是什么都贵。

不等你说出节约两字，他又开始絮絮叨叨地跟你详细计算起开支来，说得滴水不漏，似乎每一分钱都花在了刀刃上。他说他之所以开销大，除了基本的生活支出外，作为表演专业的学生，他还有一些必要的活动需要参加，比如他经常去剧组试镜，以找机会在影视剧上露露脸，但没有一件像样的衣服肯定不行，置装常常成为他一项额外的不可预料的支出。当然，还有其他的，等等。

你知道他跟你说这么多，最终的目的，还是要落实到钱的问题上。往往说得多了，你不愿意听，于是直接问他要多少钱。他则立马刹住车，干脆利落地说了一个早就预谋已久的数字，并夸张地说一大堆哥你真好之类的肉麻的话。你觉得他学表演，确实大有进步，至少在浮夸表达方面突飞猛进，日行千里。

你的开支比较少，但你知道在城市里没有钱的难处。设身处地想，你非常理解白远航，尤其是他性格开朗，喜欢交朋结友，比别人多一些支出，也是正常的事情。你叮嘱他好好学习，认真学习，然后如期按照他所说的数目，给他寄钱。

一天傍晚，夕阳西垂，陌城的天空像着了火，红彤彤一片。你独自坐在一栋楼房的天台边缘，晃荡着双脚，迎着习习晚风，享受着难得的片刻闲暇。这时，刘小艳打来电话，说要请你吃饭，因为她乔迁新居。说完，她挂掉电话，给你发来一条短信，告诉了你具体地址。向她借钱时，你觉得欠了她一个大大的人情，一直想找机会表达一下谢意，但都因为忙，抽不出太多的空余时间。她的乔迁新居，你想这应该是一个表达谢意的好机会，并想着顺便把钱还给她，已经欠得够久的了。于是，你去超市买了一瓶自认为还过得去的红酒，拿着它打上一辆的士，然后直奔她的新家而去。

刘小艳的家是在陌城靠山面海的一个别墅群中，较大的一栋别墅，外面围了一圈高高的围墙，一扇宽大的智能铁门隔绝着外面的世界。你按了一下门铃，显示屏上她开心地对你说直接往里走就行了，她在等着你。走进别墅，她家的奢华气派，还是远远超出了你的想象。她家是一个欧式装修风格，品位独特，宽大的客厅，足足可以举办一场几十人的盛大舞会，但看得出，这个家空空荡荡，稍显冷清。

晚餐是法式西餐，想不到刘小艳的厨艺还真不错。长长的饭桌上，法式牛排，法式焗蜗牛等菜品，精致而美观，看得人垂涎欲滴，食欲大开，空气中弥漫着好闻的气味，两个高脚酒杯里倒上了红酒。以你不多的外出就餐经验，你觉得她做得一点儿不比某些大餐馆差。站在餐桌旁的刘小艳，一脸微笑地看着你，她胭脂薄施，穿着一身粉红的连衣裙，长长的黑发柔柔地垂在脑后，衬托得她妩媚而清纯。她热情地招呼你落座，说可以开吃了。你环顾了一下四周，疑惑地问没有别的人了吗？你自我解嘲地说，你以为今晚会是一个大的聚会呢，还想着要来见识一下上流社会的模样，顺便结识几个土豪朋友。刘小艳笑了笑，语带娇羞地说，对，今晚就我们俩。她端起面前的杯子，说欢迎你来，先干一杯。说完，她一仰头，喝完了杯中酒，然后又热情地招呼你吃菜，说这些都是她做的，希望你喜欢。你知道她只请你一人吃饭时，一直处在慌乱中，不知道该怎么应付她的热情。你略带羞涩地喝了一口红酒，然后试着吃了一块牛排。

不知道从什么时候起，刚开始时稍显尴尬的氛围被打破，刘小艳向你聊起了她的人生经历。她直言不讳地说，她在做别人的情妇。她说要不以她的农村出身又无太多才能，怎么也打拼不来这么大的别墅。她说对方是一个台湾富商，他有自己的家庭，只是来大陆投资时，寂寞难耐，于是在一个同样做人情妇的女性朋友的介绍下，她认识了他。她幽幽地说她以青春，换取他的金钱，也算两不亏欠。

最近几年，他陆续撤资回了台湾，留给她一笔钱和这栋别墅，说是对她这些年的补偿。

她说她现在是个自由人了，她要追求她的爱情。她说你知道吗，因为小时候的那次抢座位而引发的打架，你给她留下了深深的印象，时常撞进她的梦里。你发怒的神情，怒吼的声音，她至今仍然觉得就在眼前。她向你说这些隐藏在内心里的话时，面露微笑，毫不羞涩，好像再自然不过。

又喝了几杯酒后，她突然说，你住进来吧。她说话的语气，似邀请又似恳求。你听出了她话里的意思。你从容地放下酒杯，从口袋里拿出一把钱，恭敬地放在桌上说这是还给她的钱，并在表示感谢的同时，站在朋友的立场劝她少喝点酒，说对身体不好。你站起来，说你该走了，要不恐怕搭不上回去的公交车。

在走出她家大门的瞬间，你听见背后传来玻璃破碎的声音，以及一句哀怨的话——两兄妹都一副德行，有什么了不起的。

一个人的日子，倒也清闲自在。

每天，除了拼命工作外，你什么也不想。偶有一个休闲的下午，你就去陌城那些无人关注的小街巷里转悠。古玩一条街，城中村里衰败寥落的小古村，等等，无一不留下了你流连忘返的足迹。踩着一条条古老的石板路，抚摸着长满青苔的古老石墙，你像一个在迷宫里寻找宝物的孩子，玩得不亦乐乎。似乎很久没有这样，单纯地为自己而活了，你享受着与心灵对话的惬意。

德国诗人荷尔德林说，人应该在大地上诗意地栖居。所谓诗意地栖居，就是人类通过某种凭借，获得心灵的自由和解放，寻找到人类的精神家园。照他的说法，你时常想，你的精神家园究竟在哪里？你将往何处去？

每每一思及此，你都摇头苦笑，给不出自己想要的答案。

一场意外的小雨，让你突然察觉到，酷暑的骄阳，已不似以往毒辣。陌城的秋天，就这样悄无声息地登场现身了。随后的天气，果真也一天一天地凉了下来。在你的眼里，陌城的秋天，就像是一个打翻了的七彩画板，色彩纷呈，如洗碧空，悠悠白云，秋风轻盈地挑拨着午后的树叶，枯了的黄叶在半空中翩跹起舞，还有那最最迷人的银杏树叶，染黄了陌城一条条纵横交错的街巷。在这个素以萧疏著称的季节里，陌城的秋天，竟然显得如此的天广地阔，山明水朗。郁达夫曾在《故都的秋》里，浪漫地描述过京城的秋天，尤其是最后一句“秋天，这北国的秋天，若留得住的话，我愿把寿命的三分之二折去，换得一个三分之一的零头。”京城，你没有去过，更未见过京城的秋。京城的秋，既然能获得郁达夫那么深沉的喜爱，想必自有道理。陌城的秋天，也许比不上北国京城的秋天，却也令人陶醉。你愿意沉醉在这一片秋色里。

一天下午，你正踩着脚下的黄叶，一个人漫步在陌川山下的一条古巷里，一辆黑色的豪车，滑过来，停在你的身旁。车窗摇下，一个黑超遮面的男人，探出头，开心地叫着你的名字，戏生戏生，你在散步啊？你侧过头，茫然地看着他，似乎并不认识眼前这个像保镖一样健壮威猛的男人，只是声音很是熟悉。你在记忆里急剧地搜索着、比对着，试图认出他来。他一笑，摘下墨镜，露出洁白的牙齿，爽朗地说他是王铁军。你恍然，随即笑着恭维说他怎么这么酷，一点儿认不出来。他打了一个响指，说戏生上车吧，去他那儿坐坐。多年未见，一起叙叙旧。你一看天色尚早，反正没事闲逛中，于是坐上了他的车。

王铁军开着车，沿着陌川山的盘山公路，一路蜿蜒而上，平时需要仰视的陌城，逐渐后退下沉，直至尽收眼底。山道清幽，高大的树木，遮蔽着太阳，只间或漏下斑驳摇曳的光影。车子像一条在青幽的水面上游走的小鱼儿，不一会儿，就游到了山顶。

通常都是那样，老友相聚，话题总是从最初的那段时光说起。上山的路上，你们一路说笑，从未有过的抒怀。你笑着埋怨他，说因为他你挨了一顿猛揍。他反唇相讥，说谁叫你那么嘴欠。一来一往的两句斗嘴，你们发现，虽然时间过去了这么久远，你们却依然保留着过去的自然默契，一唱一和，顺溜而麻利。你们聊起许多过去的糗事，相互说着对方的缺点和干过的最愚蠢好笑的事儿。那些掩埋在心底深处的旧日时光，被你们一一翻捡了出来，细细地体会和重温着。

他说见到你真好，好久没有这么发自内心的开心了。他说你还记得我们曾经一起在水田里捉泥鳅吗？你说当然记得，那时田里的泥鳅可真多，现在少了。听了你的感慨，他深表同意，说那时随便一条过水的泥沟，都能挖出好多的泥鳅。

他说相比夏天夜里打着灯，用一把长长的梳子状的铁制工具去稻田里卡泥鳅，他更喜欢翻开厚厚的泥土，亲手捉住一条条活蹦乱跳的泥鳅。它们滑溜溜地穿过手指间，费劲儿才能捉住的感觉，让他更有成就感。而用工具，稍不留神，就会让泥鳅受伤。看着它们伤痕累累垂死挣扎的惨状，他时常会生出悲悯之心，有种感同身受的疼痛。

你问他童年那么多有趣的事情，为何要说到捉泥鳅。他一脸回味地说那是因为他至今怀念曾经吃过的一道最美味的菜——豆腐煮泥鳅，秋水做的。你惊奇地看着他，足有好几秒，说你怎么不知道。他说你也知道，自从他母亲去世以后，他基本上算是一个没人管的野孩子。他父亲忙着练“神佛拳”，从不管他，他只能自己管自己，自己做饭、洗衣服，以及做一切力所能及的家务事。他说他每天做菜，浮皮潦草，标准是煮熟，顾不上味道。

一个秋日下午，他和你，在一条放干了水的泥沟里，一人从一头用手开始挖泥鳅，挖向中间会合，比赛谁最终挖的泥鳅多。泥沟的长度固定，要想挖的泥鳅更多，必须加快速度，尽可能增加自己所挖泥沟的长度。当然，这也必须满足以下两个前提，那就是泥鳅在泥沟中的分布是均匀的，以及捉泥鳅的技术水平是过硬的。要不，挖掘的长度，和挖到泥鳅的数量，并不成正比。从以前的比赛来看，你们捉泥鳅的技术水平大致相当，要不也没必要再比。但泥沟里泥鳅的分布状况，谁也无法提前预知，你们只能尽量加快挖掘的速度，才能有更多的收获。在你的一声令下，你和他各自埋着头撅着屁股，双手像转动的铁锹，飞快地翻寻着，每捉到一条泥鳅，就欢呼着为自己加油鼓劲儿。

在你们此起彼伏的喊叫声中，那条长长的泥沟很快被掀了个底朝天，没有一条漏网之鱼。你们一脸污泥地爬上岸，开心地数着篓子里的泥鳅。在小溪里洗去篓子的泥巴，捡去小石子，沥干水，你们找来五婶，让她公正地裁决。五婶拿着一杆秤，称了你们各自的重量，然后用脸盆分别装住倒出的泥鳅，又称了各自篓子的重量，两个数据相减，得出泥鳅的最终净重。一计算结果，五婶乐呵呵地宣布，说你们打成了平手。后来，你总怀疑五婶在称秤的时候做了手脚，心里的天平有了偏向，你明明感觉自己挖的泥鳅要多。你不服提出申诉，说建议重新称一次。五婶一瞪眼，呵斥说你这臭小子，五婶的话都不信。说完，她宝贝似的护着手里的称，佝偻着背晃晃悠悠地走了，懒得理你。

王铁军接着说，那天晚上他在家里打算煮泥鳅汤，由于又要添柴又要照顾锅里的菜，手忙脚乱的他，照顾不过来，锅里的泥鳅很快烧煳了，冒着黑烟，一股刺鼻的锅焦味。他一着急，一铲，泥鳅又断成细细的碎段。他正打算加一瓢水，直接煮。这时，秋水来到了他的家里。她飞快地伸手抽掉灶膛里几块燃烧的大木头，使得火势变小，然后扇了扇刺鼻的烟雾，瞄了一眼锅里一团乱糟糟的黑炭的一样的东西，笑着说那还能吃啊。她看你一脸沮丧的样子，说等会儿，她回家一趟。

一会儿，她一手端着一块白白的豆腐，一手提着你抓的泥鳅，篓子上还夹着几根长长的青葱，又笑着走了回来。昏暗的油灯下，她在案板上麻利地去掉一条条泥鳅的内脏，细细地切好姜丝葱段。做好所有的准备工作，她很自然地叫愣着站在一旁的他去添柴烧火，然后挽起袖子，拿着锅铲，准备开炒。

王铁军说那天晚上，他吃到了世界上最好吃的菜。那香气扑鼻的泥鳅汤，白嫩细滑的豆腐，以及汤面上漂浮的几根葱段，至今仍萦绕在他的记忆里，烙印在心里。他说因为吃得太急，他好几次烫到了嘴，不得不伸出舌头，像狗一样地哈气喘息。秋水递给他一杯水，笑着说慢慢吃，又没人跟他抢。

车子在山顶一排绿树掩映的房子前停了下来，王铁军热情地为你开车门，把你当上宾一样恭敬地迎了进去。你回头看了一下，整个陌城就在眼底，高楼大厦就如一根根竹笋，插在陌川山的四周，似乎触手可及，街上的人群、车辆，像蚂蚁和甲壳虫，四处爬行游走。你对王铁军说，这个地方真不错。他笑笑，对你的话表示赞同，却并不说话，似乎早已见惯了别人的少见多怪。

走进大门，房后别有洞天，一排排精致小巧的别墅，依山而建，看似随意实则经过精心设计，青草、树木、盆栽，点缀其间，让人仿佛置身在世外桃源。你见识过刘小艳家的别墅，以为那已经是最好的房子了，但跟这里的别墅一比，立刻显得寒碜无比。倒不是因为房价高低的问题，主要是气质，如果把房子比作人的话，刘小艳的别墅是世俗凡人，而这里的别墅，就是世外仙人。你也不知道为什么会产生这样的感觉，也许是整个环境所营造的氛围吧，给人一种飘飘兮若仙的飘忽感。

正站在石子路上张望欣赏，一个身穿白衣白裤，气质出尘的年轻男子，匆匆赶来，神色间满是着急和慌张。他见到你，先是礼貌地打了一声招呼，然后对着王铁军耳语一番。听完后，王铁军神色镇定地一挥手，说不碍事，并安排他回去，他马上就到。那白衣男子走后，他慢慢悠悠地带你进入一个房间，然后从容不迫地换上了一件浅黄色丝质长袍。瞬间，他脱胎换骨般地变了一个人，一派大师风范，飘逸出群，气度不凡，一种被俯视的感觉，又涌了上来。整理好衣服后，他对你说，走，一起去看看，也让你了解一下。

一个凉风习习的大厅里，十几个穿着白衣白裤不同年龄阶段的男女，摆着统一的姿势，盘腿坐在一个个黄色的软垫上，他们双眼微闭，正在吐纳修炼。他们一个个神情肃穆，进入了禅定的状态，外界的一切声响，似乎都与己无涉。而在大厅的一角，一个梳着发髻的中年妇女，则是另一番模样。她翻着白眼，表情狰狞，手脚绷得僵直，嘴角泛着白沫，喉咙嘶吼般地发出低沉而压抑的声音，似乎被一双无形的手掐住了脖子。王铁军轻盈地走去，用手搭在她的额头，嘴里念念有词。你听不懂他念了些什么，只是听得非常舒服。他的声音就像温暖的海水，从四面八方涌来，包容着你，涤荡人心。一会儿，在王铁军的帮助下，那中年妇女痛苦的神色渐渐减轻，脸上的乌青渐渐变淡，最后变成正常人的肤色。没多久，那中年妇女恢复了正常，她站起来，恭敬地对王铁军鞠了一躬，说多谢大师。王铁军轻轻挥一挥手，说今天不用修炼了，回去好生调养一番。下次再出现这样的情况，那就凶险了。那中年妇女，又对他一躬身，然后匆匆离去。

一个密闭的休息室里，王铁军对你说，这是他在陌城刚刚开办不久的一个灵修班，他在全国已有二十几个这样的分班。他说他还在别的城市，继续发展灵修班。他的目标是把灵修班做成上市公司。突然，他话锋一转，问你是否愿意帮他管理这个灵修班。他说他没有时间长期待在陌城。你愣了一下，说你哪懂管理。他微笑着说，你没有问题，只要你愿意，这里随时欢迎你。沉默了一小会儿，你忍不住好奇，说他刚才的声音怎么那么好听。他笑了一笑，从容地解开衣扣，露出里面一个与衣服颜色完全融为一体的小巧话筒，爽朗地说全靠它。

这时，响起一阵开锁的声音，刚才那个中年妇女，推开门，大大咧咧地走了进来，嘴里连声高呼累死了累死了。随后，她还用家乡话埋怨王铁军，说要死啦，怎么不快点来，差点儿喘不上气。

躲过保安鹰隼一样凌厉眼神的监视，你气喘吁吁地爬向这座高楼的天台。站在通往天台的门后，你回望了一下爬过的盘旋而上的幽暗梯级，忍不住咧开嘴，意味深长地笑了笑。你也说不清楚自己为什么要爬上天台。可能在各种媒体上看多了有关陌城的报道，你突然想在一个最高点，俯瞰这座城市。天台，可以说是城市的顶峰，钢筋丛林里高不可攀的象征。潜意识里，你要把陌城的顶峰踩在脚下，以此来宣泄征服的快感。你需要一个这样的仪式，来完成内心自信的重建。这是你自己都未察觉到的一个下意识行为，就像膝盖遭到击打时，不由自主的膝跳反应。

推开厚重的铁门，一股清冷的风，迎面扑来，鲜活的空气，让你身心舒展，你就像一条长久憋闷即将死去的鱼儿，一下游进了大海。夜色已暗，天台的栏杆边亮着一点烟火，忽明忽暗。一个白色的身影，落寞而慵懒地倚靠在那里。就在这个天台上，你碰到了她，司无邪。你恍然觉得，这样的场景似乎在哪里出现过，梦里，抑或是某次天马行空的想象里。这是一场宿命般的遇见，一次说不分明的邂逅，仿佛前世的约定，你只是按时前来赴约。

你走过去，倚上栏杆，跟她一样，默默地望着面前灿若星河的陌城夜景。脚下的喧嚣华丽，仿佛是在另一个时空，有种不真实的虚幻。

你看不清她的面目，不时吹过的冷风，扬起她长长的发丝，遮住了她的半张脸。那身影那姿态，从容出众，她优雅抬手，把烟送进烈焰般的红唇，不经意地流露出一丝茫然凄迷的神情，有种迷离的美。你忍不住扭头望她。你突然有种跟她搭讪的强烈冲动，但又怕碰一鼻子灰，于是，忐忑不安地变换着站立的姿势。

你不会刚来陌城吧？小伙子。

正踌躇间，耳边响起沙哑低沉的女声，仿佛来自遥远的虚空。

她靠近你几步，染成黝黑色的两个指甲间夹了一根烟，随意地递给你，似乎你们是熟稔已久的老朋友。这时，你终于看清了她的脸，但精致的妆容，让你看不出她的年龄，她有点憔悴，却显得更加楚楚动人。

她好似漫不经心的一声问候，让你有点不知所措，不是你不想和她亲近，只是一时找不到合适的话语。她的主动，打乱了你原本准备脱口而出的搭讪话术，同时有种内心想法被人看穿的惶恐，你一下变得脑袋空白，就像突然短路了一样。你努力地让自己变得临危不乱，脑袋里迅速地盘算着应对之策。

说你好吗？感觉有些生硬和愚蠢。说其他的话，比如夸她发型漂亮，夸她衣服合身，夸她皮肤白皙，又都太轻浮，你更加说不出口。你尴尬地接过她递来的烟，前所未有的慌乱，想着尽快摆脱眼前的窘境，你不是一个喜欢场面冷掉的人。

她撩了一下额前散乱的长发，扑哧一声笑了，你也只得跟着她笑了一笑。也许，就是那相视一笑，一下瓦解掉了空气中凝聚成坚冰一样的陌生感，你和她顺畅地聊了起来。其实，生活中，你是一个看似木讷实则善聊的人，只是需要一个打开你话匣子的话题。毕竟是初次见面，交浅言深也不是你的风格，你知道那样会给谈话双方带来压力，所以你和她的聊天内容，也只能是蜻蜓点水般地掠过各自生活的表面。

聊兴正酣，一个电话，中断了你和她的交流。她匆匆说了句你这人真有意思，然后就一脸焦虑地往天台的楼梯间奔去。她如风一样飘逸的背影，消失了，你有点怅然若失，就像听了一首戛然而止的歌曲，余韵缭绕。手指传来的灼痛感，掐断了你的思绪。你丢掉手中燃尽的烟头，用力甩了甩头，自嘲般地耸肩挑眉。

陌城的夜景，确实令人迷醉。这座焕发着青春活力的沿海城市，遍地如竹笋般密集的高楼大厦，到处流光溢彩，充满着迷人的魅力，长长的陌城大道，宛如一根金色的丝线，串联起周围如珍珠般璀璨的街道。

她无声返回。

一声大吼，才把你从梦境般的沉醉中拉回。她递给你一张名片，在耳旁做了一个打电话的手势，然后又匆匆走了。你摩挲着手里的名片，念叨着她的名字，司无邪，思无邪。你抑制不住内心的狂跳，似乎这正是你久久不愿离开的理由。

再次见到司无邪，是在几个月以后，同样的天台。

你们聊天的内容，从一句玩笑话开始。她说，她开玩笑说。她很想从这高高的天台上跳下去，眼睛一闭纵身一跳，人就像树叶一样飘荡在空中，绝望而凄美。她说她好多次想象过那样飘在空中的感觉，想象下落的每个细节，像电影的慢镜头。她说她甚至能想象出身体与地面接触时崩裂的声音。她双手做了一个合拢又快速散开的动作，说脑袋像西瓜一样四散炸裂，脑浆涂满一地。当然，也有可能跳得偏离方向，刚好砸在了路边的护栏上，身体顿时断为两截，然后长长的像发条一样的陌城大道停止运转，人们潮水般地围拢过来，一个个摇头叹息。一会儿，她又说那样太恶心，死得太凄惨，一点儿也不美。

没有比死更恶心的了。她厌恶地说。一说到这里，她似乎也被自己刚才的描述恶心到了，露出要呕吐的表情。她拿着烟猛吸一口，徐徐吐出一个烟圈，然后像猫一样眯着眼，看着烟圈扩大消散，才从刚才的思绪中抽离。

闲聊中，你们更多地涉入了对方的生活，但你坚守着自己的底线，绝口不提有关情感的事情。她说她是重庆人，刚来陌城时，陌城大道还一路泥泞，到处都在施工，就像一个大工地。她说那时她在一家电子厂里打工，是个思想单纯的打工妹，生活就是宿舍—食堂—工厂，三点一线。不过，她还挺怀念过去的生活的，虽然十几个人挤在一个狭窄的空间里，但人与人之间，亲密无私。

她说她在嫁人之前，谈过仅有的一次恋爱，初恋，刻骨铭心。他是一个香港人，阳光帅气，可以说，那是她人生中，最美好的一段时间。那时，她是电子厂的质检员，他是质检主管。他教她使用电子仪器，教她电子产品的检测流程，耐心细致。为了接近他，她故意出错，然后去请教他该怎么做。她自然地坐在他的旁边，望着他的侧脸，欣赏他认真工作的样子。她多么希望时间就停止在那一刻，让她一直望着他，哪怕变成一尊凝望的雕像。

确定恋人关系后，她每天都期待着下班，期待着那不多的空余时间都被他们的恋情填满。她喜欢和他牵着手漫步在工厂后面的小山坡，喜欢和他相拥着走在树影斑驳的荔枝树下，喜欢和他去海边沙滩上追逐打闹，总之，喜欢和他在一起的一切。

除了最后那一步，她和他做过恋人间该做的一切，拉手、接吻、抚摸，甚至多次住在同一张床上。她说她不是个保守的女人，但总觉得最珍贵的东西，一定要留在那个最美好的时刻。他理解她，并和她一样，憧憬着那个美好时刻的到来。

她说为了保护她最为珍视的东西，差点成了杀人犯。她说她那个挨千刀杀的继父对她有非分之想。她十岁时，父母离婚，她随母亲到了继父家。从进门见到继父的第一眼起，她就知道他不是个善茬儿。说不上为什么会有那样的感觉，也许是女人的直觉，她的直觉又早于其他女人。他在人前，包括在她的母亲面前，表现得像极一个慈父，温暖而富有爱心，但只要单独和他在一起，她就能感觉到他看她时，目光中闪烁的淫邪。她说她读书成绩很好，如果一直读下去，考个普通大学也不是没有可能。高一那年，他趁她午休时，爬上床，把她压在身下，一只手捂着她的嘴，另一只手粗鲁地撕扯着她的衣服。

从睡梦中惊醒，她惊恐莫名。反抗几次，完全无法摆脱他的控制，她露出乞求的眼神，希望他能放过她。他淫荡一笑，厚颜无耻地说，他那么辛苦地养活她，供她读书，做人不能忘恩负义，总得要想着回报吧。可能发觉自己说得太过直露，他又换了一副温柔的面孔絮絮叨叨地说，他一定会对她好。只要一次就行。他说绝对让她快乐。他以后一定好好供她读书，就算出国留学都没有问题。她一句话也听不进去。她说她真的绝望了，濒临崩溃的边缘，就像一个在茫茫大海中溺水的人，周围漆黑一片，看不到一丝光亮。

她停止挣扎，虚脱般瘫着。他狞笑着松开捂着她嘴的手去脱裤头，他以为她再也不敢反抗。她抓住他疏忽的空隙，一口狠狠咬住他的手腕。他吃痛，怪叫一声，本能地放松了防备。她飞快地从枕头下抽出一把小刀，毫不犹豫地插进了他的胸口，然后一脚把他踢下床。整个过程干脆利落，一气呵成，似乎提前演练过一样。

说到这里，她的眼眸里闪过一丝狠劲儿。她说她的继父还是不了解她，以为她软弱好欺负，其实她是一个性格刚硬的人，宁为玉碎不为瓦全。她似乎料到了会有这么一天，早就做好了预防措施。她从家里逃出来后，在同学的资助下，来到了陌城，又经朋友的推荐，进了这家电子厂。

哪知她拼命保留的东西，小心呵护的珍宝，轻而易举地就被那个老男人窃走。他强行插入她的生活，改变她人生的轨迹。她知道他追求她，但从来没有正眼瞧过他，她沉浸在自己的爱恋里。他对她围追堵截，送花送珠宝项链，她只觉得恶心，她想她的人生不可能和他有任何交集。但事情有时候就那么无可挽回地发生了。

时间，确实是一个残忍的东西，即使过去一秒，也无法返回，它只管一股脑儿地线性向前。一秒，只要滴答一声走过，就成了既定事实，成为你人生历程中的一个过往。顺畅的叙述中，她突兀地发表了一番有关时间的感慨。她说她犹豫过一秒，但没坚持，那是隔壁宿舍一老乡的生日邀请。她说假如那晚没去的话，就不会发生后续一系列打翻多米诺骨牌一样的事件了。当然，现在一切都只能假如，假如又不会变为现实。她哀叹说，语气里带着认命的沮丧。

如果事先知道那是一场串通好的阴谋，她无论如何也不会去参加那样的生日聚会。那个老男人，正面强攻不见成效后，就玩起了孙子兵法，他通过各种手段搞定了她身边的朋友和同事。本来她打算只喝一杯饮料，稍作停留就走的，但架不住他们的纠缠，多玩了会儿。后来，她不知道为什么，开始迷糊，双脚发软，瞌睡连连。

她醒来时，发现自己赤裸着躺在一个宽大的席梦思床上，下体隐隐作痛。他的适时出现，让她一下明白了怎么一回事儿，顿时，一股死寂般的凉气，从心底蔓延而上，直至吞没她的理智。哭过闹过，任何激烈的行为都做过，但都无法让她回到过去，回到那白璧无瑕的过去。她心中完美的爱情死了。人生完了。茫然中，她走出房间，穿过街道，穿过一片红树林，迎着腥咸的风，走进一片混沌的水里。她的脑海里只有一个念头，洗净肮脏的身子。

她只要回到从前。

一个蝉噪声声的夏日中午，白远航打来电话，兴奋地告诉你，说他作为演员之一，参与了国内一位新锐导演拍的最新电影。他在说新锐导演某某某时，故意扯着嗓子提高音量，生怕你漏听了最重要的信息。他说电影将在不久之后的暑期档里上映。他让你一定要去电影院看首映场，并抑制不住激动的心情高声说，他已经收到走首映红毯的邀请。随后他又告诉了你电影名称，以及上映日期，叮嘱你说一定不要错过他的处女作。你一边听电话，一边拿着笔在床头的日历上重重地圈上他说的日期，并在表达开心情绪以及祝福的同时，保证一定准时去观影，一定不会错过他在大荧屏上出现的任何镜头。

一会儿，他话锋一转，又把话题聊到了首映红毯上，他感叹说那些大牌明星的衣服、配饰，贵得吓死人，一个简单的耳钉，可能上万元。他还说希望通过这次的红毯亮相，争取多在媒体上露脸，以便增加工作机会的可能。对服饰搭配，你没有多少经验。你很少注意外在，也没时间去过多关注，你通常都是简单的T恤加牛仔裤，轻松而随意。但你听得出了他话里的弦外之音，他是在提醒你，他需要更多的置装费。不得不说，他说话的技巧，越来越娴熟圆融，就像太极推手，粘连黏随，四两拨千斤。你有时厌烦他这一点，显得太过虚伪矫饰，像一条滑溜无比的泥鳅。

终于到了白远航参演的电影首映的那一晚，你早早地坐进电影院里，全程瞪大眼睛仔细辨别，可是直到电影片尾曲响起，你还是没有找到有他的任何镜头。那是一部无厘头的古装搞笑电影，电影院里的观众一个个被逗笑得前仰后合，气氛轻松欢快。

散场时，一走出电影院，你立即打电话给白远航，问他是否漏掉了某个片段，并确定他出现在哪个时间段。他叹气的声音，从话筒那头传来，你能想象出他的颓败与落寞。他情绪很是低落，懒懒地说他参与的戏份基本被删掉了，只剩下一两个镜头。他说你记得有一场在屋顶的打斗戏码吗？昏暗朦胧的夜色里，一个披着红色披风、满脸正气的中年大侠，一个扫堂腿，扫掉屋顶上站着的四个黑衣蒙面人。他说他就是那四人中的一人。

你哦了一声，记了起来。难怪站在屋顶左侧的那个黑衣人，身影那么熟悉。他跌落屋顶时，在空中有个特写，持续了一两秒，你透过包裹严实的一片黑色，看到了一双熟悉而亲切的眼睛，听见了一声似曾相识的惊叫。你安慰他，说没事，以后还多的是机会。你尽力措辞委婉，轻声说着一些鼓励他的话。但是，很显然，他听不进你的话，也没有兴致跟你多聊。他敷衍着跟你说了几句之后，快快地挂了电话。

你理解他此时的心情，付了那么多心血的投入，最终却得不到一个露脸的机会，是谁，情绪都会受到影响。只是，你相信他会整理好自己的心情，重新投入到他喜欢的事业中去。一点点打击，对他来说也许是好事，至少让他正视行业的残酷，并激发他心中不息的斗志。你在心里，像是安慰似的对自己说。

走出电影院，你踯躅在街头，心情莫名地烦躁。陌城的夜，喧嚣闷热，没有一丝风，空气似乎变得黏稠滞重。这时，唐三皮打来电话，他喘着粗气说话急促，他让你赶紧去陌城第一人民医院。嘈杂的人声和脚步声中，你听不清他说的话，只听出了大致意思，说有人被打了。挂掉电话，你疾步走到路边，招手拦下一辆的士，火急火燎地坐进去，匆忙说明地点，然后催促司机尽快赶过去。

长长的白色走廊，匆忙又从容的医生护士，缓慢而焦虑的病人，浓郁刺鼻的消毒水，这些让你不安甚至窒息的元素，表示你又置身在了一个不愿意进入的空间里。一头鲜血的唐三皮，蹲在手术室的门口，他看见你，无声地站起来，露出一脸歉疚的神情。你关心地问他，怎么不去处理一下头上的伤口。他哑着嗓子，说他没多大关系，只是一点皮外伤，不碍事。停顿了一小会儿，他低声喃喃地说手术室里的秋思，才最最要紧。你伸手一把抓住他的衣领，往上一提嘭的一声把他压在墙壁上，声色俱厉地问，秋思怎么了，她怎么会进手术室。他见你一脸怒气，面孔狰狞，似乎吓着了。他心虚地答非所问，说不管她怎么样，他都会对她负责一辈子。你一听他说这话，更把事情往严重的方向猜测。你一脸惨白，冲他咆哮着说她究竟怎么了。

在你最直接的想法里，秋思肯定被他欺负了。最近，他像一条癞皮狗一样，到处追着秋思摇尾乞怜。人模狗样的他，觉得有资格对她发起爱情的攻势了。没错，这几年，他脱离胡斌，踩着李豪的肩膀，做了几单生意，赚取了人生的第一桶金。毫无疑问，在生意场上，他比胡斌更具有冒险精神。按他自己的话说，反正他穷光蛋一个，没什么不能失去的，包括生命，如能赚到，都是利润。他就凭着这样一股子狠劲儿，加上人又灵活，左右逢源，很快就有了丰硕的回报。

鸟枪换大炮的他，改变了追求秋思的方法。他学着城里时尚的年轻人，花着心思变得浪漫起来，不是一大捧艳红的玫瑰花，就是出入高档消费场所。他以为凭他的物质攻势，加上帅气的外形，是个女人都会为之心动倾倒。可是，秋思不仅不是那样的物质女人，而且专一得堪比《梁祝》里的祝英台。她说她要等监狱里的王小树，她不相信十五年后的他，还会再去吸毒贩毒。她一根筋儿似的对自己或是对唐三皮说，她不等他，他出狱后怎么办。她多次明确地跟唐三皮说，她只把他当朋友，普通朋友，其他任何关系都不可能。

也许，得不到的永远是最好的，唐三皮似乎鬼迷心窍，他认为她的拒绝，是她在考验他，在对他设置重重关卡。他不相信在这样的物质社会里，还有那么痴情专一的女人。她拒绝得越决绝，他越是追得起劲儿。每次挫败而归，你都要直截了当地打击他，骂他有病，说他跟李豪是同一类人，有受虐倾向，一个是肉体上的受虐者，一个是精神上的受虐者。听了你的话，他认真地想了想，似有所悟地对你的话表示赞同，说你说得挺有道理的。他说他真的很享受她拒绝时的决绝眼神，以及对他不屑一顾时的傲娇。你说他应该去看看心理医师，为他那病态的不健康的心理状况。

看着你冒火的眼神，唐三皮举起双手，做投降状地说，这次的事情跟他没有关系。沉吟了一会儿，他又沉痛地谴责自己，说他怎么能说跟他没有关系呢。你被他说得迷糊了，冲口而出地说他是不是被人打成了脑震荡，说话颠三倒四的。他没有理会你的恶语相向，而是反问你，说你是否知道秋思一直欠着高利贷。你想了一会儿，犹豫着说，她应该不会欠高利贷吧，她早就还清了啊。唐三皮嘲弄似的看着你，说你这个当哥的，对你的妹妹有没有表示过关心，她这几年一直欠着巨额的高利贷。

他说他本来也不知道，但恰巧看到李豪把她引诱进了宾馆，才酿成了现在的惨祸。他说在王小树贩毒被抓的那一年，秋思到处托人找关系，又送钱又送礼，王小树父亲拿来的那点钱，根本不顶用，几天就送没了。为了争取王小树不判死刑，走投无路的她，借了一大笔高利贷，差不多四五十万吧。她拿着那笔钱，找了个可靠的关系，又送了进去，那样才终于保住了王小树的命，最终只判十五年。

李豪打听到了这件事，认为有机可乘，于是，他假惺惺地帮秋思还清了高利贷，并以差不多零利率的超低利率，重新跟秋思签订了新的借贷合同。这样，李豪理所当然地成了她的债权人。李豪这么做，秋思其实是感激他的，毕竟去掉了那么大一笔利息，大大减轻了她的还款压力。但她知道，李豪醉翁之意不在酒。她清楚他心里的阴暗想法。李豪多次在秋思的面前说，只要她答应嫁给他，或者做他几年的情妇，他立刻撕掉借贷合同。他说她如果答应嫁给她，他立刻休掉家中的黄脸婆，明媒正娶地把她娶回家。秋思当然不会答应他的要求，她脖子一横说宁愿死也不会做那样的事情。

就在秋思差不多还清她的所有贷款时，李豪发觉自己做了一件亏本的买卖，于是算计着想要捞回一点利息或是颜面。他把秋思骗到宾馆，说请她赏光陪他吃顿饭，以后他再也不会出现在她的身边，再也不会对她有任何的骚扰行为。秋思知道那可能是一场鸿门宴，但她抱着还他人情的心情，愉快地前去赴约。在包房里，刚开始李豪显得特别正经，说着感谢她赏面之类的废话。几杯酒下肚后，他原形毕露，开始对她动手动脚。对于碰一下手臂，搭一下肩膀之类的小动作，秋思能避开则避开，避不开就抱着让他占一下便宜的心思，一笑而过。但他把她的宽容，当成了纵容，于是愈发地得寸进尺。

也许，这时候唐三皮不该闯进去，他的出现，使得事情更加的错综复杂。他撞进包房里，拉走了秋思，像所有电影里英雄救美的桥段那样。他们奔跑着出了宾馆，走向人潮涌动的街头，漫步在树荫下。只是想不到，几个拿着长长铁棍的地痞流氓，悄悄地跟在了他们的身后，如影随形。

随后，一场激烈的械斗，在浓黑的树荫下展开。秋思毫不畏惧，她拿着高跟鞋挥舞着，好几次打中了对方的手臂或大腿，引来一阵嗷嗷怪叫。唐三皮从地上捡起一根木棍，左冲右突，保护着自己和秋思。但终究寡不敌众，对方几个人拿着铁棍包抄着砸向唐三皮。秋思一见不妙，她拿着高跟鞋，毫无畏惧地迎了上去。最后的结果是，一个人的铁棍砸中了秋思的脑袋，而秋思手中的高跟鞋，也深深地戳进了一个人的肩膀。

秋思像被猛然砍倒的一棵树，直挺挺地倒在了陌城的街头。

司无邪一把拉住你，差点儿让你从缓慢前进的三轮车上摔下来。你一眼认出来了她，虽然她的穿着打扮和在天台上大不相同。这次，她胭脂薄施，穿得非常正式，一件简单的白色衬衫，一条深蓝色的套裙，长长的头发弯曲成漂亮的造型盘在头顶，干练利落气场十足，完全一副职场女强人的模样。她擂了你一拳，嗔怪说为什么这么久不跟她联系。你尴尬一笑，说最近遇到了一些事儿，比较忙。她看了你一眼，露出理解的神情，然后肯定地说，别送快递了，跟她干吧。

自从第一次在天台上相识，你就知道她肯定是一个能干强悍的女人，但没想到她说起话来，也那么富有煽动力。站在一块白板前，她热情洋溢地向大家介绍她手里的一张命名为“大鹏通”的卡片。“大鹏通”正面是一只大鹏鸟展翅高飞的图案，背面则是陌城的简略地图。“大鹏通”制作精美，寓意深刻，让你一下想到了庄子《逍遥游》里“扶摇而上者九万里”的名句。不过说到底，“大鹏通”就是一张普通的塑料卡片，银行卡大小，被她一形容，仿佛变成了主宰全陌城人民优质生活的一块魔方。

听到最后，你弄明白了她如大鹏高飞一样的远大理想。所谓“大鹏通”，就是一张去陌城任何消费场所，比如理发店、饭馆、沐足中心、超市、药店、酒店、停车场，等等，都能得到比普通顾客更多折扣的一张优惠卡。这在信息还不够发达的当时，绝对是一个天大的商机，还没有人在做这方面的信息资源整合。她铿锵激昂的话语，点燃了十几名员工的热情，包括新到的你，仿佛你们即将要做的是一件拯救万民于水火之中的伟大事业。

工作第一步，“扫大街”。她干脆利落地说。你一时没听明白，还以为是拿着扫帚等清洁工具去大街上打扫卫生，心想陌城的企业还真有爱心，工作前，先去扫一会儿大街。你一脸狐疑的表情，被她捕捉到了。她一脸轻松地对你说，扫大街，不是你想的那意思，是指挨家挨户拜访一条大街上的所有商户，谈判让他们接受我们的先进理念，然后达成合作协议。她还笑着打趣说，你不用担心，她会亲自带你。你跟着她用心学习就好了。

随后，她又进行了具体分工，把陌城按照行政区划分成几大块，然后每个分块里安排两名业务员，目标是让区域内的所有商户都来签约。然后她又细致地讲解了签约合同的各个条款，说尽量跟商户谈下更多的优惠折扣，这样，“大鹏通”对消费者来说，就越发有用。她强调说，我们做的是一件既能帮助商户带来生意，又能为消费者带来优惠的事情。做这个事情，我们有十足的底气。我们要以一个高瞻远瞩的眼光去引导商户来跟我们签约。当签约的商户，覆盖整个陌城的时候，我们就可以向消费者大力推广“大鹏通”。当然，这是我们下一步着力要做的工作。

第二天，在一个商户门前约好碰面时，你蓬松的乱发，松松垮垮的衣着，看得她直摇头。她上下打量了一下你，直言不讳地说，你还没有进入工作状态。她拉着你走进路旁的一家装潢高档的理发店，说我们的工作就从这家理发店开始，从头开始。说着她把你推到理发台，对一个理发师说弄得干净利落一点，然后一个人拿着资料，婀娜着腰肢，找理发店老板谈合同去了。当她顺利签好合约，看到全新发型的你时，眼前一亮说小伙子不错，挺精神的，不过还得捯饬一下。随后，你又跟着她逛了衣服配饰店，买了几件她认可的衣服及鞋子。她拍拍手爽快地说这些开支，她预先垫付，下个月发工资时再五折扣回来，相当公司为你报销一半的置装费。你有些不好意思，推辞说不用，你自己买就行。

头一天，签了十几个合约，基本上都是她一个人谈下来的。你只是一个卖卖力气的小跟班，帮她背着大大的资料袋。她仿佛有用不完的精力，斗志昂扬，踩着高跟鞋咚咚咚地走在前面。而你，两条腿像灌铅了一样，酸胀难受。除却身体上的劳累，这一天你还是很有收获，她简直就是教科书一样的业务员。她游说其他行业老板时，就如春秋战国时的策士，纵横捭阖，没几个人能拒绝。她的话语，有着催眠洗脑般的功效，你不知道别的人是否这么认为，反正你是彻底臣服了。每从一个商户那里签约出来，你都要叹服一番，说她简直就是观音大士，来到人间送福音的。她被你夸得眉开眼笑，甚为受用。

风雨无阻地跑了几个星期，你和她更加熟悉起来。你甚至有点期待一天工作的开始，期待和她穿行在陌城的大街小巷。闲聊中，她说自从认命一样地嫁给那个男人后，她不再打工，而是跟着他一起打理生意。她的这些谈判技巧，都是那会儿不断磨炼出来的。潮汕人擅长做生意，这一点毋庸置疑，几年折腾下来，他的生意越做越大。顺理成章地，她回归家庭，做了全职太太。那些年，他爱她，对她唯命是从。她享受着富家太太该有的清闲生活，没事就和周围同样身份的女人打麻将消磨时间，或者购物消费，或者四处旅游，似乎过得惬意而满足。但所有的这一切，都不是她所追求的。她说她要证明，证明她不是任何人的附庸。

这天下午，阳光温热，树影婆娑。

你和司无邪，走到一家大型沐足中心前。她看起来有些犹豫，脚步踌躇。从外观看，这家沐足中心装修豪华气派，门口种着一排高可参天的棕榈树，一看就是一个高档消费场所。她收起太阳伞，摘掉遮住半张脸的宽大墨镜，深吸一口气，说跟她走。你被她凝重的表情吓了一跳，心想难道还有她搞不定的事情。这些天，虽然偶尔会遇到一些难啃的硬骨头，但最终都被她拿了下来。你对她的能力，深信不疑，同时也在暗中学习揣摩，努力提高自己。

还没进门，远远地就看见两个穿着高衩旗袍的美女，露出职业的微笑躬身迎宾，说着欢迎光临的客套话。她仰起头，一副睥睨众生的女王范，对着迎上来的一位经理样的男子，语气生硬地说，告诉你们老板她来了，然后目不斜视，蹬蹬蹬地径直往大厅深处走去，一副熟门熟路的样子。每经过一处，工作人员都要停下手头正忙的工作，向她鞠躬行礼。你背着资料包，一路小跑着跟在她的身后。眼睛余光的探视，沐足中心金碧辉煌的装饰，强烈震撼到了你，一切都在你的想象之外。你就像刘姥姥进了大观园。

在一间古色古香的办公室里，一个大腹便便，头发花白的中老年男子，坐在硕大的古老木雕大茶几前，正悠然地喝着工夫茶。房间里，弥漫着一种似有似无的香气，你一进入，顿时觉得神清气爽，疲惫全无。他看了她一眼，淡然地说，你来了。她看也不看他，一屁股重重地坐在他对面的沙发上，招呼你坐下，然后从包里拿出一本合同，丢在茶几上，废话少说，签了它。

他笑了笑，说难得来一趟，先喝杯茶吧。说着，他把一杯茶，递送到了她的面前。他似乎没有见到你，视线根本没往你的方向看，也许在他的眼里，你就是空气般的存在。她不耐烦地催促他快点，说她还要去别家，没时间跟他瞎扯。他拿起那本合同，站起来，绕过茶几紧挨着坐在她的身旁，眼神暧昧。他的一只手从她的腰肢处攀缘而上，最终定格在她的肩膀，使劲儿搂了搂，然后对着她的耳朵呓语般地说，你要怎么说服我？

在谈判的过程中，你见过向她暗送秋波的男人，也有人有意无意地触碰一下她，但没想到他如此大胆，简直是赤裸裸的性骚扰，完全不顾正房门大开，以及坐在身旁正瞪大眼睛不可置信的你。你一下气血上涌，怒火冲走了理智。你抓起重重的装资料的包，狠狠地砸在他的头上，一把推开肥硕如山的他，然后抓起她的手，说我们走。

你拉着她，穿过回环曲折的走廊，穿过大厅，在一片惊愕的目光中，飞奔而去。你似乎听见一阵兵荒马乱中，夹杂着他失控的怒吼。你和她，夺路狂奔。你以为会有人追出来，但没有。良久，她气喘吁吁地说，别跑了，她走不动了。你警觉地望了望身后，护住她。你怕有人潜伏在某个看不到的角落，趁你们不备时发起攻击。警匪片里，经常有这样的桥段。

歇了一会儿，她平静地说，他是她的老公。

那棵古梅树，以及掩映在梅影下的戏台被一起推倒后，你再也不想回去。那个曾经让你梦萦魂绕无限眷恋的邓家铺子，如今也只能从掩埋在一大堆时间里像坟墓一样凋零荒芜的记忆里搜寻了。你在心里无数次地说，永别了，你不会再来。但那些从时间尽头游弋而来的记忆点，散乱地浮现，稍不留心就能触碰到。常常只在一晃神之间，头颅里的那些记忆点，飞速交汇，连贯在一起，从点到线，再到面，最终建构出邓家铺子的模样，并缓慢地旋转着，像一个斑驳通透泛着细白光晕的魔方，你可以从任何方位抵达其中。

偶尔相聚，你问身边的朋友对于故乡的变化，是否有同样的感触。他们要么敷衍地附和一下，要么耸耸肩表示无可置评，更有甚者，他们会觉得你是吃饱了撑的，没事多干活多赚钱，有什么好感慨的。穿行在人口密集的陌城，你找不到一个可以产生共鸣的人。孤独的感觉，时常如潮水，无情地把你吞噬。

地域的认同感，在你看来，是一个人安身立命的大问题。要不，无论在哪里你都感觉是个漂着的人，无着无落，像无根的浮萍。你猜想，在别人的眼里，你一定是一个固执的人，不肯试着改变以适应新的环境。

你认可别人对你固执的评价，并觉得那没什么不对。在社会快速变化的当下，你这方面的不知变通，简直可以用迂腐来形容，堪比鲁迅笔下的孔乙己。在陌城生活了十多年，你不愿意学当地人的语言，不愿意按照当地人的生活方式去生活，更不愿意被当地人的文化所同化。你不知道这种坚持有什么意义，因为现在即使回去，那个曾经封闭落后的小山村，也发生了翻天覆地的变化，再不是过往的模样。人不在了，物也不在了，除了乡音还在，其他一无是处。

你不知道，何处可还乡。

记得有一次回邓家铺子，是在一个冬日。

那天，寒风瑟瑟，尖利而干涩。

你跌跌撞撞，终于赶在天黑之前，回到了邓家铺子。当时，天空中纷纷扬扬地飘洒着细碎而干燥的雪粒。雪粒跌落在地面像玻璃一样透明的冰层上，粒粒溅起，到处乱窜。朦胧雪光的映衬下，整个邓家铺子，像一个巨大的冰雕场。极目远望，你有种时空错乱的幻觉，仿佛进入了另一个世界——一个前所未见的冰雪世界，群山、树木、房屋，以及小溪，都包裹在厚厚的透明冰层里，晶莹剔透。近处，曾经一屋挨着一屋、鳞次栉比、抱成一团的邓家铺子，现在完全被推倒、掏空，像一块撕碎的破布。这一切，让你感觉陌生，恍入他乡。那条长满杂草的缘溪长小道，已被平整而宽阔的水泥路面取代。田野里，高高低低地修满了外墙镶嵌着好看瓷砖的独栋房屋，只是好多人家大门紧锁，窗户上、墙角里，结满了大大的蛛网，不见有人居住的迹象。穿村而过的“街上”，也被一幢像潜伏着的怪兽一样的三层小洋楼，拦腰截断。

邓家铺子里最为低矮破旧泛着暗淡光晕的房子，非尹苏曾经居住的那栋老屋莫属。长久不经修葺的它，病歪歪地倾斜着，在周围所有外表光鲜的楼房面前，就像一个衣衫褴褛的垂暮老人，匍匐在低处，苟延残喘。走到老屋前，抚摸着墙上结成冰块的青苔，你重重地呼出一口气，一缕钻心的疼，从心底涌起，差点儿让你站立不稳。你的这次匆匆赶回，是为了奔丧——秋水和邻居因为老屋外排水沟的归属问题，争论了几句。当天夜里，她一时气不过，抱恨离世。

你不知道她和谁争论，也不了解其中的细节，但以你对秋水的了解，她爽朗善谈，心胸开阔，不应该因为一场争论就想不开而郁结在心，以致搭上还算硬朗的身体。就在几天前，你还和她通话聊天过。她中气十足，爽朗而大声地告诉你，说家里很好，她身体也健康，完全不用担心，她也能很好地照顾自己。她还笑着跟你探讨，说她要在这个冬天里，找村里的老木匠为她做一副“龙壳”，也即棺材。村里人为了避讳，把棺材称为“龙壳”，好听又吉利。她说村里跟她同龄的老人，都已经有了“龙壳”，就她一个人还没有。她说她不能到死了的时候，还要四处去买“龙壳”，或是临时赶着做出来。

顺便插一句，在乡村里，到了一定年龄的老人，为将来去另一个世界打造一副安身之所，是人生暮年的一件大事或喜事。有老人为了高兴，在“龙壳”合拢完工的最后一天，还会摆上几桌酒席，邀请亲朋好友前来热闹地庆贺一番。你很早就了解这样的家乡风俗，但你还是跟秋水开玩笑，说她一点也不老，年轻得很，过几年再考虑，也为时未晚。你憧憬着说，到时候，你回邓家铺子，帮她摆上几桌，请一大帮人来热闹热闹，一定不让她落于人后。她听了你夸赞的话，爽朗地笑着，原本坚决的态度也有了松动，语气不再坚持。哪知过了没几天，一语成谶，她就真的需要一副“龙壳”。

踩过冻成一块巨大冰块的小溪，走在滑溜的田埂上，你迎着山脚小屋里散发出的昏黄灯光，一步一步地挪向那个曾经无比想念的家。在现任村主任邓奇的指挥下，你的家里，人头攒动，凌乱而忙碌。见你回来，邓奇和几个乡亲迎了出来，友好地和你打着招呼，说一路辛苦了。你点了点头，神情木然，不知道该说些什么，只是提着包，在围观乡亲们躲避着闪开的一条通道中，熟门熟路地往家的堂屋走去。

冰冷的堂屋里，空空荡荡，只有一副黑色的棺材，摆在正中央。已经穿戴一新的秋水，躺在还没盖上盖子的棺材里，她双目微闭，似乎正在酣睡。她的面部表情是严肃的，像在沉思，交叉着的双手细长苍白泛着光泽，好像白玉雕成的一般。你轻轻叫了她几声，妈，我回来了。她不作声，依旧那么冰冷地躺着。你摇了摇她的手臂，用平时调侃的语气说，秋水快起来做饭，我饿了。

良久，不见她回应，你走上前，把手伸进她的脖子下，想要把她扶起来。这是你唤醒她的最后撒手锏。小时候，她总是冠冕堂皇地说，你要学会独立，做饭、洗衣服这些生活上的小事，都应该自己学会做，要不以后去远地方读书了，谁照顾你。她尤其喜欢在大冬天的清晨里，明明醒来了却装着正在熟睡的样子，逼着让你自己去做早餐。

为了弄醒她，你常常恶作剧地伸出冰冷的手，探进她包裹得严严实实的脖子里。她一冷，打了一个激灵，笑骂一句兔崽子，然后不得不掀开温暖的被窝，艰难地爬起来，麻利地帮你准备早餐。这是很长一段时间里，你跟她玩的一个乐此不疲的游戏。她的嗔怪或是佯装暴怒，往往是你快乐的源泉。

一旁的邓奇，赶忙上前，一把拉住你的手臂，用力撑着摇摇欲坠的你，嘴里不停地劝说，人死不能复生，节哀吧。眼里的泪，无声地汹涌而来，她真的离开了，再也不能醒来，你双脚软得像两根软面条，完全站立不住。邓奇用脚勾过身旁的一把木椅，让你坐了下来，说坐坐吧，休息一下。这时，跟秋水吵架的李桂兰，从众人中走了进来，她拉着你手，说都是她的错，说话气着了秋水，那不是她的本意。你知道，在邓家铺子，李桂兰和秋水，是要好朋友，平时都在一起有说有笑。那天夜里，因为天寒地冻，秋水在李桂兰家围着火炉闲聊，说得兴起时，她们谈到了老屋重建的问题。李桂兰说凭她的记忆，老屋之间排水沟的分界线，要偏过去几厘米。

就因为这个话题，秋水不服，笑着开玩笑说她想多占她家的地基。她说她记得尹苏曾经跟她说过，在排水沟的中间某个位置，上一辈的人打了木桩作为分界线。她说等天亮，用锄头刨开地看一看就知道。李桂兰不经意地随口接了一句，说秋水家反正目前又不建房，先让一让，等要再建的时候，往外边挪几步就行了，都乡里乡亲的，何必那么寸土不让。秋水一听，也加重了语气，反问她说要是她现在也建房子，她让不让。李桂兰一急，冲口而出地说秋水不够朋友，她家急需建房，而秋水又没那么急需，何必跟她抬杠。后来，她们又相互说了一些难听的话，最后不欢而散。哪知就因为这样平静的几句争吵，秋水气得撒手西归。那天夜里，她究竟经历了怎样惊心动魄的心理活动，谁也无法得知。

李桂兰说秋水的丧葬费，她愿意出一部分，并无条件地让出了她前几年就做好的“龙壳”。你没什么意见，只是秋水的死，让你突然失去了依傍，仿佛整个世界都在不停地坍塌、湮灭。你木然地守在她的棺材旁，看着忙乱的人们，在邓奇的指挥下，盖上盖子，钉上长长的钉子，严丝合缝地在缝隙处涂上一层刺鼻的白白的油漆和石灰的混合物，再在底下点上一盏长明灯。秋水在你的眼前，慢慢消失，然后渐渐隐退到你的脑海中，你的记忆里。

冰封大地的天气，从你赶回邓家铺子的那一天起，一直没有好转的迹象，整个大地仿佛被永久凝固了一样。白远航从京城赶到省城，再也无法前行，火车、汽车全都停运。他只能待在宾馆里，等着冰雪消融。在等了几天后，耗不起时间和精力的乡亲们，一致决定不等白远航回来，第二天就出殡。

这几年，邓家铺子的年轻人越来越少，大多在外打工，只剩下一些老人和一些到处乱跑的留守儿童。每天晚上，前来守灵的乡亲寥寥无几，他们大多坐一会儿，就佝偻着背哈欠连天地回去了。因为电影下乡有多余的场次，村主任邓奇一个电话，叫来了镇上的电影放映员。每天晚上，天一擦黑，放映员就放起了电影，一直放到第二天天亮。有了电影的喧闹，秋水的葬礼才显得没那么冷清。对于电影，人们几乎没有多少热情，尤其是在天寒地冻的室外，村里的小孩子们在荧幕下玩耍吵闹一阵，瞎看了一会儿，就又在爷爷奶奶们的呼喊下，全都一哄而散，跑了回去。剩下的大半夜，仅仅是为了有点声音，才让电影放映机，一直不停地循环播放。

村主任邓奇找你商量，说根据家里的劳动力情况，在这样恶劣的天气下，无法把秋水抬上白家祖坟，只能在开阔的空地，重新挖一座单独的坟茔，事急从权。

你起先不同意，认为不能把秋水孤零零地留在别的地方。但你知道，白家祖坟在一个高高的山坡上，这样结冰的路面，要把秋水抬上去，那根本是一个不可能完成的任务。当年，即使在温暖的三月，劳动力最充足的情况下，也是费了很大的努力，才把白子服和秋先抬了上去。你虚弱地推脱，说要不等天气好点儿，或者等白远航回来，再商讨商讨。

终究没有等回来白远航，秋水出殡那天，异常冷清，小孩们大都冒着严寒上学去了，老人们怕摔倒，一个个只在门口引颈张望。十几个年轻小伙子，一步一滑地抬着笨重的棺材，行走在厚厚的冰面上。为了不出意外，秋水的坟墓，就选在离家不远的山脚。坟墓的朝向，刚刚好可以看到你的家，那个她曾经付出无限心血的家，多年守望的家。

埋好土，收拾停当，你扔掉手中的铁锹，在秋水的坟头坐了下来，然后拿出二胡拉了起来，一首首，一曲曲。这时，天空中下起了鹅毛大雪，寒风一卷，马上又形成了十足的暴风雪。没多久，坟墓上开始结上了一层薄薄的透明的冰，像一件白色的外衣。

按弓暂歇，透过密集雪花的间隙，你不经意地抬眼望，不远处的溪畔，一棵高大的橙子树下，一个落寞的灰色身影，撞入了你的眼帘，那是邓川。毫无疑问，多年未见的他，变老了许多，身材瘦长，面容清癯，像一棵老态龙钟的枯树。他戴着一个灰色的瓜皮帽，穿着一件长长的灰色棉袄，双手拢在袖子里，佝偻着背，一脸憔悴地望着秋水坟墓的方向。他的目光，和你一触碰，立刻像被电击了一样，迅速弹开。他仓皇着，像一个失去方向的陀螺，脚步蹒跚地夺路奔逃。不一会儿，他孤独的身影，很快融入了白茫茫一片的风雪里。

冷风，像一个披头散发的疯妇，四处乱窜，在绿意盎然的陌城，显得那么的不合时宜。天空阴沉，下着迷蒙细雨，你和司无邪走出一家商户，正经过一片泥泞的工地。

你试探着走在前面，并提醒她说踩着路边的石基上走，却即刻听见扑通一声。你急速回头，看见她一屁股坐在泥地上，身体后倾，一只手撑在污泥里，脸上的表情惊慌而沮丧。她侧过身，想要爬起来，哪知脚下一滑，整个人又扑倒在了泥地里。你伸手拉她，说索性脱掉高跟鞋吧。她狼狈坐起，尴尬地臊红着脸。她偏过头去，不理会你伸过去的援助之手。突然，火山爆发了一样，她不顾双手泥泞，捂着脸哭了起来，像个伤心不已的孩子。你完全理解她此刻的心情，但总不能像个撒娇的孩子那样，赖在天凉地冻的雨地里，何况周围还有人看着呢。你扶起她说，回去吧，今天休息好了。

“大鹏通”预售前的工作，并没有她预想的那么顺畅，好几个区域没有完成预定目标。她当然知道越多商户签约，对发行“大鹏通”越有利。每个区域里都有一些关键的大商户，是一定要签约下来的，要不“大鹏通”的发行对消费者根本就没有吸引力。见久久不能攻关下来，她只好与合伙人分头行动，帮助那几个区域一起“扫大街”。她就像一个消防员，在四处起火的大街上，奋勇扑救。

近半年的相处，你知道她对“大鹏通”倾注了全部的精力，仿佛那是她孤注一掷必须达成的事业。确实是那样，她似乎憋着一口气，要向世界证明她的力量。一鳞半爪的透露中，你听出她老公对她所做的这件事情并不那么看好，似乎还在有意无意地阻拦。

从那次你暴打他的头来看，你觉察出他们的夫妻关系不太正常，有种别扭的说不清楚的奇怪感觉。你当然不好意思探听她的隐私，但自从她向你讲述过她的初恋故事后，你才有点理解他们的那种反常关系。嫁给一个自己不喜欢的男人，所托非人也许是女人一辈子痛苦的根源。生活中，很多那样的阴差阳错，有无心的错过，也有人为的制造。

邓家铺子，多年前，盛产单身汉。重男轻女的缘故，有段时间，你们村有大大小小的单身汉二十来个。村里某人讨了老婆，单身汉们羡慕的眼神里，就会齐刷刷地冒出饿狼一样的绿光，恨不得嗷嗷地扑上去撕咬几口。

有一年，邓家铺子好几个单身汉，毫无预兆地讨上了老婆，并且一个个水嫩白净，模样俊俏。看着她们和老公们走在一起，你时常和村里小伙伴们，追逐着嘲笑她们鲜花插在牛粪上。她们很少和村里的人说话，你也听不懂她们说的话。忙完繁重的农活后，她们通常会落寞而忧伤地坐在院子里，眼神空洞地望着面前高墙一样的大山。她们融不进村里人们的日常生活，估计更多是不愿意融入，她们更愿意沉浸在自己的世界里。稍大一点后，你才知道她们都是通过人贩子买来的。

记得一个繁星满天的夏夜，你被嘈杂的人声吵醒。你披衣走出屋外，在村口的空地上，你看见一大帮群情激愤的男人打着手电筒，正围着一个双手反剪被绳索紧紧捆绑的女人。她发丝散乱，衣衫不整，很是狼狈，但她并不在意这些，表情木然，身旁闹哄哄的一切似乎与她无关，一副视死如归的模样。从周围人的议论中，你了解到，她是要逃跑，但走进山里没多久就像只无头苍蝇，迷了路。不久，她被打着手电筒的村民们发现，押回了村里。女人的老公听说后，匆匆赶来，他当着众人的面愤怒地扇了她几个耳光，然后推推搡搡地，把她领回了家。那女人经过你身前时的倔强眼神，深深地烙印在了你的脑海里，挥之不去。

后来，在跟秋水的一次电话闲聊中，你得知，那个不安分的女人还是在一个深夜里，逃走了。尽管她在你们村里生活了十几年，生下了三个小孩，但所有的那些牵绊，都阻止不了她逃离的脚步。

对于那个女人的遭遇，对于她把人生中最美好的年华，白白浪费在一个封闭的小山村里，你时常会生出感同身受的喟叹。你猜想，也许，在她被贩卖之前，正在经历一段山盟海誓的热恋，要不，她怎么会那么奋不顾身？再长的时间，再远的距离，也消减不了她心中炽热的爱。也许，在她遥远的家乡，还有一个蒙在鼓里的男人，仍在眼巴巴地盼望着她。她得赶回去，赴一场多年前的约定，即使沧海桑田，也不改初心。不知为何，你常常为此陷入天马行空的想象，越想越真实。

你曾不止一次猜想过司无邪家的样子，但眼前的画面，还是大大超出了你的想象。一栋三层楼的中式别墅，依山而建，绿树掩映，一个硕大的院子里，摆满迷宫似的盆栽，美丽雅致。进入大厅，你一下被震撼了，她的家竟然如此大气典雅，就像明清时期皇宫的布置，散发着说不出的华美富贵。

脱掉沾满稀泥的套装，换上一身浅色丝质旗袍，如瀑的青丝垂至腰际，她像变了一个人，职场上的凌厉霸气不见了，全然一副大家闺秀的端庄娴雅。这个样子的她，还是第一次见到，你的心，突然有种莫名的悸动，就像久旱开裂的土地，遭遇了一场春雨。

喝了一杯红酒后，她的话多了起来。她说他不让她生活如意，那她也不让他好过。她说她一直记恨着他，从那天早晨她的意识清醒开始。他虽然百般讨好她，但她的心里一直对他心存鄙视。得到了她的肉体又怎么样，他永远得不到她的心。

她说她后来打听过，他跟电子厂老板是老乡的关系，还弄走了她的初恋，让他去海外工厂上班，绝了他们继续往来的念想。那段时间，她沉浸在无边的忧伤里，觉得自己已是不洁之身，再也配不上他。他们的爱情，再也无法回到最初的美好。

不知何时起，她想通了，满不在乎地对待她老公的同时，开始大肆挥霍他的金钱，以麻醉自己日渐苍老的心。她说那个男人喜欢儿子，但她就不让他如愿，一个孩子也不给他生，也不准他找别的女人。但有时，她也希望他去找别的女人，那样，他就不会像一只讨厌的苍蝇那样，老是围着她嗡嗡嗡嗡地乱叫了。她对他的生活不感兴趣，无论他忠心对她一人，还是四处拈花惹草，都与她无关。他扰乱不了她的心。她提出过离婚，但他不同意，说要一辈子对她好。他还说只要她不干出轨的事情，其他任何事他都不在乎。她说她知道他说的是假话，他绝对还在乎孩子，比在乎她还在乎。

她说一想到怀上他的孩子，她就觉得恶心。纯粹的直觉反应，她想改变都不行。还好，那样的事情，一直没有发生过。她说，也许是她不停的祷告，起了作用。她说看到他为生儿子的事情忧心忡忡，愁白头的样子，她就开心。

没多久，她发觉，纸醉金迷的所谓上流社会的生活，也填补不了她空虚的内心。她厌倦了那样悬在半空不接地气的生活。周围的女人，一个比一个俗气，只知道相互攀比炫富，挥霍男人们金钱的同时，虚耗着青春。她不愿意一辈子做那样的女人，甚至有些鄙视那时的自己。在她的眼里，这个房子，就像一个精致的牢笼，束缚了她自由翱翔天空的翅膀。她闹着创业，但好几次都以失败告终。他劝她不要瞎折腾，她不听，愈发想要证明。

她放下手中的酒杯，摇曳着从房间里抱来一个古朴的木箱子，小心翼翼地打开，然后拿出一张泛黄的照片，递给你说，看看。随后，她双手抱膝，慵懒地把自己窝在宽大的沙发里。她侧望着你，脸上泛着微微红光，娇羞似少女。

照片的场景是在一个拥挤而凌乱的房间里，地上一个个绿色的方形塑料盆里，装满了诸如电线、电容、发光二极管、插头、插座等各种电子元器件。司无邪穿着一件深蓝色的工衣，梳着一把长长的马尾斜斜地搭在左肩，神情轻松地倚靠在一个灰白色的办公桌上，她的一只手撑着下巴，正盯着眼前一个忙碌的高大男子。

他同样穿着深蓝色的工衣，黑色的头发三七开地分开着，他的一只手里拿着一把红色的电线，另一只手扶着一台仪器，正专注地测量着，心无旁骛。

你看着照片里他的侧影，突然有种似曾相识的错觉，仿佛在哪儿见过。

李泽权出现在门口时，你正和一个钟点工阿姨在帮秋思细心地按摩四肢。与此同时，你对着躺在床上一动不动的她，轻声地说一些小时候的事情。偶尔，在你讲述的过程中，她的某根手指会突兀地跳动一下，似乎在热情地回应。这几年，为了让她尽快醒来，你在做着各种努力。你对医生断下的某个耸人听闻的结论，完全持一种不信任的态度。你心中只有一个信念，或者说执念，那就是不能让她那么一直躺下去。你相信她一定会在某一天坐起来，然后带着她惯有的傲娇，开始她接下来的人生之路。

刚开始时，唐三皮也是雄心万丈，夸张地保证说他要为心中女神的苏醒，尽一切可能的努力，但他的决心与耐心，很快在琐碎的日常护理里消磨殆尽。后来，他以工作繁忙为由，渐渐疏离了开来，但他终究不坏，一直记着自己的承诺。每个月一到固定的时间点，他就往你的银行卡里打上一笔钱，以解你的燃眉之急。

以你对唐三皮的了解，他能坚持近半年之久，已经大不容易。你不能因为他曾经说过的一些荒诞不经的话，就让他承受他不能承受的生命之重，那对他太不公平。对于他，你只能心存感激。毕竟在最初的那些天里，有了他的帮助，你才能快速地从慌乱、焦虑、毫无头绪的状态中脱离出来，逐渐理性地接受秋思成为植物人的事实，并且熟练地掌握相关的护理知识，同时做好了承受一切后果的心理准备。

李泽权来到陌城的原因，有点让你大跌眼镜。他站在你的面前，可以用一大堆词来形容，狼狈、失意、落寞，甚至颓废。你的心底，不自觉地升腾起一种陌生、仿若他人的错觉。曾经，在你的眼里，甚至在邓家铺子所有人的眼里，他都是天之骄子一般，令人艳羡的人物。可以说，他是大人们在教育自家小孩努力学习时常用的最高标杆。也确实是那样，在随后的很多年里，邓家铺子再也没有出过一个正规的像样的大学生，白远航也不是。

三年大学毕业后，李泽权顺利地回到了你们曾经读初中时的学校，当了一名数学老师，并且所教课程深受学生们的喜爱。随后不久，在某同事的撮合下，他和邻校一领导的女儿结了婚，并在次年生下了一对双胞胎女儿。他的人生，可谓顺风顺水，一派春风得意马蹄疾的美好景象。每次秋水和你通话，偶尔提起他时，她都要夸赞一番，说他只要回到邓家铺子，一定会去拜访她，并客气地送上一份礼物。他的一些近况，通过秋水的夸张转述，你都会有一个大致的了解。所以，即便多年未见，他在你的心里，也不是一无所知。

如果不是李泽权的亲自讲述，你一定不会相信他的生活，原来是另一番模样。你禁不住发出感慨，人生有时候真的不是人们表面上看起来的那样美好，痛苦和不如意，才是尘世生活里无法言说的一种常态。

李泽权性格直爽，有时甚至有点读书人常有的书呆子气，具体表现为他不太善于处理生活及工作中的人际关系。在家，缺乏感情基础的缘故，他和他的老婆说不到一块儿，鸡同鸭讲是常有的事。在学校，他和领导或同事，动不动意见相左。而且，他不太懂得把握其中的分寸，在某些重要的场合，常常因为固执地坚持自己认为对的立场，使得气氛僵持而不自知。渐渐地，他在学校里变得孤立无群，回到家，又得不到老婆的理解和支持。他感觉自己像一只腹背受敌的孤狼，行走在无遮无拦的荒原上，无处躲藏。他知道自己性格上的致命弱点，他想改变，却无论如何也没有办法，做到像其他人那样左右逢源。正所谓江山易改本性难移，他只能坚持做他自己。同时，他知道自己唯一的强项在讲台。只有在那三尺讲台上，他才能自信地挥洒自如，就像鱼儿游进了水里。于是，他干脆丢掉人际关系所带给他的负担，钻研业务醉心教学，从学生们不断传来的各种捷报中，获得成就感和满足感。尽管如此，在绝大多数人的看法里，包括他所教的学生，他还是孤僻而敏感的代名词。他很少跟人交流，更别说向人倾诉身心。

也许是多年的憋闷，心里聚积了太多无处宣泄的负面情绪，他一见到你，几乎迫不及待地向你倾吐过往的一切，就如竹筒倒豆子——毫无保留。他说其实在大学时，他曾经谈过一个城里的女朋友，但因为毕业分配的问题，他们不得不分手。当然，最根本的原因，还是女方家长的极力阻挠，理由无非是常见的世俗透顶的嫌贫爱富。像大学里所有毕业就分手的情侣那样，他们经历了撕心裂肺般的阵痛，然后带着恋恋不舍的心情，走向各自的人生。他直言不讳地说他不喜欢自己的老婆，只是把她当成事业上的一块跳板。他以为通过她那块跳板，他能轻松地获得某种帮助，从而调入城里的某个中学，进而填补他内心深处某段隐秘的久未痊愈的裂痕。但相处一段时间后，他已不作他想，因为他的岳父在他们结婚不久后就从领导岗位退了下来，加上他自己不懂钻营，向上走的通路基本被堵死。

他说他的老婆是一个还算不错的裁缝，只知道裁剪布料、缝纫衣服、熨烫衣服，一天到晚忙个不停，似乎缝纫机才是她的老公，她最亲密的人。他们在精神上的互动，心灵上的沟通，几近于无。尤其在生下双胞胎女儿后，他们更是同床异梦，形如陌路。只有偶尔房事时，他们才会在酣畅淋漓的激烈碰撞中，体会到对彼此的需要。他感叹说人到中年，真是无聊透顶，似乎只有活成别人眼中羡慕的样子，才是完美的人生。

每次回到邓家铺子，他的父母都会有意无意地提到，说他再有一个儿子，那就更加圆满了。他也能理解父母的心情，毕竟他家就他一个男丁，开枝散叶的事情，只能靠他。为了尽快完成父母的心愿，他改变以往的冷淡态度，热情地在他的老婆身上耕耘，但她似乎变成了一块盐碱地，无论他怎么精耕细作，都未见有一星半点的收获。毕竟缺乏感情基础，他的热情，很快消退。对于父母明里暗里的催促，他只能充耳不闻。

可能当过老师的缘故，李泽权的人生经历，在他绘声绘色的演说下，精彩纷呈，就像一幅画轴，慢慢地展现在你的面前。假使当时有一支笔，你把他讲过的话，全部如实地记录下来，再加上必要的解释，你想，写满一大本笔记本，完全没有问题。为了使得接下来的叙述有条有理，详略得当，你决定把那些枝蔓，或是次要以及没有必要的情节，全部忽略过去，只挑几件影响他人生走向，或是他之所以是现在的他的事件，重点加以叙说。

也许是生活中鲜有知音的缘故，在教学之余，他不知何时接触了赌博，并很快深陷其中，一发不可收拾。扑克牌、麻将，以及各种刺激的赌博游戏，他无一不涉猎。在一次聚众赌博中，他被学校领导抓住把柄，以一个冠冕堂皇的理由，把他调到了一个偏僻的希望小学。那个希望小学，坐落在一个烟波浩渺的水库边，周围崇山峻岭。站在校门外的小操场上极目远望，不是看不到尽头的水，就是目光越不过去的高山，视线范围内，偶有人烟。学校只有十几个学生，并且分好几个年级，全是住在附近山沟沟里的小孩。这个学校，仅有的前一任的老师刚刚调离，李泽权就恰逢其时，补了上去。

在那样一个封闭的环境里，他苦行僧一般地坚持了四年，每月一次的回家，就像监狱犯人的放风。后来，还是在他岳父的走动和帮助下，他终于逃离那个让他最没有希望的希望小学，回到了原来的学校，继续当一名数学老师。毕竟在教学上，他还是有毋庸置疑的过硬的高水平。可是随后不久，庸常的生活，又把他推向了旧有的轨道，他不仅变本加厉地赌博，还拈花惹草，简直是双管齐下。

他之所以奔逃至陌城，就是因为无法偿还赌场上借的十几万元高利贷，被人拿着棍棒凶器追债，不得不出来躲避风险。他说他在输完后才醒悟过来，他们配合默契，合伙出老千，共同对付他一人。但白纸黑字的借款，他无从抵赖，并且他又没有证明他们出老千的证据。他所有的说辞，只能算是口述无凭的猜测，没有任何法律效力。他们让他分期付款，先付八万，然后再按照规定的月供，每个月打钱还款。他一下子哪里拿得出那么多钱，于是编出一个去找钱的借口，赶紧溜出他们的包围圈，家也不敢回，直接买了张火车票，南下到了陌城，并凭着以前相互留下的电话，找到了你。

前一段时间，他在赌场上认识了一个漂亮女人。一有空，他就去县城找她幽会，然后住在宾馆里享受二人世界。情到浓时，他说她还答应给他生个儿子，只要他让她过得开心，结婚、名分之类的东西，她都不在乎。一天夜里，激情后无聊，她打几个电话，很快叫来一大帮人。在一个房间里，他们拼起两张桌子，约定好规则，然后甩开膀子赌了起来。像所有烂俗的赌局一样，刚开始，李泽权赢了许多，完全一边倒通吃的局面。他一时兴奋起来，似乎幸运之神一直站在他的一边。她在一旁暗示他好多次，让他收手。他不肯，说趁着手气好，再赢多点儿。

手气的转变，从何时开始，他已忘记，只记得面前曾经堆满的钱，渐渐稀薄，直至于无。输红了眼的他，开始向旁边一叼烟的男子借钱，先是一千两千，然后几千上万。他说那时他脑袋里只有一个念头，就是要翻本。他说他不信邪，不相信手气一直坏下去。直至天亮，一张天文数字一样的借据摆在他的面前时，他才知道他一晚上输了那么多钱。在几个人虎视眈眈的注视下，他汗流如注，颤抖着手在借据上签下了自己的名字，并在名字上按下了一个鲜红的手印。

李泽权说他已经跟学校领导申请了停薪留职，并雄心壮志地打算在陌城，重新开始他的人生。他自信地说以他的教学水平，在陌城谋个教师职位，完全没有问题。你陪着他去复印店，复印了一大堆简历、毕业证、身份证等资料后，嘱咐他说对于找工作，你帮不上什么忙，他只能自己去网上或人才市场寻找。

十几天过去，他一无所获，并且一肚子怨气，说陌城的教育质量真是差，还不如乡下的学校。随后，他说要跟你一起去跑业务。你好不容易说服司无邪，让她接纳了他，并给他安排了“扫大街”的任务。但几天下来，他说太累，也没办法拉下面子去跟陌生人谈一堆那样的破事。他说他应该在一些重要的管理岗位上发挥作用。

后来，在不断的电话联系中，他的父母以及老婆，东拼西凑，终于还清了他的高利贷，把他从遥远的陌城，捞了回去。临走时，他对你说那些放高利贷的人，真是缺德的玩意儿，一点都不守信用，怎么可以上门收钱。

他狠狠地说他回家一定要去找他们算账。

再次见到司无邪时，她剪了个利落的短发，不等式发型，左短右长。右边头发垂下，遮住眼睑，她头往后一甩，发丝轻盈飘起，在空中划出一道美丽的弧线，洒脱无比。你问她为何舍得剪掉伴随多年的长发。她故作深沉却不乏俏皮地说，她要剪掉过往，与过去的她一刀两断。你打击她，说过往的一切，是抹杀不了的历史，与躯壳永世共存。正所谓抽刀断水水更流。她似乎心情很好，说那又怎样，反正她要开始全新的生活。然后，她拍了一下你的肩膀，眼睛一瞪，恶狠狠地威胁说，你就爽快地祝福我吧，小伙子。

确实，不管怎么样，磕磕绊绊中，她的事业迈过了最艰难的时刻，迎来了新的转折点，倒也值得她剪发庆贺一下。你其实是替她高兴的，只是偶尔喜欢正话反说一下，逗她开心。难能可贵的是，每次她都能心领神会，情绪好时还会跟着你的节奏瞎闹一阵。看得出，她喜欢你们之间这样轻松随意的调侃。

第一步“扫大街”的工作，虽然比预期晚了近一个月完成，但总算顺利收尾。

现在，全新形象的她，又充满激情地开始动员业务员们去销售“大鹏通”。她说毫无疑问，我们首先要把“大鹏通”铺货到所有的签约商户，让他们在店面的收银处，贴上“大鹏通”特约商户的金色牌子，然后向消费者推销。每成功办理一张“大鹏通”，给予相应回扣，以调动他们的积极性。这是成功率最高的一种推销方式。她强调说，这个工作一定要扎实到位地完成，不落下任何一家商户。她说她会不定时地去各个区域抽查。等铺货到店的工作完成，随后将举办大型现场互动活动，直接面对消费者，目前，活动策划工作正在紧锣密鼓地进行。

动员过程中，她还憧憬着展望说，“大鹏通”推广得好的话，将来会给消费者带来更多的便利，比如与银行卡、交通卡等业务捆绑在一起。当然，这方面的工作是个远景规划，我们会在时机成熟的时候，启动与合作单位的谈判计划。她顿了顿，又说，公司发展了，当然绝不会亏待大家。你们是公司元老，是公司发展的原动力。我们会在适当时候，拆分公司的原始股份，奖励给大家，将来在座的每个人都能分享到公司红利。最后，她动情地说，这个公司是我们大家的，就让我们共同为之奋斗吧。

那天，她特意穿了一件红色的上衣，配上慷慨激昂的话，一副大义凛然的样子。她一讲完，你忍不住带头为她鼓掌。对于如何激励员工，她自有一套惯用的方法。

但对于公司以外的人来说，她的这套方法，她的慷慨激昂，未必就会产生同样的效果。这不，在不久后的“大鹏通”营销活动现场，她就遭到了质疑。当时你也在现场，你想不到本来开展得顺风顺水的营销活动，却一下子风向大变，刮向了反面。经过精心策划的活动流程，完全乱了套，现场乱糟糟闹哄哄，就像地震发生后的避难中心。

为了显示隆重性，她特意把活动现场安排在了最繁华的陌城大道北，女人世界名店门前的一块空地上。那天天气很好，一扫前几日的阴郁沉闷，天空湛蓝，暖风轻吹，阳光明媚。你和她，早早地就来到活动现场，进行了一番开始前的查漏补缺。她踩着会场中间铺着的红地毯，走到尾端，拍了拍摆放整齐的一排排红色椅子，看着前方高高搭起的红色舞台，露出了满意的微笑。她喜欢红色，说喜庆，所有布置都是经过她同意的方案。红色的氢气球，红色的拱门，红色的舞台，红色的宣传资料，就连舞狮人员，也要求统一穿上红色的衣服，可以说，现场就是一个红色的海洋。她要的就是这样的氛围。

在节奏强烈音乐的吸引下，停住脚步的人，越聚越多。你忙着向询问的人介绍，她则坐在一旁闭目养神。她确实需要补充体力，她已经连轴转地工作了好几天，甚少休息。这个公司，虽然是三个人合伙开办的，但对她来说，似乎意义更为重大，她渴望成功的雄心，散发着勃勃生机。很显然，她比其他两人更加卖力，做事不遗余力，颇有拼命三郎的女汉子架势。她不希望出现任何差错，哪怕细微的纰漏，她也要找出来，扼杀它可能漫延的趋势。这场营销活动，更是重中之重，容不得半点马虎。

看着她因为操劳而尽显疲惫的神情，你的心中不由自主地会涌现出一种莫名的情绪。是同情，抑或是怜惜，还是别的，你说不清楚。比如现在，你很想坐在她的旁边，借给她一个肩膀，让她靠着，作为暂时歇息的依凭。但你不敢，一有这样的念头，你赶紧摇头甩掉，生怕它进入你的脑海，进而深入心里。

大屏幕出现“大鹏通”的图片介绍时，她一下像打了鸡血，满格复活。她理了理稍微起了皱褶的衣服，情绪饱满地走向了她的红色舞台。一番演讲后，一切都如她所预期的那样，台下聚集的人群，大部分被她的激情感染，一个个兴高采烈地领了派发的小礼物，小跑着去舞台侧面办理“大鹏通”。

本来公司是打算前期免费办卡的，但她强烈表示不同意，她说免费的东西不值钱，人们不会珍惜。只有明白了它的价值所在，人们才会想要拥有它。她说她不反对免费，但必须有个限度。她说可以在活动现场以抽奖的形式，奖励一百个免费名额，其他则需付费才能办理。她说她对人性了解有足够的自信。从火热的办卡场面来看，她的判断是对的，也证明了她的自信。

事情的转折，猝不及防地就那么发生了，以致你的印象，还停留在拥挤的人群等待开卡的火爆场景。忙碌的同时，你偶尔游移的目光越过黑压压的人头，大致看到了事情的发生经过。一个穿黑色 T 恤的男子，拿着话筒问台上的她，为什么他昨天拿着前几天从你们业务员那里办的“大鹏通”去一餐馆消费，他们却不给打折优惠？你们这不是明显骗人吗？她笑盈盈地反问，那个餐馆在收银处贴了“大鹏通”特约商户的金色标牌吗？她说不可否认，我们的卡目前还没有覆盖到陌城的所有商家。他坚定地回答说有，但餐馆根本不承认“大鹏通”，说没见过。

他还说，他试过几个商家，都吃了闭门羹。

她刚要接着解释，舞台下又有人提出了同样的问题，并叫嚣着说要退卡，“大鹏通”是骗人的之类的话。他们的话，像瘟疫一样，迅速在人群中漫延开来。一眨眼工夫，整个活动现场，就被另一种声音所控制。这样的突发情况，估计是她没有预想过的，完全没有应对之策。这时，黑色T恤男，一大步跨上舞台 。他举着手中的“大鹏通”，对着台下的人群大声说，以他亲身经历保证，这卡绝对是骗人的。大家不要相信所谓的优惠、打折，根本就没有用。他高举着“大鹏通”，用力掰成两半，然后一挥手，扔进了人群。顿时，活动现场乱套了，有人离场，有人跑来退卡，甚至有人冲上舞台，想要抢夺她手里的话筒。她警告靠近她的人，说请遵守活动秩序。一会儿，舞台上站满了人，她被逼退到一个角落里，完全慌了手脚。

你搬开面前的桌子，挤过混乱的人群，跑到她的身旁，护住她，然后拿过她手里的话筒，试着去扭转不利的舆论局面。她苍白着脸说，没用的，别说了。俄顷，她甩了甩头，说让其他人收拾残局去吧。她说她透不过气来，让你扶她出去。

你把她扶出人群，来到人潮涌动的马路边。

她背靠在一根路灯杆上，猛吸了一口气，脸色不再苍白如纸。她虚弱地说歇会儿。你站在她的身旁，注视着她，生怕她因为接受不了打击而晕倒。

一辆黑色的奔驰轿车，无声驶过。

眼角余光中，你看见车内端坐着一个陌生而熟悉的身影。

他头发花白，一脸深沉。

得知白远航卖掉老屋宅基地，是在他开心地告诉你他要结婚的那一天。你咆哮着质问他，为什么不跟你商量，就擅自决定卖掉老屋。他明显有些慌乱，期期艾艾地说，反正又不回家住，留着也荒废了。他满不在乎的话，更激怒了你。你怒吼着，说他干脆把白家祖坟也刨掉卖了。对于你激烈的反应，他不以为然地丢出一句话，说他刚想告诉你，他要把即将出生的孩子，改跟母姓。你一时气结，停顿了好一会儿，才消化他所说的话。你感觉从未有过的慌乱，耳边轰地一下砸响，仿佛听见一个你曾经珍视的完整陶罐，突然掉落地上发出的破碎的声音。你冲着电话，吼他说他也别姓白了。对面的他，似乎还是那么冷静，你的话音一落，他又云淡风轻地接了一句，白家香火，你不也有责任吗？

不容他说完，你狠狠地挂掉电话，心情糟到了极点。

你的心堵得慌，却又找不到任何发泄的出口。在你的观念里，那个老屋，就如你的一个家人，是你过去生活的见证者，它保留着你一段时光的记忆。它没了，你的心也空了，仿佛灵魂脱离了躯壳。你甚至听到了遥远的虚空，传来它被推倒时发出哀伤的哭泣声。

这么多年来，白远航渐渐变成了一个你不认识的人，他圆滑、冷漠、自私，只为现实利益考虑。可能从小养成的习惯，他只知道索取，不懂得付出。所有人对他的好，他都认为理所应当。他性格养成的过程，说起来，估计也是一箩筐，单从他去京城读书说起，也是一大摞，就像高考学子课桌上高高堆起的书。从那次送钱的所见所闻来推测，你知道他根本没把心思放在读书上，那样的学习态度，怎么可能考得上大学。

白远航去京城上学，并向全邓家铺子人宣布他考上了大学的消息，唯有你心存怀疑。后来证实，也确实验证了你的怀疑——他只是去了一个过气的功夫明星开办的演艺培训学校，学习了三年。他后来主动跟你说，高考前，他发觉自己在绘画上其实也没有多大天赋，艺术需要长期的基础积累，突击学习一下，无论如何也竞争不过那些从小学习绘画的艺术考生。郁闷的他，一次偶然的路过，看到了一面墙壁上贴着的一所演艺培训学校的招生简章。于是，他又萌生了学表演当明星的想法。

那三年，他高昂的学费和生活费，都是你和秋水，辛辛苦苦浸着汗水攒下来的钱。通常，他需要多少钱，一个电话，你和秋水怎么都会想办法帮他按时凑上，生怕他因为钱的问题，在京城那样一个高消费的地方，生活不下去。也许就是因为你和秋水的这种良苦用心，反而害了他，让他变得没有责任感、缺乏抗压能力，一遇到挫折，就只知道往后退缩，张皇着寻找避风港。

三年毕业后，学校并没有像招生简章里说的那样，拥有雄厚的人脉资源，更别说推荐进剧组，大多数人毕业即失业。为了在京城里继续混下去，白远航像所有学表演的北漂一样，每天去电影制片厂门口蹲点，等着被某个剧组挑中，然后客串一些没有台词或只有几句台词的小角色。他打电话让你看他首映场的那一部电影，其实也只不过是他比其他的群众演员稍微幸运一点而已，完全没他向你夸耀的那么厉害。后来，他讪讪地说他本来以为会留下更多的镜头，哪知差不多全被剪掉了。

白远航的演艺事业，在他的坚持下，迎来过一线曙光，但又如春光乍泄，转瞬即逝。有一段时间，在好几部暑期档热播的电视剧里，都有他的身影，虽然依然是小角色，但总算有了露面的机会。每次一看到他出现在某部电视剧里，秋水就会主动打电话给你，和你探讨，畅想，似乎他美好的前程，就在前方不远处。有一天深夜，他的电话那头传来一个女孩子的声音，她带着哭腔着急地说他被人群殴，右眼鲜血直冒，现在正在医院抢救，还不知道具体情况怎么样。听完她泣不成声的讲述，你的第一反应是不相信，直觉以为那是一个拙劣的骗局，现在骗子的手段五花八门，稍不留意就会上当受骗。前几天，他还告诉你，说他在横店影视城拍戏，已经荣升男二号。挂掉电话后，你甩掉心中闪过的一丝疑虑，又沉沉睡去。第二天，白远航拖着疲惫的声音给你打电话，并证实了那女孩的说法。他一再跟你说，一定要向秋水保密，他不希望她担心。你答应了他，然后立刻买了一张机票，飞了过去。你不放心，要去亲自探看一下他的情况。

白远航告诉你，说那是一场有预谋的殴打，因为当天上午，他在剧组里不小心得罪了另一位男演员，在拍片现场跟他争吵了几句。晚上，收工后，他和他的女朋友陆幽，也即给你打电话的女孩，去烧烤档吃宵夜。隔壁桌的一大帮男人，故意找他碴，然后一言不合打了起来。他寡不敌众，被扇了几个耳光，脑袋上挨了一棍之后，又被推搡着倒在了一个装满各种垃圾的垃圾桶里。垃圾桶里一根尖锐的竹签，恰好扎中了他的右眼。他抱着脑袋哀号，神情恐怖，血流如注。

一场打架斗殴，直接毁掉了白远航的明星梦，毁掉了他的演艺事业。他的右眼，后来就算痊愈，还是留下了一朵白色的“萝卜花”，看人时眼珠斜着往上瞟，并且严重影响了他的视力。最让人惋惜的是，在休养的那段时间里，他的角色被人替换，他只是得到了剧组不多的赔偿，并且从此失去了在演艺圈混下去的资本和勇气。

陆幽是白远航在培训学校时的同学，一直默默喜欢他，并且无条件支持他。在医院时，她无微不至地照顾他，帮他刷牙，给他喂饭，鼓励他，帮他进行心理疏导。为他做任何事，她都觉得是应该的，毫无半点怨言，就算面对他偶尔的坏脾气，她也表示理解，完全没有置气的想法。差不多半年后，白远航带着无可奈何的颓废心情，放弃了做明星的梦想，追随陆幽回到了她的家乡。在陆幽和她家人的悉心照顾下，他感受到了家庭的温暖，从而逐渐走出了失败后的颓废，开始追求另一种人生。

因为陆幽对时装比较在行，于是，他们开了一家女装淘宝店，雄心勃勃地要在时兴的电商行业里闯出一片天地。每天上午，他们结伴去附近的服装批发市场，挑选认为时尚的服装款式，然后买满整整一拖车。回家后，他负责拍片、修图、上架、发货，她则负责店内接待、讨价还价，以及各种售后服务工作。淘宝工作，虽然琐碎辛苦，但他们配合默契、有条不紊。听着电脑里传来的阵阵叮咚声，他们感觉前所未有的踏实。这是他们能够把握的实实在在的生活，并且每天都能看得见进展，而不是像演艺事业那样，海市蜃楼般可望而不可即。

有一段时间，他的生意很好，每次你打他电话，要不是被忙碌的电脑叮咚声打断，要不就说在发货的路上。你为他充实的生活，感到高兴，也期待他获得成功。有一天，他笑着跟你说，他要寄一双皮鞋给你。他又开了另外一家男鞋店。几天后，邮包送来，他真的寄了一双皮鞋给你，里面夹了一封热情洋溢的感谢信，说感谢你一直以来的支持，还有一大通口头上无法表达的让你肉麻的话。只需一句感谢，你觉得过去付出的一切，都是值得的。就在那一刻，他在你心中的形象，突然变得高大了，成熟了，再也不是小孩，似乎再也不需要依靠你。

但接下来的事情，又颠覆了你的这个看法，他依然还是那个没有责任心，缺乏担当的白远航。也不知是因为开淘宝店枯燥、辛苦，还是别的原因，不多久，他又腻烦了那样一成不变的生活，他说要去做外贸生意。于是，在陆幽父母的支持下，他们又注册了一个外贸公司，准备主营电子产品。同时，他又捧起了英语书，煞有介事地学起英文来。后来，估计也是遇到了困难，外贸业务做不成的同时，淘宝店也错过了最佳的发展时机，那些跟他差不多时间起步的女装店，很多有了自有品牌，甚至有些还有了制衣厂，产销一体。

陆幽意外怀上他的孩子，白远航不得不把结婚提上议事日程。几年折腾，他不仅仅没赚到钱，反而赔进去了不少钱。对于他的一无所有，陆幽的父母一点也不在意，反而把他当儿子一样看待，事事都以考虑他的感受为主。只有三个女儿的他们，给他们在市中心买了一套婚房，但条件是他的第一个孩子必须随母姓。孩子跟谁姓，白远航一点儿不在乎，反正也不需要额外付出什么，他只要自己吃喝不愁就行，还能享受他们一家人的照顾。仅仅是为了那所谓的脸面，他回到邓家铺子，把唯一还值点儿钱的老屋宅基地，卖给了曾经气死秋水的李桂兰，然后买了一个戒指送给他的老婆陆幽。

白远航跟你道歉多次，并诚挚邀请你去参加他的婚礼，你坚持不去。你才不愿意亲眼看着他，去做上门女婿。

司无邪拉住你的手，说她会看手相。她的手白皙柔软，十指圆润挺直，像盛开的白玉兰花瓣。她身子前倾，凑近你，指尖划过你的掌心，艳丽红唇在你的耳边吐气如兰。她装出专业的样子肯定地说，你谈过三次恋爱。你露出一副被猜中的惊愕表情，顺势抽回像被火红烙铁烫了一下的手。你呼吸不畅，残存的理智让你强自镇定地说，何止三次，情史丰富着呢。要讲给你听吗？听哪一段？

她婀娜着站起来，面对着你，自然地跨坐在你的大腿上，间隔一会儿，她故意扭动着、磨蹭着，挑逗着你。她上身挺直，贴向你的胸膛，双手如藤蔓，蜿蜒而上，缠绕着你的脖子。她娇羞地顺着你的话题说好啊好啊。她穿着一件领口开得很低的半透明蕾丝长裙。你隐约可以看见她挺立的雪白双峰。

一会儿，她见你迟迟不说话，于是撒娇似的摇着你的脖子，说你讲啊你讲啊。她一晃动，双峰间顿时波涛汹涌，你的脸差点埋了进去。在她的轮番进攻下，你很快全线沦陷，像极一个丢城弃地的逃兵，只差最后举白旗投降了。此时的你，身体燥热不堪，像一根燃烧的火柴丢进了火药桶，眼看就要失控爆炸。骤然间，你像猛虎出闸，伸出原本不知何处安放的拘谨双手，环上她的腰，一把把她轻松抱起。你狠狠地威胁她说，去楼下和她慢慢讲。如果她愿意在天台上？那也行。你仿佛一下找到了状态，做回了原本的自己。

她双手吊着你的脖子，窝在你的臂弯里，像一只安静温柔的小猫。喝了酒的缘故，她双颊绯红，痴醉地仰望着你，媚眼如丝。你也有些醉，脚步虚浮，踉跄着往楼下房间走去。她在你的怀里，就像坐在一艘航行在飓风海面的小船上，浮浮沉沉，不知飘向何方。

天暗了下来，夕阳隐去最后一丝光亮。

冷风乍起，吹扬起她的发丝，一根根扫过你迷醉的眼。一股清冷的幽香氤氲在你的周围，飘飘忽忽，似乎要把你领入《红楼梦》里的太虚幻境。天边的黑云，不停地滚动着、变幻着，像一个坏脾气小孩的脸。

你见到过她的颓然，她的不甘，你以为她会沉沦，经不起打击。你当然希望她尽快走出失败的泥沼，但没想到她这么快就调整好了心态，仿佛一切都不曾存在。她邀请你去她家，开玩笑说要化悲痛为食量。你踩着夕阳斜照的光影，迎着略带腥咸的海风，再次踏进了她那个散发着古典气息的家。

远远地，你看到她站在天台上向你招手。

和市中心天台上看到的喧嚣风景完全不同，这里视野所及，皆是深浅不一的绿，洁净如洗的蓝，宁静而阔大。青草，绿树，海水，蓝天，夕阳，组合在一起，梦幻般美丽。你只在电视上见过这样的美景，真实地置身其中，反而有种虚幻的错觉。

真实与虚幻，模糊了界限。

晚餐在天台。长长的餐桌，洁白的餐布，精致的西餐，高脚杯里如血的红酒，缭绕低回的音乐，一切都已准备就绪，只等你的到来。你想不到会有这么隆重的晚餐，有点受宠若惊地调侃说，所有这些都是从酒店里打包来的吧。她深深地看了你一眼，笑着回应说，小嘴儿还真甜。她说你的夸赞是她听过的最高级的表扬。

美酒佳肴，美景佳人。几次举杯，你就开始有点晕乎乎，飘飘然。以你从前的酒量，你应该还能抵抗一阵子。

难道真是酒不醉人人自醉？你在心里嘲笑自己。

布置这样的晚餐，你隐约能猜测到她的意思。毕竟相处了这么久，她内心的一些想法，你还是能够揣摩到。你其实也期盼有一次勇猛的加速，来冲破心中的那道堤坝。你们之间流淌的那种暧昧情愫，早已存在，你和她心知肚明。只是有时，你们还挺享受那样混沌不清的状态，就像捉迷藏，你躲我藏，你留我去。

从第一次在天台上见到她的第一眼，你就对她心存好感。你从来没想过，会和她有这样多的交集，这么深的交往。人生的走向，真是诡异而难以捉摸。经过几个月的相处，你清楚地知道你喜欢她，甚至比喜欢更多。但那又怎么样，你毕竟是一个世俗之人，必须要遵守这个社会的公序良俗，或者说，你根本就是一个胆小自卑的人，你没有勇气面对这样的情感，又或者，两者兼而有之。你压抑着自己的情感，把它放在心底。一个人的午夜，你像老牛吃草那样，反刍着回味。

酒精，是情感交流最好的催化剂。酒精，加速了血液的流动，加快了心跳的节奏，也推动着情绪的高涨。

你究竟是怯弱的，你没法不承认这一点。就算酒精已经让你热血沸腾，激情澎湃，你还是不敢行动，只是端坐着大胆地盯着她，与她对视。

她在你的眼里，还是要仰望的，你还没有俯视她、牵引她的勇气。你想，她肯定看出了这一点，要不怎么会找一个她会看手相的拙劣借口。这在你年少时，伙伴们与异性搭讪时用滥的借口。

你了解她，她又何尝不了解你。这也许就是所谓的默契，心有灵犀一点通。

你抱着她，脚软得像踩着棉絮上，浑身使不出劲儿，但你的头脑是清醒的，你知道不能倒下，不能让她摔着。在你的眼里，她就是一个价值连城的珍宝，怎能让她磕着碰着？

在她的娇声指引下，你踢开了一扇虚掩的房门。

你踉跄着迈步向前。

突然，她在你的臂弯里失去重量，人也一下消失不见，不知去向。你猛然一惊，抬起头，眼前却白雾茫茫，迷蒙一片。你四处观望，搜寻着她，但除了纯净的白，什么都看不见。你想不明白，自己怎么会置身在这样一个纯白的世界里？你努力回想，但过往的一切，似乎也在一瞬间，被切断。你没有了记忆，脑袋里混沌一片。

渐渐地，有了清脆的水流声，白雾悄悄隐退，欲走还休。几座挺立的雪峰，像被谁揭开了朦胧的面纱，若隐若现地展露在了你的面前。一条汹涌的河流，绕着雪峰，在无数的峰头上百转千回。远处，宽阔的河流如白练，从望不到顶的高处倾泻而下，拍打着怪石嶙峋的黑色山崖，尔后汇入山谷漆黑如墨、见不着底的深渊。黝黑的深渊，像幽冥的深处，没有凝滞，无声无息。

你一身白袍，立在河流之上，白色的波浪在脚底翻涌。你试着踏浪而行。你惊奇地发现，每走一步，脚下踏过的位置就会缓缓地长出一朵洁白的睡莲。

你踱着步，悠闲地负手前行。

两座高耸的雪峰之间，横着一架斑驳古朴的瑶琴。你双手拨弄着瑶琴，琴弦交错，发出销魂蚀骨的和音。那声音像来自地狱的魔音，你的身体忍不住和着它，与它产生共振一样的战栗。脚下白色的波浪也和着琴音，向上升腾翻涌，越来越高，亦如你此时鼓胀的欲望，越来越高涨，似乎随时都有可能将你吞没。你的脉搏，急促地跳动着，同时，又感到一种莫名的压迫，遏制着你漫延开来的浪潮。你明确知道这声音的来源，但你又控制不住地不断拨弄着琴弦。你陷入了一种欲罢不能的境地。

一声嘹亮清越的鹤鸣，传入你的耳际，仿佛破开虚空而来。你眼前的世界，也随着这一声鹤鸣，在慢慢地坍塌崩溃，像一张被揉皱的白纸。山谷如墨的深渊，掀起黑色的巨浪，像一个黑色的千年怪兽，一口一口向上吞食着洁白的雪峰。在铺天盖地的黑色，即将填满整个白色空间时，你被一股不知来自哪里的力量猛击了一下，人就回到了现实的世界里。

一张宽大的席梦思床上，司无邪赤裸着躺卧，春光满室。她的姿势撩人心扉，肌肤莹白如雪。她半睁半闭地斜睨着站在床前的你，渴盼着你的进一步动作。

你摸了摸突然混沌又清醒的头，脸上浮现出惊恐莫名的复杂表情，仿佛被眼前的景象吓着了。她完全不是你心中的那个形象，取代不了。你捡起地上的衣裤，手忙脚乱地套上，然后逃也似的离开了她的别墅。你的身后，司无邪的嘴里，喃喃地重复着一个男人的名字，幽怨不解的眼神跟随着你，直到你消失在她的视线里，尔后，颓然卧倒。

第二天，不知何时，你醒来，伸了伸懒腰，然后拉开厚重的窗帘。

此时，天已大亮，只是下着蒙蒙细雨，阴暗潮湿得厉害。唉，又是一个阴冷的下雨天，你嘟囔着埋怨。你冲了一个澡，洗掉满身宿醉的酒味，换了一套干净的衣服，人顿时感觉精神了许多。你拿起手机，准备出门，你想去找司无邪解释前一晚的行为。你自信她能理解。你低头看了一下手机屏幕，好几个她的未接电话，以及一条未读短信。信息很短，就三个字，天台见。

你像得到了指令，怀着赎罪一样的心情，匆匆往天台的方向赶去。告诉完的士司机目的地，你就陷入到了焦虑的胡思乱想之中。她去了一个多小时，还有耐心等吗？是不是已经离开了呢？天这么冷，上面风一定很大，她会冻坏的。你打她电话，但都处于无人接听的状态。你又给她发短信，告诉她你正在去往天台的途中。做完这一切，你才稍稍安心了一些。

正是上班时间，陌城大道上车堵得厉害。远远看去，灰暗天幕下的陌城大道，像一条吃撑了的巨大爬虫，正慵懒地蠕动着身子，满足地打着饱嗝。你着急地催促的士司机让他开快点，说抄近路最好。他耸耸肩说，车子没办法往道外移，何况现在是最近的路，前面很快就到。他随后建议说，你如果真赶时间，跑过去更快。

你气喘吁吁地跑着，感觉冷风不再那么冷，甚至有些舒适。没多久，对面高耸的天台，终于出现在了你的面前。你长吁了一口气，准备穿过行人道，向天台进发。就在对面的红灯变成绿灯，你迈开步子向前走的时候，一团黑色的物体，伴随着一声拖长的惨叫，从天台上快速坠落了下来。紧接着，陌城大道一片骚乱，随后陷入瘫痪状态。你听见有人哭喊着发出惊声尖叫，长长的车流停止流动，人们纷纷围向事故中心。在最后一瞬，你认出了坠落的他——司无邪的老公。他花白的头发，阴沉的脸，让你印象太深刻了。

你抬起头，望向对面与天相接的天台。你焦灼的目光搜寻着，祈祷着。此时，你最不希望看到司无邪。但让你失望的是，一个白色的身影出现了，渐渐地，渐渐地靠近天台的边缘。你的心提到了嗓子眼，想大声呼喊。你穿过一辆辆停滞的或大或小的车辆，往对面的大厦狂奔。你恨不得自己能飞起来，直接飞向天台，死命抱住她，不让她做接下来的傻事。她单脚独立地站在了天台的最边缘，另一只脚像在河边戏水那样，悠闲地探向了空中。她披着一条长长的白色丝巾，宽袍大袖，少有的穿着一条具有浓郁民族风情的棉布长裙，整个人散淡飘逸，像一个不食人间烟火的仙子。冷风轻轻托起她的衣裙和丝巾，柔柔地飘在身后，更增添了她脱俗的气质。

天空中黑云密布，像一望无际的黑色海面，笼罩着大地。黑色的海潮，在林立的高楼间流动，起起伏伏。黑色的海面，占据了你整个视野。你带着祈求的眼神，脚步无声移动，缓缓挪向她。你在心里求她，别做傻事。她完全没有感应到你的话，转过身迎着风，张开双臂做出飞翔的姿势。她足尖一点，借力跃向那黑色的海潮。在冷风的依托下，她整个人漂浮了起来，像一片洁白的羽毛。她在迅速坠落。半空中的她侧过头，幽冷的目光看向你，一颗泪珠顺着她光洁的脸颊滑落，滴入黝黑的海潮里。

人群和车辆的阻挡，你像一只无头苍蝇，跑偏了方向。一栋有着金色玻璃幕墙的大厦，挡住了你的去路。你恼怒地乱踢了一脚，调整方向继续奔跑。掉头的当儿，你的目光扫到了映在玻璃幕墙上自己的侧脸。一个穿着蓝色工服的男人形象，迅速地从你的记忆里浮上来，比对着，重合着。突然，你停住脚步，像被一道闪电劈中。你双脚发软，瘫坐在了地上。

你简直就是司无邪初恋的翻版。

一个小男孩突兀地出现在你的病床前，并仰着头睁大眼睛好奇地望着你时，你正专注地和贺琛探讨打渔鼓方面的有关细节。他的到来，破坏了室内原有的氛围，就像水雾缭绕的原始丛林里，突然撞进来一只可爱的小麋鹿。那小男孩，有着超乎年龄的大胆与从容，他盯着看了你一会儿后，又双手撑着床沿吃力地跳上床，同时嘴里亲热地喊你伯伯伯伯。你把手中的二胡递给坐在一旁的贺琛，微笑着一把抱起他，让他横着坐在你的怀里，然后语气温和地问他叫什么名字。他扑闪着浓密的眼睫毛，奶声奶气地说他叫陆少游。你蓦地一愣，原本微笑的脸，慢慢变得僵硬，你显然已经知道他是谁。你以为自己对这个问题不会再在意，但真正面对时，还是有点儿难以接受，就像喉咙里卡着一根鱼刺。年少懵懂的他，哪里体会得到你面部变化所反映的激烈的内心活动，依旧开心地跟你分享，说他是和爸爸一起来的。你顺着他手指的方向，往病房的门口看去，留着长长头发，一身休闲装扮的白远航，正双脚交叉身姿舒展地倚靠在门框上，一脸的皮笑肉不笑。

你复又抱起陆少游，轻轻地把他放到病床下的地上，然后，甚至有点粗鲁地对贺琛说你有点累了，想要躺着休息一下。说完，你忍着胸部传来的剧烈疼痛，慢慢地挪动下半身，想让自己平着躺下去。看着你龇牙咧嘴的模样，白远航迅捷地放下手中的包，几步抢上前，扶住你的后背，帮着你往下躺，同时开玩笑说就算不欢迎他，也不能让自己受罪。

你皱着眉，轻轻闭上眼，摆了摆手，示意他出去。贺琛看他跟你说话很随意的样子，知道你们关系匪浅，于是道了一声别后，低着头默默地走了出去。白远航对你下的逐客令，完全不为所动，他搂着怔立一旁的陆少游，自然地坐在床边，还顺手从地上的包里拿了一瓶酸奶给他喝。良久，他叹了一口气，感慨地说怎么每次和哥深谈，都是在医院的床边，上次他躺着，这次却轮到你。见你一动不动，没有和他交流的欲望，他自顾自地说他顺道去陌城看了秋思，并留下陆幽照顾她一阵子，让你不用太过担心。他说秋思的记忆，现在已经恢复了许多，见到他，还一个劲儿地冲他微笑。

陌城，一个你宿命里无法逃脱的城市，见证着你的喜与悲。司无邪从天台上义无反顾地跳下去的那一刻，你的心迷乱了，分不清真实与虚幻，更认不清自己。来到矿山工作，你不仅是为了钱，你还希望用高强度的工作，来麻醉自己日渐撕裂的心。你在逃避如影随形的自己，你甚至希望自己的灵魂从身体里剥离出去，最好变成一具没有情感的行尸走肉，那样就没有牵挂，没有羁绊，只是麻木地活着。你以为在你的心里，秋思的位置牢不可破，但在面对司无邪最后一抹幽冷的眼神时，你才看清自己真正的心。

可是，一切已无可挽回。

在唐三皮一个老乡的介绍下，你来到这个离陌城四十几公里的矿山，开始一段苦行僧一样的日子。你每天下矿井，拼命劳作。在暗无天日的地下通道里，似乎每向前挖进一步，你就离司无邪更近一点。你从来没有如此渴念她。在你的想象里，幽暗的矿井，就是一条通往某处的秘境。只要进入矿井，你顿时心如止水，如老僧禅定，周围的一切都不复存在，唯剩一片灰暗。唯一有迹可循，是前方一点虚弱的微光，沿着光线远远望去，前方又是一片灰暗，虚空而死寂。但你总感觉，只要一直沿着微光指引的方向，向前方走去，你一定会突破虚空，抵达一个超越凡尘俗世的隐秘之地。

升上矿井，面对现实，你又成了那个木讷的，甚至有点庸俗的你。每个礼拜，你都要回去陌城照顾秋思，给她做四肢按摩，絮絮叨叨地重复着小时候的那些事儿。平常的时间，一个从邓家铺子请来的秋思的发小，全程照顾着她。你不愿意待在陌城，那里的大街小巷，都留下了你不愿面对的回忆。功夫不负有心人，在你去矿山工作的第二年，秋思苏醒了过来，只是记忆受到了严重损伤，涣散凌乱，一时好一时坏。

你耐心地等待她彻底恢复。

对你来说，那样的日子，算是一种了却。

白远航似乎不经意的一句你还记得邓川吗，把你飘飞的思绪，从云端拉回。你眉头一皱，不耐烦地接话，说提他干吗。从小到大，邓川都像一个阴魂不散的人，时不时出现在你的身前身后，甚至脑海里，像一块甩不掉的黏人的牛皮糖。你对他形成根深蒂固的不好印象，或者说偏见，不仅仅是因为他对秋水似有似无的暧昧举动，而是另有一些事件的叠加。有关邓川的那些早年记忆，你不愿意去主动回忆，只是它偶尔不经你的同意，自动地从记忆深处漂浮上来，让你徒增烦恼。

客观地说，那次背白子服回家，你当着差不多所有邓家铺子人的面，向他怒吼并骂他变态，你承认你的行为，有点过激。只是在当时的境况下，一想到他可能会在白子服去世后，对秋水更加肆无忌惮地展开追求的攻势，你就没来由地满腔幽愤，忍不住摆出阻拦的架势。你要为白子服守住他的爱情。不管他们有多少错综复杂的过往，不管他们之间有多少是非对错，你只知道白子服是你的父亲，秋水是你的母亲，他们俩的关系，不容第三者插足。这是从你的角度，一个牢不可破的家庭观念。

相较现在人们开放的思想观念，以及多元的价值取向，邓川做的事其实也没什么大不了，只是在当时，他给你造成的心理震撼，久久不能平息。那是一个秋日的夜晚，秋风秋雨愁煞人，邻村一位孤寡老人去世。受一个叫沈东的村主任邀请，你去打渔鼓，而邓川则去唱灵歌。你和他，不可避免地遇见了。那晚，如果不是因为临时搭建的戏台简陋至极，让你饱受冷雨寒风的侵袭，你也不会因为肚子不舒服，而去找厕所。在秋水唱完最后一个字后，你迫不及待地把二胡一把塞给白子服，匆匆说了一句你憋不住了，撒腿就往后台跑。你怕你不加快速度，大有可能在裤裆里一泻千里。你穿过一条黑漆漆的小巷子，在一间屋子透出的昏黄灯光的照射下，你看见了一个连着猪舍的茅房。

完事出来，经过那间屋子时，你被屋内压抑的低笑声所吸引。凭着对声音的敏感,你一听,很是熟悉。你蹑手蹑脚地靠近房子的窗户,透过一块窗纸狭小的裂缝，你看见了一幕前所未见的旖旎风景。昏暗的灯光下，邓川一副女装打扮，头上戴着长长的假发，穿着一身红色的丝质旗袍，整个人妖娆别致，风情万种。你之所以认出来他，是因为无论他的外观做多少变化，他的声音，还是欺骗不了你。他端着一杯米酒，摇曳着走到饭桌旁坐在凳子上的沈东身边。邓川靠近他，一只手亲昵地攀着他的脖子，并顺势翘着屁股坐在了他的大腿上。然后，他们开始喝起交杯酒来。顿时，室内的气氛，暧昧而怪异。邓川仰着脖子，露出上下移动的喉结，让你感觉想要呕吐，胃酸翻涌。

你抑制不住的一声咳嗽，又一次破坏了邓川的好事儿。

闲聊了一会儿，白远航又从包里拿出一本泛黄卷边的小本子，那是你小时候读书用的语文格子薄。他把小本子递给你，说哥，你看看吧。他说这是他几年前回邓家铺子，整理秋水居住的卧室时，在一个堆满杂物的角落里，偶然找出来的。他说他一直想要拿给你看，但总是因为忙碌而忘记，这估计是秋水一生都在保守的秘密。你被他神秘兮兮的话，吸引住了，好奇地问，她能有什么秘密。他嘴一努，露出少有的慎重表情，说还是你自己看吧。

看完小本子上秋水充满悔恨心情，记录下来的一段隐秘的往事，你一百个不相信，本能地持怀疑态度，也完全不能接受，心想世上哪有那么巧的事情，就算人生如戏，也不能如此狗血。文字很长，不像日记，也不成篇，大多是一时的心情宣泄，语句有些不连贯，有些却又不断重复，还有个别的语句，画着重重的下划线。杂乱无章的文字，亦如她纷乱繁杂的心情。

文字的大致意思是，在你家的新房落成的那一年那一晚，白子服、秋水和邓川，为了表达兴奋的心情，他们三人不停地举杯豪饮，然后疯子一样地轮番唱戏，讨论打渔鼓，回忆过往的峥嵘岁月。一直喝到半夜，他们三人醉得不行。于是，邓川留宿，在隔壁的房间里住了下来。不知何时，秋水醒来，趁着夜色，起床小解。事毕，她迷迷糊糊地走错了门，躺进了邓川的被窝里。第二天起床时，她发现邓川已走，白子服仍在呼呼大睡。她依稀记得在后半夜的某个时刻，有过一场激烈的房事。她望着白子服酣睡的脸，有点无法确认的错觉，脑子里一片混乱。

她的这种怀疑，一直伴随到你的降生。在你五岁的那一年，为了证实心中的想法，她偷偷去县城医院，找人做了亲子鉴定。

鉴定的结果是，你和白子服不存在父子关系。

看你依旧一副不可置信的表情，白远航又递给你一份泛黄的，保存完整的鉴定报告。

你不想看，一把推开他的手，喟然长叹。